荒堂全調詞箋

啟佳自署

社會科學文獻出版社

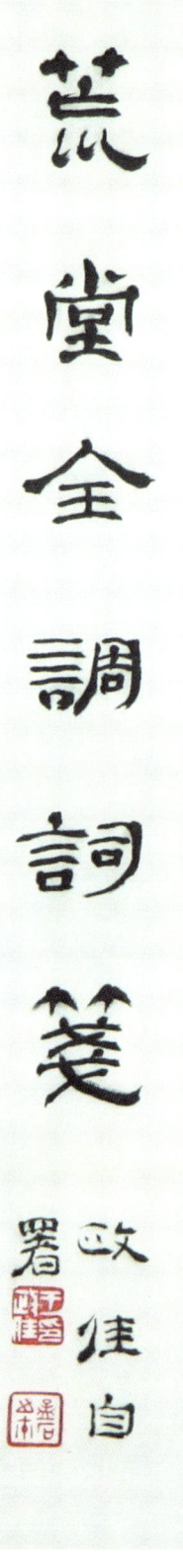

作者簡介

王政佳　一九五四年生於遼寧岫岩。詩人，書法家，國家一級美術師。中國書法家協會會員，中國楹聯書法藝術委員會委員，中國楹聯學會會員，遼寧省書法家協會理事，盤錦市書法家協會第四屆主席，盤錦市書法家協會榮譽主席。曾在《中華詩詞》、《中國詩詞》等報刊、出版物上發表詩詞作品百餘首。有《盤錦書法》（主編）、《荒堂全調詞箋》、《荒堂翻填唐宋孤詞》、《荒堂長短句》、《荒堂吟草》、《荒堂印草》等付梓。

（作樞秉馬）像小生先佳政王

荒堂吟月圖（程健作）

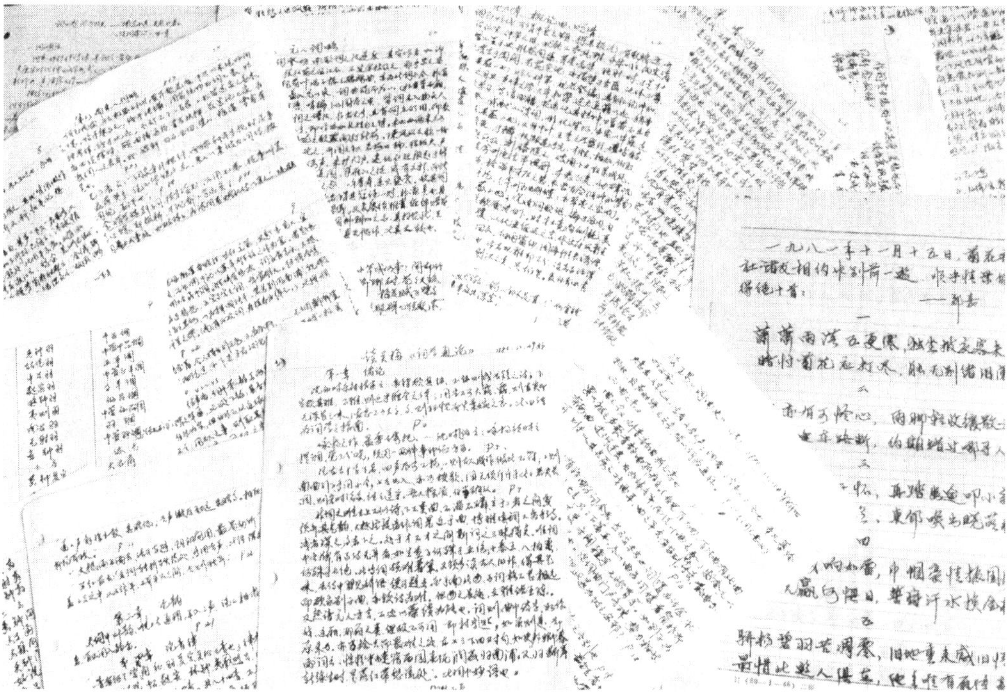

荒堂手抄本及詩稿

《荒堂全調詞箋》創作手稿

序

朱誠如

詩詞歷經中華文化數千年傳承而綿延不斷傳唱至今，是中華文脈的重要一支。先秦的《詩》自漢始尊稱五經之一，詩詞同源，詞脫胎於詩。詞肇於唐、盛於宋。北宋以前，詞以描繪歌舞樓榭為主，格詞品位不為世人所重視。南宋以後，描寫亡國之恨的詞大量出現，文人慷慨悲歌，提高了詞的品位。元明詞風蕩然，走了下坡路。及至清代，由於文化繁榮的引領，詞創作又步入繁盛時代。

詞體由於格律比較規範，加之屬於抒情文體，漸為文人名儒所重視，並在推尊中不斷發展。其內容也出現大量反映現實生活，表現重大時代主題。由於名儒的參與、推動和發展，詞體也不斷地增刪，並產生出各種詞學流派，這便進一步推動了詞學發展。

清代的詩詞在中國歷史上是繁榮昌盛的一代，歷代流傳的詩詞精品為清人的詩詞創作提供了豐富的資源。此外，清朝統治者，特別是皇帝本人對詩詞特別是詩情有獨鍾，賦詩填詞成為官員和名儒們的一個基本功，科舉考試中試帖詩成為進身的重要工具，甚至成為是否得到恩寵的重要手段。康熙朝敕編《全唐詩》等多種詩詞總集，為了寫詩填詞方便，專門令人編定《佩文韻府》和《欽定詞譜》。乾隆皇帝更是身體力行，其詩作數量歷代皇帝無出其右。清代的詩詞高度繁榮，時人認為「遠邁千古」、「蓋稱極盛」。

而詩詞發展中，詩與詞發展並不平衡，由於詞體格律復雜，其篇幅的短小客觀上又约束內容，極大地限制了詞學的發展，因此清代的詞在總體上取得成就不如清詩。但是就詞學本身在前人的基礎上，有所推進和發展，又是前代所不及。清初，漢族名儒善詞者，普遍借詞以抒發家國興亡的情懷。康熙年間隨著統一大局的形成，耆宿遺民復辟無望，詞體轉向推崇醇雅，回歸抒情詠物。嘉慶以後，詞體開始意內言外，比興寄託。特別是近代內憂外患，時局艱危，詞體創作內容往往反映社會現實，表達深刻的主題，總之清詞在變遷中逐步形成自己的特色。

康熙年間編定的《欽定詞譜》集歷代詞譜之大成，成為總結歷代詞譜的總匯，詞譜的不斷豐富是前人共同創作的碩果，宋詞為詞學立標杆，後人逐譜創新，是有《欽定詞譜》。儘管其只是工具書性質，但並不掩蓋其歷史價值，底定了詞譜的基本規模。自此，人們填詞的格律有了準繩，影響著後世詞壇的發展。

政佳以數十年之功，遍覽詞學群書，深究詞譜，網羅史地舊聞，交遊大家，探訪名勝，孤燈臨池，終成《荒堂全調詞箋》巨著。以一人之功，填全《欽定詞譜》八百二十六調式，且無重字，亙古一人。古人不為，今人更不為。或不能為，學識不足；或不願為，無名無利；或不敢為，以命系之。而政佳為之，以一生性命從一而終。其學識、膽識、勞苦非常人所具。一人一生以性命成一前無古人之事，身為其師，佩服且汗顏也。

《荒堂全調詞箋》即將付梓，向我索序，自知外行，情不可辭，惡補詞學，心得此許，是為序。

《荒堂全調詞箋》序

王充閭

詞，作為古典詩苑中的一株奇葩，在我們這個文明古國裏，已經姹紫嫣紅地開放了一千餘年了。其間，不僅湧現出無數傑出、優秀的詞人，產生了熠熠生輝、聲情並茂的海量詞章；而且，關於詞論、詞史、風格、流派的探討，詞譜、詞律、詞韻特別是詞的創作規律、藝術技巧的研究，綿延賡續，佳作迭出，構成了一部完備而豐贍的詞學。套用一句古文，可謂「前人之述備矣」。

至為可貴的是，荒堂主人政佳先生，面對古今學人如山如阜、璀璨奪目的學術成果與創作佳績，並未縮手跂足，空勞企羨，而是有志於繼踵前賢，發揚而光大之，積卅載之功，竭一己之力，於《欽定詞譜》八百二十六調，精搜勤檢，凝神定氣，「簡練以為揣摩」；在嫺熟掌握詞律基礎上，苦拼成千日夜，每調一詞，逐一填寫，以為規範，遂成今日之煌煌巨著。不僅在巍峨的詞學大廈中填補了一項空白，創辟出新的研究路徑；而且，以其八九百首新詞的創作，為千年詞苑提供一筆粲然可觀的精神財富。

日昨，政佳先生過訪，以《荒堂全調詞箋》見示，囑題數言，弁諸卷首。燈前展讀，愛賞不置，吟哦者至再，確如陶彭澤所言：「詩書塞座外」，「樂與數晨夕」了。至於說到作序，我一向認為，作品擺在那裏，盡可由讀者自己去賞鑒、去發現。真正的藝術品，總是具有無限的可闡釋性，展現出無比豐富的自在空間；而序言充其量也只是一家之言，原無須像撰寫作品評論那樣，細針密縷，辛苦饒舌。就是說，與其在字數有限的序言中，下大功夫解讀個別作品，倒莫如按照古人所說的：「序者，緒也，謂端緒也」，設法幫助讀者摸索一種路徑、理出一絲頭緒來。

詞學，原本是一門大學問。作為文學與音樂結合的產物，詞又稱「曲子詞」，「曲子」指音樂部分，「詞」指文辭部分，二者不能分開。作者寫詞，先須創制或選用一個樂譜，然後按照它對聲韻的要求去配詞，故稱填詞，或叫倚聲。後來，樂譜逐漸亡佚，由按譜填詞改為按唐宋人的詞作來填寫，進而形成固定的詞律。關於《荒堂全調詞箋》中所列八百多種詞調的由來，叩其本源，當有多種情況：一是詞名本於詩文，如《丁香結》取自古詩「丁香結恨新」；《蝶戀花》摘自梁元帝詩句「翻階蛺蝶戀花情」；《點絳唇》源於江淹「白雪凝瓊貌，明珠點絳唇」；《解語花》系出天寶遺事；《解連環》則來自《莊子》「連環可解也」，等等。二是詞名關照所賦對象，如詠水媛江妃稱為《臨江仙》；述道情稱為《女冠子》；《天仙子》詠天臺仙子；《河瀆神》賦祠廟；《巫山一段雲》寫的是巫峽；《醉公子》則詠公子醉也。不過，入宋以後，與此有異，多數詞作都去詞名甚遠。三是因人、因地、因事、因時而定，如《菩薩蠻》，據說是由於唐宣宗時，進貢的蠻女高髻金冠，滿身瓔珞，宛如菩薩，教坊遂譜成《菩薩蠻曲》；《雨霖鈴》源於唐玄宗入蜀時，兼旬淋雨，棧道中聞鈴聲，因悼念貴妃，遂采其聲為「雨淋鈴」曲以寄恨；《荔枝香》原本無名，小部奏新曲，適值荔枝送至，遂以名之；《多麗》，乃張均之妓，善彈琵琶；《念奴嬌》應本於唐明皇宮人念奴；詠舞蹈稱《踏歌詞》，歌泛舟為《欸乃曲》；《更漏子》詠的是夜靜更深。這種情況十分普遍。四是原本為樂曲名稱，《漁歌子》為漁歌的題目；《竹枝詞》來源於巴楚民歌《竹枝曲》；而《風入松》、《蝶戀花》等，都是來自民間的曲調。

至於詞調之長短，《荒堂全調詞箋》中首先列出的《竹枝》、《紇那曲》、《楊柳枝》、《采蓮子》、《八拍蠻》等大量小調，多為唐開元間教坊俚曲。這從唐·崔令欽《教坊記》中也可以得到印證。據稱，當時已有三百二十個之多，並且已經出現了長調。迨至南宋時期，詞調正式區分為小令、中調、長調；清・毛先舒具體確定為：五十八字以内為小調，五十九至九十字為中調，九十一字以上為長調；而今人王力先生則主張「二分法」，六十二字以下為小令，六十三字以上為慢詞。另外，《荒堂全調詞箋》所填詞調中，還有「令」、「引」、「近」、「慢」、「犯」之分，這裏也有很多學問。「令」一般稱字數不多的小調、短曲，如《如夢令》、《十六字令》，在唐代詞牌中，這類小調很多。詞大量興起後，有些調「引而長之」，遂稱為「引」，如：《千秋歲》，雙調為七十一字；而《千秋歲引》則引長到雙調八十二字。「近」，與此類似，如《訴衷情》單調三十三字、雙調四十五字，而《訴衷情近》為雙調七十五字。「慢」與「曼」通（拉長聲音叫「曼聲」）。《謝池春慢》較《謝池春》增加二十四字（均為雙調）。《采桑子》為雙調八句四十四字，《采桑子慢》則為雙調十九句九十字；《木蘭花》為雙調八句五十六字，《木蘭花慢》則為雙調二十句一百零一字。因此，有人把長調稱為「慢詞」。至於「犯」字，則屬於音律問題，而與長短無關。

只是詞調的源流、長短，就有這些說道；而有關詞的韻律、章法、煉字琢句等問題，其中的學問就更多、更大了。即此，也足見政佳先生之深湛學養與嫺熟的藝術功力。

依我親身體會，寫詩甚難，而填詞尤其不易。表面看去，一些小令與詩差異不大，《生查子》上下兩闋，似與兩首五絕相同；《楊柳枝》、《清平調》、《八拍蠻》，也看不出和七言絕句有什麼差別。可是，如果細細品味、推敲，就會發現，詩有詩的腔調，詞有詞的腔調，曲有曲的腔調，詩近雅，曲近俗，詞的腔調介乎雅俗之間，詞與詩互應互和，輔車相依。詞不同於詩，卻又離不開詩，全無作詩功力，其詞亦無足觀。說到作詞之難，此其一也；其二，宋人沈義父有言：詞之「音律欲其協，不協則成長短之詩；下字欲其雅，不雅則近乎纏令（說唱藝術的一種曲調）之體；用字不可太露，露則直突而無深長之味，發意不可太高，高則狂怪而失柔婉之意。思此，則知其所以難」；其三，填詞需要選擇題旨，有些內容並不適合詞作，比如過於繁雜的事體，詞難以表達；而關於學問、功德以及過於莊重的題材，也難以入詞；其四，詞貴有書卷氣，胸無文墨，為詞難以高妙、古雅；但詞又要清空、俊逸，堆砌知識以炫耀淵博，則絕難成為佳作；其五，詞講究音、調、聲、律，有四聲、五音、均拍、陰陽、輕重、清濁之別，比詩律要更復雜一些，一句不協，一闋皆失光彩；其六，用好虛字，亦填詞一大要領。虛字有領起、提攜、呼喚、粘合的作用。政佳先生詞中，就用了「又」、「須」、「趁」、「對」、「恰」、「奈」、

「誰知」、「哪堪」、「只合」、「卻總被」、「算只有」、「更須知」等大量虛詞。用得恰當，詞句便顯得勁健、鮮活；其七，古人認為，填詞須講究章法、句法、字法。精於章法，則渾然天成，且能富有變化；句法講究精煉、灑脫；字法超妙者，則新穎、自然；其八，詞人離不開「日積之功」，學填詞者，無不先是大量讀詞、記詞，或印證於師友，或默識於古人，入乎其中而涵詠玩索，時日既久，相浹而俱化，心領而神會，自然胸次漸開，為詞亦豊神諧暢矣。看得出來，政佳先生之所以能完成如此浩繁的巨帙，且奇章傑作迭出，說明作者在這些方面是下過驚人苦功的。

概言之，《荒堂全調詞箋》取得了兩方面的突出成果。在詞學研究領域，尤其是詞譜、詞律、詞韻等方面，荒堂主人確是做出了突出貢獻，其創辟、綜合、規範、演示之功，頗具開創性的學術價值，值得我們充分重視。而其文學創作方面的佳績，堪稱宏闊豐盈，琳琅滿目，同樣可喜可賀。當然，也無庸諱言，由於受到多方面因素的制約，不可能達致篇篇盡善盡美。這並不奇怪，世間凡是特別規範化的作品，受形式的束縛較多，一般都很難在藝術方面臻於至境；而且，古古今卓絕之作，往往產生於「妙手偶得」，不是刻意做出來的。有如趁韻、唱和之作，或一題之下動輒一二百首，其功力固然令人嘆服，但「此樹婆娑，生意已盡」。就中雖有若干精萃超絕之作，但整體通觀，其藝術水準則參差錯落，難免傷於湊泊；何況，就體裁、詞調而言，任何詞家總有其所長，必有所短，所有詞調皆能「優為之」，百不一見。蘇東坡、辛棄疾也好，周邦彥、李清照也好，最精彩的詞作，大都集中在部分詞牌上。吳文英的《鶯啼序》，二百四十字，為長調之最。張炎貶之為「如七寶樓臺，眩人眼目，拆碎下來，不成片段」；而陳廷焯卻說，「全章精粹，空絕千古」。貶也好，褒也好，反正蘇、辛、周、李都不作，並非作不出來，而是覺得不如填各自的《水調歌頭》、《賀新郎》、《滿庭芳》、《武陵春》更為得心應手。此無他，嫻熟與否是也。事實上，對於這類示範性的「全調詞箋」，任何方家也不會像對詞人專集、選集那樣來要求。即使詢之政佳先生本人，當也另有追求而毋須挹彼注此也。

承命作序，誼不容辭；意蕪言浮，多無足取，識者諒之。

二〇一二年一月

匠心獨運不荒唐（代序）

李樹喜

春寒料峭時分，我的同窗老友朱誠如先生來電，要我為王政佳先生《荒堂全調詞箋》作序。我於詞學，素無研究，方欲推脫，不料誠如說已經「替我」慨然答應作者，只好從命。當我把《荒堂全調詞箋》（以下簡稱「詞箋」）流覽完畢時，眼前豁亮，擊節讚歎——這是一部難得的充滿創意的全新巨著。

吾在文界供職，涉足出版有年，慣見改頭換面、相互謄抄之作，而有新知創意者渺渺。至於詩詞寫作與研究，亦多似曾相識之句與拾人牙慧之論，深以為憾。而王氏詞箋，集詞牌之大成，流千載之風韻。爬梳集腋，考據勘正。「攻日課、遍將全調從頭譜」（摸魚兒・七九），居然將《欽定詞譜》八百二十六式樣，全部填制。數十年間數十萬言，其志宏矣，其力韌矣，其果煌矣。無論從詩詞創作或學術研究的角度，都別辟蹊徑，令人刮目！不愧為詩詞創作和研究的嶄新成果。

詞箋首先是一部詩詞創作，一項縝密的全景式的寫作工程。八百詞牌都須創作，難度可知。但作者以其癡情與才氣全功告成，殊為可貴。作為當代詩人，作者立足當今，跟隨時代，其作品具有相當數量洋溢著時代光彩的篇章，如寫國慶長安街景，寫渤海經濟帶崛起，寫劉翔田徑奪冠，寫師生情意，寫世事變遷，寫故鄉田蟹，……有「十三億，振興東土」「檢閱龍飛鳳舞」（睿恩新·國慶）的豪氣，有「佳節共金樽，土親人更親」（菩薩蠻·新正會）的淳情，亦有「低吟只有傷心句，詩到工時命不公」（鷓鴣天·寂寥）的感慨。或浩然大氣，或幽婉深沉，或濃筆重彩，或恬靜澹然，俱展現了作者的「真情、個性與詩才」（清 袁枚語）。其燦然可觀者不可勝數。這，既是作者的成功，也從一個側面證明了：詩詞這種傳統的文學藝術形式，完全可以適應時代，反映生活，而這正是中華詩詞具有生命力的標誌。在這樣的時候出現這樣的作品，亦是詩詞走向復興、初見繁榮的佐證。

一部「詞箋」，與其說具有創作實踐的品格，不如說更具有學術研究的價值。詞之學問大矣，不僅在於「別是一家」，更在於古今千家，豪婉分合，注家蜂起，流派紛呈。專門探究一代一家一派已屬不易，而詞箋能別俱機杼，覆蓋全部，集匯考辨，涉及時代，詞史，詞家，詞論，探索詞譜，詞律，詞韻及其演變、正誤。且有開拓與補正之功。這樣的成就，對於當代詩詞研究，無疑具有創新性意義。

當然，一部鴻篇巨制，其創作未必全然精彩，其立論莫求處處精當。有學者考證，詞的雛型是南朝蕭統、沈約輩的「江南弄」，隋煬帝楊廣與王冑唱和的「紀遼東」，已經全現詞之本色——「詞始於楊廣論」幾成共識。詞河千載，起源於隋帝唱和，式微於元人曲令，崛起於當代毛詞。康熙年代的《欽定詞譜》雖然經典，亦不免缺漏和局限。詞箋以之為範，還不能等同於全息詞典和勾勒出整條長河。詞牌八百二十六種全部製作，政佳先生可謂古今一人矣。然而大有大的難處。同以往名家不可能句句出彩、篇篇經典一樣，本書詞作難免平奇互見，薄厚有之，有些篇什似與當代生活游離。王國維先生引用尼采的話說「一切文學，余愛以血書者」（《人間詞話》之十八）。古之文豪大家未必件件以血書寫，又何必苛求於荒堂屋主人！至於篇中不重復一字，古今大家名篇有重字者多矣！並不影響其精美與韻味。因此，愚以為勿須刻意，自然為好。

還應指出，不同的詞牌，其演變，流傳和影響也不盡相同。古今詞家都並非詞牌全攬，平均用力。歷史的行進中，人們熟識和使用的詞牌，有漸漸集中的趨勢。某些過於長篇低緩不太適應時代節拍的，有被邊緣化的趨勢，有的被冷落以至淘汰也不為奇。据不完全統計，宋和當代詞家常用的詞牌不到百種。例如，胡雲翼編一九六二年中華書局《宋詞選》收詞不滿三百，當然不會有八百詞牌；當代，自從一九四五年毛澤東「沁園春·雪」發表始，以雪或非雪為題的「沁園春」不計其數！一九七八年人民文學出版社《天安門詩抄》收詞一百二十首，凡三十七個詞牌。其數量順序是「卜算子」二十二首；「憶秦娥」十一首；「滿江紅」八首；「西江月」七首；「清平樂」、「十六字令」和「念奴嬌」都是六首。不難發現，這些均為毛澤東常用的詞牌，足見其影響，也是時代的印記。總之，與時俱進，正變創新，是文化乃至詩詞史的發展規律。有所取捨偏重，是時代使然。某些曲調頻用何妨，不用何妨，變格何妨，重字何妨，自度何妨？而如政佳先生別開天地、鴻篇巨制又何妨？總之，關係到當代詩詞創作，吾以為應持前瞻開放、繼承創新的態度。

以上補議，乃一家言，姑妄言之，讀者識之！總之，作為詩詞愛好者，我們歡迎《荒堂全調詞箋》的問世。希望並相信，政佳先生的巨著能被認可和流傳，體現自己應有的價值。末了，以我的小詞一則「清平樂・詩史」作結：

詩三百好，更有卿雲早。秦火炎炎燒未了，屈宋建安佼佼。

北南魏晉隋陳，詩詞逐代翻新。唐宋堪師不仿，一心要寫吾真。

壬辰初春　於京西　雲閑齋

同窗絮语

热血衷肠著华章

楊景宇

學友政佳之曠世文學巨著今得付梓，實乃華夏文學發展史之大幸事。其藝術成就之巨，堪當諸位大家序中之評說也。承繼華夏文明，傳揚中華國粹，作者之功實莫大焉。因作者謙恭仁厚，亦欲使昔年學友借此書而留名於後世，誠邀曾維、叢日雲、劉仁軍、楊景宇數同窗於此留言，盛情實難卻也。惟覺若諸同窗每人拾一花絮，恐有重復之處，浪費讀者精力，故衆議以余一人之言相代。余既受托，只好勉力為之也。

竊以為當讀者為如此恢宏瑰麗之文學宮殿而讚歎之時，必生瞭解宮殿建築師之念，故就此略說一二。武斷言之，作者能獨自完成如此浩大工程，實乃因德、才、志、恒四種品質集於一身也：

以德言，作者乃悲天憫人、善心若水、利萬物而不爭者，實道德真君也。不慕仕途之榮，不喜酒肆之喧，不貪聲色之樂，獨愛書房之幽。數度放棄令人騖趨之官祿，甘願徜徉於揮毫吟詠之中，抱定夙願，默默筆耕。然而，作者亦非遁跡江湖之隱士，而是勇於入世之豪傑，憂國憂民，追求真理與正義，敢於仗義執言，以文載道，其高尚人品與情操可輝同日月，詞中諸多針砭世弊之題材足可證也。

以才言，作者幼學之時即展現出超人之智慧靈秀，尤其於中學期間受語文老師之熏染，更加深了對中華古代詩詞文學之濃厚興趣，遂有超乎同代同經歷人之素養。筆者於大學時期日記本中，存有一首作者與同學中秋去星海公園賞月時寫下之詞作：「本是銀花閃爍，原來玉鑒通明。但見天河浮海闊，似有鵲橋出水平。兩星相對行。舉興瓊樓酒飲，消愁桂樹蟬鳴。浩渺波鋪千里路，皎潔光牽一線情。望鄉思欲凝。」（破陣子・賞月）這足以表明作者早年在詩詞方面之超凡功力。在集中填詞中，又校對出《欽定詞譜》中之標譜文字疏誤凡二十六處，其詩詞底蘊之深厚實堪稱道。大凡才高靈秀者皆喜詩詞，而詩詞益彰其靈秀，此書更彰是理也。

以志言，作者有志於此者久矣。三十餘年前，作者即初定在詩詞方面一試身手之志。功課之餘，飽覽各類詩詞著作，手抄善本、摘錄精義多焉；與詩詞愛好者組成詩社，抒青春之情、享吟詠之樂、养煉字之功。畢業後，又拜師學習書法藝術，從中積累深厚的文字功底。工作中，常於假期周末等時間到大自然中遊歷采風，春步林間草畔、夏遊荷塘野溪、秋拾枯花落葉、冬踏雪地冰灘，以尋摩景抒情之感覺。有志之人立長志，於斯人斯事可證也。

以恒言，作者於集中寫作期間克盡艱難，持之以恒。工作之餘，每日一詞，兩年多之時日裏無一日輟棄；縱為其父服喪守靈期間亦一日不荒，將父子深情輸入鍵盤；在最後的集中寫作階段，腰間盤脫出症復發長達一年之久，在臥床狀態下亦未間斷寫作。正是作者以恒持之，終使大作如期完成。嗣後，作者又親自操作編輯、排版、貼譜、校對等細瑣枯燥之事，其精神實令人贊歎。

吾與作者初識於遼寧師範大學，以農家子弟之身世情感認同而義結金蘭。畢業後先是天各一方，惟余因上蒼成全，更遷往盤錦與作者同城謀生，以屆十年矣。故得於讀書相伴、書信往來、朝夕過往之間，對作者之思與行有些許了解。嘗記作者在集中填詞期間，每當寫出針砭世弊、直抒胸臆之佳作時，必或電話相告以釋懷，或相約於市井酒肆小酌以遣興，其憂國之心、憫人之情難盡言表。因是故，於作者大作付梓之際，冒昧作此拙文附上，於讀者了解作者，並理解詞作字裏行間所藴含之情感，或有些許裨益也。惜掛一漏萬，惟乞作者和讀者見諒。

二零一二年五月於盤錦

目錄

凡例

一、本書所收八百二十六詞，均屬原創。囊括《欽定詞譜》刊刻之全部詞牌，每調一詞。諸多詞牌別體多焉，蓋以正體為宗，間或有宗別體填之者，權作插曲，不敢以偏概全。

二、謹遵《欽定詞譜》體例，以詞牌正體字數多寡為序編排，由小令而中調、而長調、而大曲。

三、為便於閱讀，除旁注一律用現代標點外，正文亦選用了兩個標點符號，即以【。】標『句』；以【、】標『讀』；韻腳則用【韻】【叶】【疊】【重】等文字直接注明。詞中依體例有疊句處，然並非押韻，為提起注意故，亦用【疊】字標出。

四、平仄認定以《欽定詞譜》為准。詞句左側以淺灰色下劃線標示詞譜，『直線』為【平聲】；『曲線』為【仄聲】；『雙直線』為【本平可仄】；『雙曲線』為【本仄可平】。不似傳統詞譜標示獨占一行，從而更使觀瞻順暢。

五、舉凡詞牌之宮調、異名、體數、段數、字數、句數、韻數、韻式等，悉用小字注於詞後。

六、調與題之間用【·】隔開，如《梧桐影·閨怨》。無題詞用兩【·】夾詞牌，如『·憶江南·』。

七、押韻宗《詞林正韻》。仄韻中上去聲通押，入聲單押亦尊古制，書中《惜春郎·羈曲》便是押入聲韻詞例。詞所以有選用入聲韻者，蓋因此韵宜状郁悒激憤之情耳。然任何韻書都只能是基本規範，一如歷代詞家，作者不排除偶爾也用鄰韻。如書中《歸自謠·縈系》「閨如繭。柳梢綠了門還掩」；《散天花·孔雀東南飛》「啼血姻緣動地哀。東南雙孔雀，也徘徊。」

八、有些固定名詞、連綿詞語用于詞作句中時，不得已用「以入代平」之法，這在前人詞作中也是允許的，正如《欽定詞譜》凡例所言：「平聲可以入聲替」。如詞中「馬拉松」、「老哈河」、「囫圇覺」中的「拉」、「哈」、「囫」等字都是古入聲字，在詞中就作了平聲用。

九、任何事物都不能不打上時代烙印，本書亦然。填詞乃傳承國粹，押韻當遵古法，但韻腳以外，在句中並不刻意避忌某些字用今聲調。如「玩」、「弛」二字皆古讀仄聲，今讀平聲，書中作「把玩」、「弛張」等組詞时，何妨看做平聲。再有古今平仄雙讀之字和古音平仄雙讀今聲只讀單音之字，如「思」、「看」、「望」等字用於詞句中，在不影響詞義解讀之前提下，當平處則作「平」，當仄處則作「仄」。凡此旨在能拓展選擇空間，書中不再一一注出。

十、詞中句讀不可不辨，有四字句而上一下一中兩字相連者，有五字句而上一下四者，有六字句而上三下三者，有七字句而上三下四者，有八字句而上一下七或上五下三、上三下五者，有九字句而上四下五或上六下三、上三下六者，此等句法，不可枚舉，雖未一一注明，細讀諸家原詞即可明辨。如本書《導引》之『弄百媚千嬌』即上一下四句法也。

十一、詞有拗句，尤關音律，如溫庭筠《遐方怨》詞之『斷腸瀟湘春鴈飛』、《蕃女怨》詞之『萬枝香雪開已偏』皆是；又有一句五字皆平聲者，如史達祖《壽樓春》詞之『夭桃花清晨』句；一句五字皆仄聲者，如周邦彥《浣溪沙慢》詞之『水竹舊院落』句，俱一定不可易，此為詞律較之詩律特別處者。此等處悉照原詞填之，如本書《壽樓春》之『誰牽黃擘蒼』句是也。

十二、美玉不能無瑕，善本亦然。茲堪校《欽定詞譜》疏誤凡二十六處，拋磚引玉，依次注於《瀟湘神》《桂殿秋》《壽陽曲》《黃鶴洞仙》《破字令》《荷葉鋪水面》《壽山曲》《秋蕊香引》《繫裙腰》《醉春風》《風入松》《蕊珠閒》《韻令》《卜算子慢》《滿江紅》《雪夜漁舟》《平安樂慢》《傾杯樂》《惜餘歡》《暗香疏影》《折紅梅》《八寶妝》《選冠子》《八歸》《清平調》《九張機》詞後。

荒堂全調詞箋【十四字至二百四十字共八百一十七調】

竹枝·思

斜風細雨竹枝　惹芳菲女兒韻　窗前倦影竹枝　淚空垂女兒韻

《竹枝》唐教坊曲名。單調十四字，兩句兩平韻。另有別體二。按：詞中所注「竹枝」、「女兒」，「枝」「兒」協韻，乃歌時群相隨和之聲。猶《採蓮子》有「舉棹」、「年少」也。

歸字謠·癡

癡韻　簾卷西風燭影低韻　偎孤枕。嚼爛五更詩韻

《歸字謠》單調十六字，四句三平韻。又名《蒼梧謠》、《十六字令》。

漁父引·旅懷

回望長亭短亭韻　斷腸總為閑情韻　枝頭怨煞啼鶯韻

《漁父引》唐教坊曲名。單調十八字，三句三平韻。平仄一定。

閒中好・靜

閒中好。塵事不纏身韻　渴飲東籬露。斜暉深閉門韻

《閒中好》有平韻仄韻二體，即以首句三字為調名也。平韻體單調十八字，四句兩平韻。

紇那曲・春閨

煙雨浣桃花韻　別枝歸暮鴉韻　西窗又凝睇。幽緒落誰家韻

《紇那曲》單調二十字，四句三平韻。

拜新月・孤旅

樓頭一鉤月。只把客心釣韻　濁酒誰與同。夢魂空飄渺韻

《拜新月》唐教坊曲名。單調二十字，四句兩仄韻。

梧桐影・閨怨

簾幕垂。銀釭照韻　風雨落紅還減春。思量薄幸歸多少韻

《梧桐影》又名《明月斜》，本為呂巖題壁詞。單調二十字，四句兩仄韻。

囉嗊曲・憫

久客蒹葭浦。長河生暮寒韻 薄衾難入夢。殘燭送流年韻

《囉嗊曲》單調二十字，四句兩平韻。另有別體二。

醉妝詞・情

愛中醉韻 恨中醉疊 欲醉先流淚韻 恨中醉疊 愛中醉疊 已醉心還碎韻

《醉妝詞》單調二十二字，六句三仄韻、三疊韻。此調只有王衍詞。

慶宣和・景

風月無邊一望收韻 欸乃歸舟韻 雨後斜陽小橋頭韻 拂柳叶 拂柳叶

《慶宣和》單調二十二字，五句三平韻、兩叶韻。此元人小令，亦名《葉兒樂府》，即元曲所自始也。

南歌子・惑

菊釀東籬露。桃開上苑春韻　香氣各怡人韻　奈何長冷落。短嬌嗔韻

《南歌子》唐教坊曲名。單調二十三字，五句三平韻。此調另有別體六。

荷葉杯・打問

春入竹籬茅舍仄韻　勾惹韻　怕見燕雙飛平韻　淡煙疏柳也顰眉韻　虧不虧韻　虧不虧疊

《荷葉杯》唐教坊曲名。單調二十六字，六句兩仄韻、三平韻、一疊韻。另有別體二。

回波樂・憐春

回波爾時柳垂韻　呢喃燕子雙飛韻　向晚有人凝竚。橋頭照影顰眉韻

《回波樂》用「回波爾時」起。單調二十四字，四句三平韻。此即唐六言絕句，另有別體一。

·舞馬詞·

少年愛執絲韁韻　龍駒躍上平岡韻　點閱青山綠水。斜暉潤染衷腸韻

《舞馬詞》單調二十四字，四句三平韻。此亦唐人六言絕句，另有別體一。

開元樂·閑趣

山後山前雨過。舍南舍北花開韻　香徑凝煙滴露。夕陽幽鳥歸來韻

《開元樂》唐教坊曲名，又名翠華引，亦即小令三臺。因恐與慢詞三臺混，是故此處不從《欽定詞譜》以「三臺」名之。單調二十四字，四句兩平韻。此亦六言絕句，另有別體一。

柘枝引·踏春

花明柳暗舊池臺韻　小徑惹徘徊韻　春鬧枝頭杏。誰家粉蝶去還來韻

《柘枝引》唐教坊曲名。單調二十四字，四句三平韻。柘枝舊曲，今已不傳，存此以誌其槩。

塞姑·別

冷夢陽關折柳韻　兩盞三杯淡酒韻　千里黃沙路遙。莫問歸期知否韻

《塞姑》單調二十四字，四句三仄韻。見《樂府詩集》，蓋唐時邊塞閨人之詞也。

晴偏好・望

春風吹綠長亭外韻　蜂來蝶去香無奈韻　人何在韻　遙天卻被斜暉蓋韻

《晴偏好》僅見李霜崖詞，無別作可校。單調二十四字，四句四仄韻。

凭闌人・歸

蹚露攜鋤老復丁韻　天命東籬餐落英韻　狂吟時忘情韻　斷弦聊自聽韻

《凭闌人》為元小令，《太平樂府》注越調，即黃鐘之商聲也。單調二十四字，四句四平韻。另有別體一。

花非花・心

花非花。蕚非蕚韻　怕月明。傷潮落韻　明時誰見塞鴻來。落處偏知雲水濁韻

《花非花》調見白居易《長慶集》，以首句為調名。單調二十六字，六句三仄韻。

摘得新·匆匆

萬事空韻　人生一夢中韻　朔風吹鬢雪。月朦朧韻　應憐殘燭照隻影。枉傷忡韻

《摘得新》唐教坊曲名。單調二十六字，六句四平韻。

梧葉兒·冷

雞鳴罷。更漏殘韻　欹枕比書寒韻　敲平仄。感逝川韻　問霜天韻　誰撫平沙落雁叶

《梧葉兒》《太平樂府》注：商調。單調二十六字，七句四平韻、一叶韻。另有別體四。

漁歌子·醉春

須趁東風望酒旗韻　誰家茅店倚清溪韻　閑把盞。慢敲詩韻　晴窗細柳囀黄鸝韻

《漁歌子》唐教坊曲名，又名《漁父》、《漁父樂》。單調二十七字，五句四平韻。另有別體五。

·憶江南·

江南好。幾度樂重遊韻　信步花風煙柳外。泛舟波影小橋頭韻　明月不知秋韻

《憶江南》南呂宫，又名《謝秋娘》、《江南好》、《春去也》、《望江南》、《夢江南》、《望江梅》等。單調二十七字，五句三平韻。另有別體二。

瀟湘神·奈何

遊子吟韻　遊子吟疊　把杯不醉老人心韻　望眼欲穿桑梓夢。窗前滋味總沾襟韻

《瀟湘神》起二句，例用疊句。單調二十七字，五句三平韻、一疊韻。勘校：此調《欽定詞譜》注為五句四平韻疏誤，今依劉禹錫原詞更正。

章臺柳·孤酌

章臺柳韻　章臺柳疊　折斷離情難出口韻　一別鄉關月不圓。漏殘誰與同

樽酒韻

《章臺柳》以首句為調名。單調二十七字，五句三仄韻、一疊韻。另有別體一。

解紅・春

燕剪柳。蝶穿花韻　一池水皺風弄槎韻　隔岸依稀出牆杏。淡煙掩映是誰家韻

五代和凝有歌童名解紅兒，凝為制《解紅》曲。單調二十七字，五句三平韻。平仄當遵之。

赤棗子・冬

土炕上。火盆邊韻　三間茅屋自神仙韻　飛雪總隨人意好。關東日子入豐年韻

《赤棗子》唐教坊曲名。單調二十七字，五句三平韻。

南鄉子・孤

驛外凭欄平韻　狂篇醉句惹清寒韻　野渡斜暉誰與共仄韻　風簫動韻　雁字橫時心

已痛韻

《南鄉子》唐教坊曲名。單調二十八字，五句兩平韻、三仄韻。另有別體八。

搗練子・夏

更漏短。暑天長韻　消汗多虧扇底涼韻　幽夢未酬思午睡。奈何知了唱雙簧韻

《搗練子》又名《搗練子令》、《深院月》。單調二十七字，五句三平韻。另有雙調別體一。

春曉曲・窗心

簾鉤又釣西樓月韻　夢斷寒侵鬢雪韻　惱人往事入離騷。濁酒一杯情未歇韻

《春曉曲》又名《西樓月》。單調二十七字，四句三仄韻。另有別體一。

桂殿秋・秋

聞雁叫。歎人孤韻　敲窗落葉任沉浮韻　瑤池露冷中天月。按下離人兩地書韻

《桂殿秋》單調二十七字，五句三平韻。勘校：第三句第三字《欽定詞譜》標作平聲疏誤。按向子諲詞「紅旌翠節下蓬宮」、李德裕詞「桂殿夜涼吹玉笙」，此處都是仄聲，故當從仄。

壽陽曲・山姑

柴門掩。簾幕垂韻 照菱花、好生慚愧叶 荊釵布裙空嫵媚叶 也無由、望穿秋水叶

《壽陽曲》為元小令，一名《落梅風》。單調二十七字，五句一平韻、三叶韻。另有別體二。勘校：此調第二句應押平韻，《欽定詞譜》注為「叶」韻疏誤，填者辨之。

陽關曲・旅懷

斷雲殘月寂寥天韻 永夜寒聲已煞年韻 夢回隻影不禁老。消渴還無沽酒錢韻

《陽關曲》屬雙調，又屬大石調。單調二十八字，四句三平韻。僅第二句首字平仄可不拘。若平仄一误，即非此調。

欸乃曲・荷塘

篙影鱗波爭短長韻 斜暉梳柳戲鴛鴦韻 漁家小女剝蓮子。絕勝湖山當嫁妝韻

《欸乃曲》本唐人七言絕句，如《竹枝》、《柳枝》之類。單調二十八字，四句三平韻。

采蓮子・新霽

滴露凝煙綠映紅舉棹韻　一池雲影釀荷風年少韻　小舟欸乃斜陽裏舉棹　水色山光各不同年少韻

《采蓮子》唐教坊曲名。單調二十八字，四句三平韻。其「舉棹」、「年少」乃歌時相和之聲。

浪淘沙・真賞

梨花似雪向窗開韻　清曉東風送潤來韻　爽意教人閑不住。凝妝掩卷下樓臺韻

《浪淘沙》唐教坊曲名。單調二十八字，四句三平韻。此與宋人《浪淘沙令》、《浪淘沙慢》不同，蓋宋人借舊曲名，另倚新腔。

楊柳枝・老淡

遼口斜暉弄晚晴韻　杖藜閑步看潮生韻　散懷最是蒹葭淺。了卻擔當氣自平韻

《楊柳枝》唐教坊曲名。單調二十八字，四句三平韻。

八拍蠻・夜吟

明月別枝驚鵲時韻　夢回情味幾人知韻　險韻裁成腸已斷。幽窗孤燭也凝癡韻

《八拍蠻》唐教坊曲名。單調二十八字，四句三平韻。另有別體一。

字字雙・澀

蒹葭渡頭船倚船韻　縱目遼東山外山韻　囊中無酒寒更寒韻　不禁鵠鬢殘又殘韻

《字字雙》單調二十八字，四句四平韻。此調僅存王麗貞一詞，無別作可校。

十樣花・明媚

陌上風光濃處韻　楊柳惹來飛絮韻　燕影浮春水。裁香翠。織花雨韻　落霞鋪滿路韻

《十樣花》以「陌上風光濃處」為起句。單調二十八字，六句四仄韻。另有別體一。

天淨沙·野逸

歸鴻落影清秋韻　淡煙疏雨孤舟韻　菊露天風下酒叶　醉眠岩岫叶　此生何必封侯韻

《天淨沙》《太平樂府》注：越調。又名《塞上秋》。元人小令。單調二十八字，五句三平韻兩叶韻，另有別體一。按馬致遠秋思第三句「瘦馬」二字，《中原音韻》云：「去上極妙」。

甘州曲·蟬

浴驕陽韻　扇薄翼。覓蔭涼韻　柳梢輕動引絲簧韻　一板一嗟傷韻　夢煮爛、幽緒比天長韻

《甘州曲》唐教坊曲名。單調二十九字，六句五平韻。另有別體一。

醉吟商·寐

少小癡頑。夢入淡煙疏影韻　放懷遊騁韻　老去偏多病韻　合眼陳年憧憬韻

秋深月冷韻

《醉商吟》僅見姜夔一詞，無別作可校。雙調二十九字，前段三句兩仄韻，後段三句三仄韻。

乾荷葉・淚

乾荷葉。露凝珠韻　濕透悲欣處叶　近模糊韻　遠蕭疏韻　廊橋一夢斷橋孤韻

況味憑誰訴叶

《乾荷葉》屬南呂宮。元人小令，取起句三字為調名。單調二十九字，七句四平韻、兩叶韻。另有別體一。

喜春來・麗江古城

瑤街曲水天光皺叶　紫陌回廊翠靄浮韻　玉龍山雪照城頭韻　問小樓韻　誰在

畫中遊韻

《喜春來》一名陽春曲，為元小令。《太平樂府》注中呂宮。《太和正音譜》注正宮。單調二十九字，五句一叶韻、四平韻。另有別體三。

踏歌詞・遣興

酒醉樓心月。桃開陌上春韻　鶯歌流美韻。燕舞悅佳人韻　隨處可修身韻
散慮自銷魂韻

《踏歌詞》隊舞曲也。單調三十字，六句四平韻。

秋風清・霜夜

昏慘慘。冷淒淒韻　遊絲因露重。殘月比窗低韻　簾旌空鎖離人老。還夢家
山紅葉稀韻

《秋風清》又名《秋風引》、《江南春》、《新安路》。單調三十字，六句三平韻。另有別體二。

拋球樂・雨後

宛虹橫出幽谷。蕙綠新洗韻　枕斜陽、飛絮繾綣。風物瓏璁。爽涼山氣韻
草正淺、三徑分香。水乍動、群魚嬉戲韻　百鳥次第投林。輾轉鳴春。

都入丹青裏韻 漸落霞浮動。嵐光潤染。翠峰晴遠。溫泉語細韻 脈脈好生機。便只在、遼東溪橋外韻 恰桃花開處。楊柳媚時。洞天福地韻 嫋嫋還是孤煙。向牛女、更把鄉心寄韻 倚籬牆。聽杜宇。感鬱滄桑演遞韻 夜長晝短。誰管重簾深閉韻 一杯濁酒。五車俚句。醉解耕讀漁樵意韻 算此生俗業。詩書不敢負人。卻被流年唾棄韻 霜鬢又凋疏。夢未了、萬事歸休已韻 恨去日苦多。燭殘凝睇韻

《拋毬樂》唐教坊曲名。《唐音癸籤》云：《拋球樂》，酒筵中拋球為令，其所唱之詞也。《宋史・樂志》：女弟子舞隊，三日拋球樂。按，此調三十字者，始於劉禹錫詞，皇甫松本此填，多一和聲。三十三字者，始於馮延巳詞，因詞有〔且莫思歸去〕句，或名《莫思歸》。皆五七言小律詩體。至宋柳永，則借舊曲名，別倚新聲，始有兩段一百八十七字體。《樂章集》注：林鐘商調。與唐詞小令體制，迥然各別。以同一調名，是故類列。因無別作可校，今遂依柳詞填之。雙調一百八十七字，前段十九句七仄韻，後段十七句七仄韻。另有別體三。

法駕導引・泊

瓜州渡。瓜州渡疊 夜雪誤歸程韻 萬里鄉關賒瘦夢。一船風月照孤燈韻

癡茶過三更韻

《法駕導引》單調三十字，六句三平韻。

蕃女怨・春分

滿頭飛雪搔更短韻仄　苟且殘喘韻　燕初歸。桃又綻韻　夢回西甸韻　少年桑梓　老來心韻平　惹沾襟韻

《蕃女怨》單調三十一字，七句四仄韻、兩平韻。按：「西甸」為作者出生地也。

一葉落・傷秋

一葉落韻　邊風掠韻　紙窗冷透燭光弱韻　草堂老更孤。殘箋書還錯韻　書還錯疊　怎奈人成各韻

《一葉落》取首句為調名，僅見後唐莊宗一詞。單調三十一字，七句五仄韻、一疊韻。

憶王孫・聞雞

三聲啼破五更春韻　曉夢驚回已斷魂韻　忍把鄉情入酒樽韻　舊王孫韻　醉去

還聽雨打門韻

《憶王孫》《太平樂府》注：黄鐘宫。《太和正音譜》注：仙呂宫。又名《獨腳令》、《憶君王》、《豆葉黄》、《畫蛾眉》、《闌干萬里心》。單調三十一字，五句五平韻。另有别體二。

金字經・太白

握管流清韻。舉杯邀素嬋韻　三尺青鋒共枕眠韻　仙韻　夢回還問天韻　千金散叶　向誰賒酒錢韻

《金字經》元人小令，《太平樂府》注：南呂宫。《元史・樂志》説法舞隊，有《金字經》曲，一名《閲金經》。單調三十一字，七句五平韻、一叶韻。另有别體二。

古調笑・嫁春

花轎仄韻　花轎疊　愛與春風鬥俏韻　柳梢拂過眉梢平韻　紅透香腮綻桃韻　桃綻換仄韻　桃綻疊　燕舞鶯歌趁愿韻

《古調笑》《樂苑》：商調曲。又名《宫中調笑》、《轉應曲》、《三臺令》。與宋詞《調笑令》不同。單調三十二字，八句四仄韻、兩平韻、兩疊韻。

遐方怨·秋夜

長夜幕。短寒更韻　雁字歸時。惱人蛩唱三兩聲韻　一絲風撚一絲情韻　小窗多少夢。未穿成韻

《遐方怨》唐教坊曲名。單調三十二字，七句四平韻。另有雙調別體一。

後庭花破子·羈滯

冷雨過汀洲韻　幽煙鎖客愁韻　謫放長城外。偏安古渡頭韻　又深秋韻　曲欄獨倚。無心縱遠眸韻

《後庭花破子》《太平樂府》注：仙呂調。《唐書·禮樂志》：夷則羽，俗呼仙呂調。此金元小令，所謂破子者，以其繁聲入破也。單調三十二字，七句五平韻。另有別體一。

如夢令·南洞

山腳清泉盈畝韻　掩映皇天后土韻　曾記少年時。玩水互藏衣褲韻　諧趣韻

諧趣疊　雲影魚龍爭渡韻

《如夢令》單調三十三字，七句五仄韻、一疊韻。另有別體五。此曲本唐莊宗制，名《憶仙姿》，嫌其名不雅，故改為《如夢令》。蓋因此詞中有〔如夢、如夢〕疊句也。周邦彥又因此詞首句，改名《宴桃源》。沈會宗詞有〔不見、不見〕疊句，名《不見》。張輯詞有〔比著梅花誰瘦〕句，名《比梅》。《梅苑》詞，名《古記》。《鳴鶴餘音》詞，名《無夢令》。魏泰雙調詞，名《如意令》。按：南洞者，岫岩縣大房身鄉古洞村南山腳下之溶洞也，故鄉古洞溝因以得名。一洞生兩口，並為高下雌雄，洞前是一泓碧水，澄澈見底。浮於水面者為雄洞，藏於水底者為雌洞，乃兒時消夏好去處。潛入深水，可鑽進洞中，行百餘步則洞漸空闊，洞底溪流蜿蜒，叮咚作響。少歇息再原路而返。水性不佳者不敢入也。惜二十世紀八十年代，洞口被開山采石者亂炸坍塌，千古奇觀面目全非，嗚呼哀哉！人開放了，洞封死了。一方風水，橫遭踐踏。後世兒孫何以得見真顏，大千造化何時重見天日，又誰曉得？

訴衷情・竚候

鐘鼓韻仄　砧杵韻　敲野渡韻　燕雙飛韻平　斜照遠韻換仄　風緩韻　柳空垂韻平　欸乃一帆

歸韻　遲遲韻　滿倉魚正肥韻　惹相思韻

《訴衷情》唐教坊曲名。單調三十三字，十一句五仄韻、六平韻，第九句類用疊字。另有別體四。

西溪子・顰

玉手春紗輕浣韻仄　溪水照人嬌喘韻　動雲鬟。含櫻顆韻換仄　羞花朵韻　憐煞病來

眉鎖韻　傾國復傾城換平韻　恨天生韻

《西溪子》唐教坊曲名。單調三十五字，八句五仄韻、兩平韻。另有別體一。

天仙子・燕

菊去桃歸山水遠韻　柳梢先試裁春剪韻　斜暉翠影入漣波。張羽扇韻　晃魚眼韻　浣得兩情還繾綣韻

《天仙子》唐教坊曲名，又名《萬斯年》。單調三十四字，六句五仄韻。另有別體四。

風流子・歙縣訪黃賓虹故居

高牆門自掩。連環叩、門鎖有人開韻　見四五修篁。兩三靈石。洞天寥落。風雅徐來韻　幽徑短、小樓堪仰止。欄砌惹徘徊韻　歎一代鴻儒。百年巨匠。獨家健筆。千古塵埃韻　丹青終偕老。狀雲山浮動。草樹興衰韻　秋水望穿思念。誰竚亭臺韻　奈斜暉歸牧。殘芳濕蘚。晨煙暮雨。晴雪陰

霾韻　耽味墨酣情飽。豪宕江淮韻

《風流子》唐教坊曲名，今依宋王之道體出之。雙調一百十一字，前段十二句四平韻，後段十一句四平韻。另有別體八。

歸自謠・縈係

帆正遠韻　思緒逐波深復淺韻　往來雙燕開春剪韻　桃花一片窗上點韻　閨如繭韻　柳梢綠了門還掩韻

《歸自謠》《樂府雅詞》注：道調宮。又名《風光子》、《思佳客》。《詞律》編入《歸國謠》者誤。雙調三十四字，前後段各三句三仄韻。

飲馬歌・騎客

高秋登壩上韻　躍馬神先暢韻　少年賒豪放韻　老來充模樣韻　縱吟鞭。出塞天。　草退邊風蕩韻　假飛將韻

《飲馬歌》單調三十四字，八句六仄韻。僅見曹勳詞，無別作可校。

定西番・殘寒

料峭正欺人老仄韻　傾病酒。醉柔腸平韻　暗銀釭韻　心事縱横顛倒仄韻　夢魂相與
荒平韻　誰識去年春草仄韻　問軒窗平韻

《定西番》唐教坊曲名。雙調三十五字，前段四句一仄韻、兩平韻，後段四句兩仄韻、兩平韻。另有別體四。

江城子・讀出律詞

別裁僞曲費參詳韻　亂綱常韻　湊詞章韻　始信騷壇、一闋斷人腸韻　小試牛
刀驚禹域。強矯異。也荒唐韻　天教海岱主流芳韻　舉賢良韻　振家邦韻
聖火頻傳、無忘撫離殤韻　忠勇摘金千百片。重掘起。共慈航韻

《江城子》又名《江神子》、《村意遠》。雙調七十字，前後段各七句五平韻。另有別體四。

望江怨・淒

鄉音絶韻　陌路偏聞雁聲咽韻　寒侵重九雪韻　孑然無計從頭說韻　落紅葉韻

夕照煮關山。塞雲流冷血韻

《望江怨》調見《花間集》，僅存牛嶠一詞。單調三十五字，七句六仄韻。平仄當遵之。

長相思・驛春

拂日光韻　洗月光疊　牆外東風比柳長韻　銜泥燕子忙韻　慢遊芳韻　惜流芳疊　醉裏行吟千百章韻　夢魂歸故鄉韻

《長相思》唐教坊曲名。又名《吳山青》、《山漸青》、《青山相送迎》、《長相思令》、《相思令》雙調三十六字，前後段各四句三平韻、一疊韻。另有別體四。

思帝鄉・惘

悠悠韻　草青人已秋韻　幽夢斷時憔悴。枉凝眸韻　楊柳亂抽思緒。縱橫無盡頭韻　天際一彎殘月、為誰留韻

《思帝鄉》唐教坊曲名。單調三十六字，七句五平韻。另有別體二。

相見歡・苦旅

殘寒病酒簾櫳韻平　惹春慵韻　僵臥茅簷低小、夢魂空韻　對風燭韻仄　傷羈曲韻　賦歸鴻韻平　怎奈桑榆凝滯、望遼東韻

《相見歡》唐教坊曲名，又名《秋夜月》、《上西樓》、《西樓子》、《憶真妃》、《月上瓜州》、《烏夜啼》。雙調三十六字，前段三句三平韻，後段四句兩仄韻兩平韻。另有別體四。

河滿子・春信

賀歲偏愁長歲。鬢霜還冷飛霜韻　似水流光增又減。去來誰與商量韻　遠塞依稀春信。小樓寥漠寒窗韻　年少荒疏學業。老殘徒縱行腔韻　李杜蘇辛應笑我。布衣愚妄顛狂韻　飄泊哪堪離緒。剪裁都是淒涼韻

《河滿子》唐教坊曲名，一名《何滿子》。《盧氏雜說》：唐文宗命宮人沈翹翹，舞河滿子詞。又屬舞曲。雙調七十四字，前後段各六句三平韻。另有別體四。

風光好・即景

近蒼蒼平韻　遠茫茫韻　煙靄蒸騰潤八荒韻　接天長韻　桃花夾岸清溪瘦仄韻　香盈袖韻　茅屋誰家古柳旁平韻　沐斜陽韻

《風光好》雙調三十六字，前段四句四平韻，後段四句兩仄韻、兩平韻。

誤桃源・清明

白鵲咽寒食。苦雨濕煙津韻　旋風千古魂韻　掃荒墳韻　草蒿也滴淚。家國有來人韻　更向汶川叩。　酹三樽韻

《誤桃源》雙調三十六字，前段四句三平韻，後段四句兩平韻。無別作可校。

望梅花・沙魘

桃塢偷眠梅影韻　柳陌重溫鄉井韻　世事因緣天注定韻　冷暖無須邀請韻　爭奈夢魂都酩酊韻　誰主桑麻時令韻

《望梅花》唐教坊曲名。單調三十八字，六句六仄韻。另有別體四。

醉太平・田妞

東風乍來韻　柴門半開韻　一簾花影徘徊韻　懶春蕙剪裁韻　桃紅潤腮韻　鵝黃墜釵韻　夕暉偷上妝臺韻　任兩眸發呆韻

《醉太平》又名《淩波曲》、《醉思凡》、《四字令》。《太平樂府》注：南呂宮。《太和正音譜》注：正宮，又入仙呂宮、中呂宮。雙調三十八字，前後段各四句四平韻。另有別體二。

上行杯・泉

正氣輸通筋脈。尋勝境、一孔陶然平韻　天籟臨風吹入夢仄韻　春潮湧動韻　響叮咚。澄鏡澈換仄韻　抱月韻　甘冽韻　漪渙纏綿平韻

《上行杯》唐教坊曲名。單調三十八字，九句兩平韻、五仄韻。另有別體二。

感恩多・野草

燕來裁碧甸仄韻　鴻去開黃卷韻　有根還有情平韻　話枯榮韻　任爾花明柳暗。

此心平韻　此心平疊　縱目遼川。幾多長短亭韻

《感恩多》唐教坊曲名。雙調三十九字，前段四句兩仄韻、兩平韻，後段五句兩平韻、一疊韻。另有別體一。

長命女·晨曲

香亂跳韻　一夜桃紅爭一笑韻　楊柳抽鞭哨韻　蝶醉蜂迷情趣。鳥囀泉鳴詞藻韻　淺草遙觀晴更好韻　滴翠陽關道韻

《長命女》又名《薄命女》，唐教坊曲名，屬仙呂調。雙調三十九字，前段三句三仄韻，後段四句三仄韻。

春光好·拜年

歌豐歲。舞霓裳韻　樂天光韻　爆竹煙花春意鬧。醉瓊漿韻　壽與南山不老。福如東海流長韻　忠義詩書勤砥礪。振家邦韻

《春光好》唐教坊曲名。雙調四十一字，前段五句三平韻，後段四句兩平韻。另有別體七。

酒泉子・燭

情滿淚流平韻　陪讀伴孤無語仄韻　照深更。熬別緒韻　惹閑愁平韻　寸光如劍斬
憧憬換仄韻　不眠憐隻影韻　曉星沉。殘月冷韻　倦西樓平韻

《酒泉子》唐教坊曲名。雙調四十字，前段五句兩平韻、兩仄韻，後段五句三仄韻、一平韻。另有別體廿一。

怨回紇・清夏

樹杪掛殘月。橋頭隔野煙韻　夢回人已老。春去鳥還喧韻　帆影迷津渡。
鄉心滯客船韻　倦遊憔悴損。無計種桑田韻

《怨回紇》本五言律詩。雙調四十字，前後段各四句兩平韻。另有別體一。

生查子・悵觸

不敢寄魚箋。望斷參差水韻　霧迷古渡頭。客老遼河尾韻　別夢與君同。

愁緒何時已韻　孤雁唳斜陽。風吹暮雲起韻

《生查子》唐教坊曲名。元高拭詞注：南呂宮。又名《楚雲深》、《梅和柳》、《晴色入青山》。雙調四十字，前後段各四句，兩仄韻。另有別體四。

·蝴蝶兒·

開畫屏韻　立娉婷韻　去來羞煞幾多情韻　探花結伴行韻　飛過鞦韆院。纏綿細柳營韻　流丹浮翠水靈靈韻　粉牆香夢凝韻

《蝴蝶兒》雙調四十字，前段四句四平韻，後段四句三平韻。此調僅見張泌詞，無別作可校。

添聲楊柳枝·二十四橋懷古

湖瘦風清不染塵韻平　草茵茵韻　江南煙雨一橋分韻　惹悲欣韻　歷數隋煬千萬錯韻仄　憐花落韻　運河帆影總如雲韻平　惠生民韻

《添声楊柳枝》黃鐘商曲。又名《賀聖朝影》、《太平時》。《宋史·樂志》：《太平時》，小石調。雙調四十字，前段四句四平韻，後段四句兩仄韻、兩平韻。另有別體二。

醉公子·疏夢

汀渚棲鷗鷺仄韻　煙鎖蒹葭渡韻　本是鑿山人平韻　聽潮欲斷魂韻　病酒還飄轉換仄韻

夢影追風遠韻　誰與話桑麻換平韻　犁鋤識舊家韻

《醉公子》唐教坊曲名，一名《四換頭》。雙調四十字，前後段各四句，兩仄韻、兩平韻。另有別體三。

·昭君怨·

欽點和親姻眷仄韻　故國雲煙一片韻　出塞路迢迢平韻　誤春宵韻　大義應憐弱

女換仄韻　夢斷琵琶別緒韻　朔雪冷香丘換平韻　幾時休韻

《昭君怨》又名《洛妃怨》、《宴西園》。雙調四十字，前後段各四句，兩仄韻、兩平韻。另有別體二。

玉蝴蝶·小景

青郊疏影斜暉韻　煙翠共葳蕤韻　古柳綠垂絲韻　流鶯囀別枝韻　凝眸春去

處。橫笛牧歸時韻　初夏惹人癡韻　晚風如意吹韻

《玉蝴蝶》《樂章集》注：仙呂調。一名《玉蝴蝶慢》，與《蝴蝶兒》不同。雙調四十一字，前段四句四平韻，後段四句三平韻。另有別體六。

女冠子・別春

春歸何處仄韻　芳塵哪堪辜負韻　伴淒寥平韻　遊子浮滄海。煙蓑過小橋韻　閉門還把盞。懷舊更吹簫韻　老去應無夢。讀離騷韻

《女冠子》唐教坊曲名。《樂章集》〔淡煙飄薄〕詞，注仙呂調；〔斷煙殘雨〕詞，注大石調；元高拭詞，注黃鐘宮。一名《女冠子慢》。雙調四十一字，前段五句兩仄韻、兩平韻，後段四句兩平韻。另有別體六。

中興樂・暮

昨日桃紅零作塵平韻　南枝綠了香魂韻　又天晚仄韻　嬌喘韻　送殘春平韻　疏籬正歎斜暉短仄韻　鄉心遠韻　燭花重剪韻　誰管韻　入夢無門平韻

《中興樂》又名《濕羅衣》。雙調四十一字，前段五句三平韻、兩仄韻，後段五句四仄韻、一平韻。另有別體二。

紗窗恨·子夜

春宵料峭還侵被仄韻　惹摧頹平韻　可憐蜷縮難成寐仄韻　月來窺平韻　少年事、總是重演。三更裏、簾幕空垂韻　氣短情長。老無為韻

《紗窗恨》唐教坊曲名。雙調四十一字，前段四句兩仄韻，兩平韻，後段四句兩平韻。另有別體一。

醉花間·候

長亭外韻　短亭外疊　亭外通雲塞韻　誰見斷鴻歸。獨有離亭在韻　遼河飄玉帶韻　暮靄沉天籟韻　桃花一夜無。春去如斯快韻

《醉花間》唐教坊曲名。雙調四十一字，前段五句三仄韻、一疊韻，後段四句三仄韻。另有別體二。按：此調正譜上闋三處疊句，「亭」處重字，均為格律定制，不可犯也。

點絳脣·壺

小巧玲瓏。冰心陶醉三江水韻　掌中滋味韻　開竅通禪意韻　但得林泉。

閑放從茲始韻　容天地韻　自成觀止韻　還與鴻儒會韻

《點絳脣》元《太平樂府》注：仙呂宮。高拭詞注：黃鐘宮。《正音譜》注：仙呂調。又名《點櫻桃》、《十八香》、《南浦月》、《沙頭雨》、《尋瑤草》。雙調四十一字，前段四句三仄韻，後段五句四仄韻。另有別體二。

·平湖樂·

瑤池仙子照菱花韻　碎玉因風灑叶　細柳穿雲碧波下叶　釣歸鴉韻　斜暉拂

面羞絲帕叶　斷橋煙影。白堤清韻。流入哪人家韻

《平湖樂》為金人小令，《太平樂府》注：越調。又名《小桃紅》，《採蓮詞》。雙調四十二字，前段四句兩平韻、兩叶韻，後段四句一叶韻、一平韻。另有別體二。

歸國遙·歎

香遠韻　柳絮楊花空繾綣韻　去來三兩飛燕韻　不知春過半韻　又是晝長宵

短韻　鬢霜堆更滿韻　抱琴無緒誰管韻　落紅天色晚韻

《歸國遙》唐教坊曲名，又名《歸平謠》。雙調四十二字，前後段各四句四仄韻。另有別體二。

·戀情深·

月影爭知花影瘦韻仄　奈春池皺韻　小園紅杏識瑤琴韻平　隔牆心韻　西窗殘燭照孤衾韻　離緒入悲吟韻　最是夢回時候。戀情深韻

《戀情深》唐教坊曲名。雙調四十二字，前段四句兩仄韻、兩平韻，後段四句三平韻。另有別體一。此調前段第二句俱作一二二句法，後段俱以「戀情深」三字作結，填者宜從之。

贊浦子·春歸

膝下原無子。閨中待嫁人韻　已斷三更夢。還歸四月春韻　柳暗誰家宅院。霧迷故里山村韻　縱目先流淚。橫琴撫斷魂韻

《贊浦子》唐教坊曲名，一名《贊普子》。雙調四十二字，前後段各四句，兩平韻。此調僅見毛文錫一詞，無別作可校，格律悉當遵之。

浣溪沙·小女回門

三日省親情有緣韻　高朋滿座也偷潸韻　此生鬢髮為誰斑韻　村酒家蔬君莫

笑。良辰美景鳳來還韻　拚將一醉釋陶然韻

《浣溪沙》唐教坊曲名。又名《小庭花》、《減字浣溪沙》、《滿院春》、《東風寒》、《醉木犀》、《霜菊黃》、《廣寒枝》、《試香羅》、《清和風》、《怨啼鵑》。雙調四十二字，前段三句三平韻，後段三句兩平韻。另有別體四。

·醉垂鞭·

縱馬閱詩書平韻　鞭吟草仄韻　圈吟稿韻　三歲識之無平韻　老來還匹夫韻　長城香有色換仄韻　憐邊客韻　醉冰壺平韻　好韻一何孤韻　斜暉當墨塗韻

《醉垂鞭》詞見張先集。雙調四十二字，前後段各五句，三平韻、兩仄韻。

雪花飛·霧

乾濕蒸餾醞釀。陰陽互動弛張韻　汀渚飛紗墜幔。雲裏村莊韻　津渡無帆影。瑤臺有羽裳韻　山水賒來醉夢。忘了歸航韻

《雪花飛》僅見山谷詞。《宋史·樂志》：高角調。雙調四十二字，前後段各四句，兩平韻。

沙塞子・杜鵑清供

檢點南窗晴露。香一樹。映山紅韻　醉了物華天寶。夢遼東韻　記得兒時情趣。皮作響。韻無窮韻　耕讀漁樵嘗遍。老頑童韻

《沙塞子》唐教坊曲名。一名《沙磧子》。雙調四十二字，前後段各五句，兩平韻。另有別體三。

殿前歡・嫁女次日又感夜雨曉晴天氣

柳梢風韻　又吹餘滴到簾櫳韻　殘更且把陰霾送叶　人靜樓空韻　良辰信有蹤韻　陳清供叶　祈禱三天寵叶　曉窗如約。吐納煙虹韻

《殿前歡》又名《鳳將雛》，雙調四十二字，前段四句三平韻、一叶韻；後段五句兩平韻、兩叶韻。另有別體一。

水仙子・榆錢

東風吹落萬千金韻　鑲嵌池臺惹眷歆韻　楊花柳絮蹉跎甚叶　誰心似我心韻　真香總在山林韻　靈泉沽酒。閑雲撫琴韻　坦蕩胸襟韻

《水仙子》唐教坊曲名。此調乃元人小令之漸流於曲者。雙調四十四字，前段四句三平韻、一叶韻；後段四句三平韻。另有別體一。

霜天曉角・喜雨

平雲流淌韻　一夜時霖爽韻　夢裏杏花鋪路。榆錢重、蓮池漲韻　涵暢韻

天又朗韻　露妝憐草莽韻　簾外柳煙浮動。春已醉、犁鋤響韻

《霜天曉角》元高拭詞注：越調，又名《月當窗》、《踏月》、《長橋月》。雙調四十三字，前段四句三仄韻；後段五句四仄韻。另有別體八。

清商怨・減春

鶯啼爭奈春去遠韻　亂絮迷倦眼韻　柳陌紅塵。長亭天又晚韻　慵妝鸞鏡

不管韻　夢醒處、為誰嬌喘韻　恨入飛梭。西窗簾未捲韻

《清商怨》又名《關河令》、《傷情怨》。雙調四十三字，前後段各四句三仄韻。另有別體二。

傷春怨・孤影

夕照流金縷韻　柳暗歸鴉無語韻　陌路少人行。野寺還聞鐘鼓韻　渡頭風

吹絮韻　塞外孤煙舉韻　拍遍舊欄杆。更惱落。沾襟雨韻

《傷春怨》僅見王安石一詞，格律悉當遵之。雙調四十三字，前後段各四句，三仄韻。

菩薩蠻・新正會

侄男外女知多少韻仄　輕車踏雪尋梅老韻　兄弟喜相逢韻平　涕零談笑中韻　壯懷應未歇韻換仄　兩鬢先飛雪韻　佳節共金樽韻換平　土親人更親韻

《菩薩蠻》唐教坊曲名。又名《重疊金》、《子夜歌》、《菩薩鬘》、《花間意》、《梅花句》、《花溪碧》、《晚雲烘日》。《尊前集》注：中呂宮；《正音譜》注：正宮。唐蘇鶚《杜陽雜編》云：大中初，女蠻國入貢，危髻金冠，纓絡被體，號《菩薩蠻》隊。當時倡優遂制《菩薩蠻曲》，文士亦往往聲其詞。《北夢瑣言》云：唐宣宗愛唱《菩薩蠻》詞，令狐綯命溫庭筠新撰進之。雙調四十四字，前後段各四句兩仄韻、兩平韻。另有別體二。

采桑子・疏惶

夢回無計留春駐。月落星稀韻　漏淺風淒韻　最是消魂索句時韻　隔窗應恨關山遠。人在遼西韻　霜染鬢眉韻　啼血長亭怨子規韻

《采桑子》《樽前集》注：羽調。《樂府雅詞》注：中呂宮。又名《醜奴兒令》、《羅敷媚歌》、《醜奴兒》、《羅敷媚》。雙

調四十四字，前後段各四句，三平韻。另有別體二。

後庭花・晴夕

已閑池閣斜暉滿韻　綠波清淺韻　水曲沙鷗還繾綣韻　不知天晚韻　柳梢浮動因風軟韻　鬢雲慵綰韻　鞦韆院落生苔蘚韻　去留誰管韻

《後庭花》唐教坊曲名，又名《玉樹後庭花》。雙調四十四字，前後段各四句四仄韻。另有別體三。

訴衷情令・三九夜

朔風吹雪惹淒寒韻　把酒數流年韻　盤蛇驛外詞客。老病正拘纏韻　歌未竟。漏將殘韻　淚空彈韻　惱人天氣。羈旅情懷。夢斷鄉關韻

《訴衷情令》《樂章集》注：林鐘商。又名《漁父家風》、《一絲風》。雙調四十四字，前段四句三平韻，後段六句三平韻。另有別體二。

減字木蘭花・傷春

長河入海仄韻　一往情深應不改韻、往事如風平韻　煙雨樓臺縹緲中韻　折枝時

候韻換仄　邊草乍青人已瘦韻　須問歸鴉韻換平　誰見瀟湘葬落花韻

《減字木蘭花》《樂章集》注：仙呂調。又名《減蘭》、《木蘭香》、《天下樂令》。雙調四十四字，前後段各四句，兩仄韻、兩平韻。

卜算子・亂緒

正歎落花多。不覺離人老韻　魂夢依稀到故園。還識山坡草韻　幽徑借林泉。野屋聞啼鳥韻　驚起聽潮渤海灣。又被滄桑惱韻

《卜算子》元高拭詞注：仙呂調。又名《缺月掛疏桐》、《百尺樓》、《楚天遙》、《眉峰碧》。雙調四十四字，前後段各四句，兩仄韻。另有別體六。

一落索・風窗

客老蒹葭遼口韻　不堪回首韻　淡煙疏雨送春歸。誰與同樽酒韻　夢斷鄉關時候韻　凝眸東牖韻　一懷愁緒入瓊簫。憔悴天知否韻

《一落索》又名《洛陽春》、《玉連環》、《一絡索》。雙調四十四字，前後段各四句，三仄韻。另有別體七。

好時光・翰逸

筆走行雲流水。濡翠墨、寫華章韻　濃淡疾徐開合處。風清月轉廊韻　願乞新意匠。不媚俗、醉流觴韻　韻寄丹青外。點染好時光韻

《好時光》詞見《樽前集》，唐明皇制。雙調四十五字，前後段各四句，兩平韻。平仄一定。

謁金門・己丑元宵節後三降瑞雪

開春雪韻　接受牛郎檢閱韻　三顧關東全大節韻　善緣多采擷韻　祈禱稔收年月韻　潤化江山氣血韻　疏影暗香生笑靨韻　一如詩韻疊韻

《謁金門》唐教坊曲名。元高拭詞注：商調。又名《空相憶》、《花自落》、《垂楊碧》、《楊花落》、《出塞》、《東風吹酒面》、《不怕醉》、《醉花春》、《春早湖山》。雙調四十五字，前後段各四句，四仄韻。另有別體三。

・柳含煙・

堆蔥翠。動雰煙韻　掛月扶風釣影。一池春水洗光天韻　倚欄杆韻　燕剪

柔絲無斷緒韻仄　協奏宮商角羽韻　折枝沽酒入陽關韻平　待人還韻

《柳含煙》唐教坊曲名。雙調四十五字，前段五句三平韻，後段四句兩仄韻、兩平韻。

杏園芳·立夏

鵝毛住了春歸韻　牆頭杏臉慈悲韻　鶯儔燕侶柳梢媒韻　醉芳菲韻　開窗又見丁香結。　薰風暖透羅帷韻　齊眉團扇掩斜暉韻　打量誰韻

《杏園芳》僅見尹顎詞，無別首可校。雙調四十五字，前段四句四平韻，後段四句三平韻。

好事近·佳肴

兄嫂老家來。　山貨什鮮盈簍韻　憐我異鄉滋味。　況千金婚後韻　人間煙火晚年孤。　親舊聚還走韻　幸得野蔬開胃。　夢回香餘口韻

《好事近》又名《釣船笛》、《翠圓枝》。雙調四十五字，前後段各四句，兩仄韻。另有別體一。

華清引·步行街晚

香街夏布任喬妝韻　向晚清涼韻　萬家燈火明滅。繽紛七色光韻　小城夜
市正開張韻　店家偏愛繁忙韻　月窺人不覺。都怪柳絲長韻

《華清引》雙調四十五字，前後段各四句，三平韻。此調僅見蘇軾一詞，平仄當遵之。

天門謠·夤夜會高輝

潛寐驚來電韻　赴約急、夢魂難遣韻　天地轉韻　幻怡紅深院韻　鐵嶺客歌
喉金不換韻　醉去誰知人已倦韻　山水遠韻　怎隔阻、蘭交把盞韻

《天門謠》雙調四十五字，前後段各四句，四仄韻。按：紅樓雅會，故得「幻怡紅深院」句。

憶悶令·飲者

老酒千年呼大碗韻　壯懷傾肝膽韻　同窗莫笑劉伶。霜鬢無長短韻　月醉
雲將散韻　燭搖情還滿韻　問春信、海角天涯。今夜歸誰管韻

《憶悶令》雙調四十五字，前後段各四句，三仄韻。此調僅見晏幾道一詞，平仄當遵之。

·散餘霞·

窗前誰念迷魂咒韻　敗幾杯病酒韻　鄉夢敲碎無聲。嫁扶風弱柳韻　流年悄然走驟韻　歎別離時候韻　春去寂寞澄塘。剩餘暉一綹韻

《散餘霞》雙調四十五字，前後段各四句，三仄韻。此調僅見毛滂一詞，平仄當遵之。

好女兒·長大

陌上柳含煙韻　亭外月如盤韻　蝶戀花飛時候。一臉豔陽天韻　二十六年前韻　趁夜色、啼落嬋娟韻　流光如水。青春疊翠。秀起家園韻

《好女兒》又名《繡帶兒》。雙調四十五字，前段四句三平韻，後段五句三平韻。另有別體二。

萬里春·遼河探源

遼河萬古韻　布關東風雨韻　借天邊、一片雲霞。奉炎黃始祖韻　玉出紅

山土韻　化龍鳳、也能言語韻　寫長城、象外春秋。誦癲狂詩句韻

《萬里春》雙調四十五字，前後段各四句，三仄韻。此調僅見周邦彦一詞，平仄當遵之。

綵鸞歸令·晴雨

雲蓋蔭涼韻　四月槐花結串香韻　小園粉蝶更成雙韻　舞霓裳韻　旱雷驚破

癡人夢。雨打浮萍意未央韻　斷橋心事許蕭娘韻　宛虹長韻

《綵鸞歸令》袁去華詞名《青山遠》。雙調四十五字，前段四句四平韻，後段四句三平韻。

錦園春·雨後

散煙凝碧韻　家山遮望眼。久違泉石韻　一抹殘虹。兩頭無消息韻　桑榆

悵惕韻　最難奈、退潮風急韻　懶看鴉歸。貪聽燕語。黄昏時刻韻

《錦園春》調見張孝祥詞，載於《全芳備祖》樂府。雙調四十五字，前後段各五句，三仄韻。

太平年·萋淒

關東春去橫煙翠韻　望海山迢遞韻　桑麻新綠接天際韻　共林泉旖旎韻　客舍流光如彈指韻　誤了功名事韻　爭奈老將至韻　比醉容易韻

《太平年》雙調四十五字，前後段各四句，四仄韻。此調僅見《高麗史·樂志》，平仄一定。

清平樂·謫仙

放懷襟袖仄韻　朗月同樽酒韻　醉臥不聞天子吼韻　魂夢散仙狂叟韻　一片帆影何之平韻　湧泉流韻神思韻　休怪此身潦倒。九州吟草參差韻

《清平樂》《宋史·樂志》：屬大石調。《樂章集注》：越調。又名《清平樂令》、《憶蘿月》、《醉東風》。雙調四十六字，前段四句四仄韻，後段四句三平韻。另有別體二。

憶秦娥·楓

壯行攝韻　層林染盡情猶烈韻　情猶烈疊　火流奔瀉。落霞翻疊韻　高懷可

照中秋月韻　誰諳秉性真如鐵韻　真如鐵疊　已披肝膽。不凋霜葉韻

《憶秦娥》元高拭詞注：商調。又名《秦樓月》、《雙荷葉》、《蓬萊閣》、《碧雲深》《花深深》。雙調四十六字，前後段各五句，三仄韻、一疊韻。另有別體十。

更漏子・憶菊

繞疏籬。侵古道韻仄　露結更憐霜草韻　感葉落。看雲舒韻平　長宵滴漏初韻　小軒窗。幽夢少韻仄　怎奈冷香縈擾韻　思故井。醉吟壺韻平　星殘人正孤韻

《更漏子》《樽前集》註：大石調，又屬商調。雙調四十六字，前後段各六句兩仄韻、兩平韻。另有別體七。

巫山一段雲・鳳姑來儀

翠霧分紅雨。蒹葭識客心韻平　鳳姑夤夜話鄉音韻　燭殘情不禁韻　曾幾一門年少韻仄　次第流雲邊草韻　夢魂縈繫小山溝韻換平　滄桑四十秋韻

《巫山一段雲》《樂章集》註：雙調，唐教坊曲名。雙調四十六字，前段四句三平韻，後段四句兩仄韻、兩平韻。另有別體二。

望仙門・癡者無畏

海河交匯大潮平韻　蕩天星韻　盤蛇驛外月三更韻　夢難成韻　索句催人老。

西窗暗了孤燈韻　撚鬚搔首笑書生韻　笑書生疊　還與古人爭韻

《望仙門》雙調四十六字，前段四句四平韻，後段五句三平韻、一疊韻。按：後段第四句疊第三句尾三字乃體例使然，填者慎之。

占春芳・賞槐

春已遠。山還翠。野逕沁幽香韻　一澗清泉流韻。半坡霽雨斜陽韻　旖

旎醉柔腸韻　竊嘗鮮、榴齒微張韻　小橋依舊凭欄處。誰惹思量韻

《占春芳》僅見東坡一詞。雙調四十六字，前段五句兩平韻，後段四句三平韻。平仄一定。

朝天子・子夜念日雲君珠峰大本營之旅

夢醒遙相憶韻　高處冷、怎生將息韻　霜鬢遠適韻　雪域雲遊客韻　接短

信、憐君驚造極韻　向晚無須相促迫韻　多養力韻　蓄真氣、還垂天翼韻

《朝天子》唐教坊曲名。《陽春集》名《思越人》。雙調四十六字，前後段各四句，四仄韻。

·憶少年·

山泉流韻。山嵐滴翠。山花爭色韻　斜暉入幽徑。任香風凝碧韻　夢裏

鄉關應患失韻　惹童心、好生追憶韻　長林妒歸鳥。恨天涯咫尺韻

《憶少年》又名《隴首山》、《十二時》、《桃花曲》。雙調四十六字，前段五句兩仄韻，後段四句三仄韻。另有別體一。

西地錦·桃源醉影

酩酊無關潦倒韻　怪今宵酒好韻　蹉跎歲月。依稀舊夢。誰家遺老韻　省

卻閑愁多少韻　最星河知曉韻　歌臺舞榭。怡紅快綠。虛無飄渺韻

《西地錦》元高栻詞，註黃鐘宮。雙調四十六字，前後段各五句，三仄韻。另有別體二。

·相思引·

濕地風和意正忺韻　鷺鷥偕侶信前緣韻　淺蘆波影。都入畫中天韻　初夏

心思春不管。老年鄉夢月空懸韻　遼東山色。還隔幾重煙韻

《相思引》又名《玉交枝》、《定風波令》、《琴調相思引》、《鏡中人》。雙調四十六字，前段四句三平韻，後段四句兩平韻。另有別體二。

落梅風·遼河口踏青

灘頭蘆淺雜莪蒿韻　扁舟欸乃逍遙韻　水光瀲灎綺雲飄韻　歇風潮韻　醉聽

天籟觀滄海。無憂最是漁樵韻　鶴鄉生態百千嬌韻　鳳還巢韻

《落梅風》調見《梅苑》，僅存無名氏一詞。雙調四十六字，前段四句四平韻，後段四句三平韻。無別作可校，格律悉當遵之。

江亭怨·扶貧

年壯已無職事韻　腰病更愁生計韻　小女讀書聲。都被寒窗脫累韻　大路

不堪尾氣韻　寶馬奔馳鳴唳韻　幫困到人家。怎奈車薪杯水韻

《江亭怨》又名《清平樂令》、《荊州亭》。雙調四十六字，前後段各四句三仄韻。平仄當遵之。

喜遷鶯·端午憶屈子

思故土。歎英豪平韻　千古誦離騷韻　汨羅江上淺深潮韻　忠義付蘆蒿韻　春已歸。天又雨仄韻　攪動一懷愁緒韻　夢魂無計會軒轅換平韻　詩酒遣流年韻

《喜遷鶯》《太和正音譜》註：黄鐘宮。《梅溪集》註：黄鐘宮。《白石集》註：太簇宮。又名《鶴沖天》、《萬年枝》、《春光好》、《燕歸來》、《早梅芳》、《喜遷鶯令》、《烘春桃李》。雙調四十七字，前段五句四平韻。後段五句兩仄韻、兩平韻。另有別體十六。

烏夜啼·過重陽節

野渡斜陽外。一聲欸乃驚秋韻　蘆花泛雪征鴻遠。孤棹忍淹留韻　少小已成邊客。老衰還惹閑愁韻　哪堪霜重東籬菊。濕地冷沙鷗韻

《烏夜啼》唐教坊曲名。《太和正音譜》註：南呂宮，又大石調。又名《聖無憂》、《錦堂春》。雙調四十七字，前後段各四句，兩平韻。另有別體二。

相思兒令·訪黑嘴鷗

筆架嶺前生態。風物在煙汀韻　烏嘴白翎棲息。憐煞小精靈韻　濕地水淺
潮平韻　好家園、魚鳥關情韻　超離塵世喧囂。一灘蘆影娉婷韻

《相思兒令》又名《相思令》僅見晏殊一詞，平仄當遵之。雙調四十七字，前段四句兩平韻，後段四句三平韻。

阮郎歸·沐雨

歸途斜照頓傾盆韻　淋漓爽一身韻　老來忽覺會天恩韻　輕鬆洗舊塵韻　吹
暮雨。掃殘雲韻　香風拂故人韻　眉梢垂露入柴門韻　吟懷滿酒樽韻

《阮郎歸》又名〔碧桃春〕、《醉桃源》、《宴桃源》、《濯纓曲》。雙調四十七字，前段四句四平韻，後段五句四平韻。另有別體一。

賀聖朝·傷楚

春歸又是端陽後韻　青山依舊韻　靈均雖已。汨羅還痛。綠肥紅瘦韻　酸

風吹雨。斜暉落暮。是何征候韻　夢回人遠。酒空茶冷。壯思烏有韻

《賀聖朝》唐教坊曲名。又名《轉調賀明朝》。雙調四十七字，前段五句三仄韻，後段六句兩仄韻。另有別體十。

甘草子·敗啤

朋好韻　勸杯來去。談笑欺人老韻　昨夜囫圇覺韻　今日還癡倒韻　渾噩不知命如草韻　枕綠野、芳鄰翠鳥韻　閑放林泉足溫飽韻　任夏長春了韻

《甘草子》柳永《樂章集》註：正宮。雙調四十七字，前段五句四仄韻，後段四句四仄韻。另有別體一。

珠簾卷·無緒

雲還亂。雨初收韻　萍蹤逐水淹留韻　春去誰家庭院。孤煙牽客愁韻　茅屋老牆開片。溪橋古柳低頭韻　新月總偷新夢。搖燭影。掛簾鉤韻

《珠簾卷》僅見歐陽修詞。雙調四十七字，前段五句三平韻，後段五句兩平韻。平仄當遵之。

畫堂春・鄧玉嬌自衛戕淫棍

守貞如玉也堪豪韻　挽弓怒射三雕韻　鳳釵雲鬢不容敲韻　銅臭煙消韻　拍案昭然若揭。須聽正氣呼號韻　恃強淩弱剮千刀韻　在劫難逃韻

《畫堂春》雙調四十七字，前段四句四平韻，後段四句三平韻。另有別體四。

喜長新・晨曲

輕煙曉日影初長韻　暗渡回廊韻　紗簾一樣透晴窗韻　無須與夢商量韻　楊柳婆娑浮動。凝露流光韻　新禾吐翠正農忙韻　水田五月成行韻

《喜長新》唐教坊曲名。雙調四十七字，前段四句四平韻，後段四句三平韻。此調僅見王勝之一詞，平仄當遵之。

金盞子令・嘉會

餘暉識主。畫樓欄砌惹流觴韻　三公館醉。怪金蘭燕樂。胸臆舒張韻　晴川意氣。芳草風雅。澤被家邦韻　是俊才、茅廬瓦殿。一樣擔當韻

《金盞子令》僅見無名氏一詞。雙調四十七字，前後段各五句，兩平韻。平仄當遵之。

獻天壽・知返

一去浮名身自輕韻　柳浪聞鶯韻　老來心氣轉和平韻　煙渚對鷗汀韻　望中依舊真山水。總似曾經韻　詩書酒劍樂同行韻　燭雖短。月還明韻

此調僅見《高麗史・樂志》一佚名詞。雙調四十七字，前段四句四平韻，後段五句三平韻。

三字令・與長治友人書

春已盡。夏初長韻　趁斜陽韻　留客醉。愧堂荒韻　品粗茶。思往事。數流光韻　情未了。鬢先霜韻　為誰忙韻　書道遠。墨池香韻　縱行吟。師古意。汎輕航韻

《三字令》雙調四十八字，前後段各八句，四平韻。另有別體一。

山花子・丁巳過韶山

翠蓋依稀小院空韻　懷君煙雨冷飛虹韻　誰主沉浮誰敢問。仰天東韻　曲

徑凭闌思往事。幽篁噙淚覓詩叢韻　還似長城還有夢。幾人同韻

《山花子》唐教坊曲名。又名《南唐浣溪沙》、《添字浣溪沙》、《攤破浣溪沙》、《感恩多令》。雙調四十八字，前段四句三平韻，後段四句兩平韻。

憶餘杭・滇池孤舟行

秋入滇池。細雨霏霏思浩淼。小舟沖浪不須鞭平韻　煙靄鎮西山韻　大觀樓上長聯在仄韻　道盡水天風采韻　豁然開朗好凝眸換平韻　一掃古今愁韻

《憶餘杭》雙調四十八字，前段四句兩平韻，後段四句兩仄韻、兩平韻。另有別體一。

秋蕊香・曉霧

平野晦暝煙曙韻　車水馬龍迷路韻　元神沒個安排處韻　進退怎生環顧韻　天波自有靈舟渡韻　休辜負韻　何當擬此均貧富韻　來往行人同步韻

《秋蕊香》雙調四十八字，前後段各四句，四仄韻。另有別體二。

胡搗練·幻真

夢魂飄渺識家山。洞外榆錢飛落韻　雲裏柴門羅雀韻　煙柳空依約韻　孤蓑不似想當年。鬢影霜絲蕭索韻　平野縱橫阡陌韻　別緒相交錯韻

《胡搗練》雙調四十八字，前後段各四句，三仄韻。另有別體二。

桃源憶故人·荒園

斜暉弄影誰家院韻　攪動塵封思念韻　缺了桃花人面韻　石徑生苔蘚韻　小橋不厭溪流淺韻　彩蝶縈回繾綣韻　煙靄賒來一片韻　只為蒙雙眼韻

《桃源憶故人》又名《虞美人影》、《胡搗練》、《桃園憶故人》、《醉桃園》、《杏花風》。雙調四十八字，前後段各四句，四仄韻。另有別體一。

撼庭秋·詞

教坊歌曲宮調韻　也在花間笑韻　曉風殘月。金戈鐵馬。宋家辭藻韻　樓

臺拂柳。田園凝露。暮雲邊草韻 奉康熙欽定。詩餘薈萃。物華天寶韻

《撼庭秋》唐教坊曲名。一作《感庭秋》。雙調四十八字，前段五句三仄韻，後段六句兩仄韻。此調僅見晏殊一詞，無别首可校，平仄當遵之。

慶金枝·遊清照園

湖光野色分韻 舊池閣、小乾坤韻 淡煙疏柳也氤氲韻 水漱玉、月銷魂韻

綠肥紅瘦歎情真韻 倚欄楯、想離人韻 金爐瑞腦為誰熏韻 對紅燭、枉凝顰韻

《慶金枝》又名《慶金枝令》。雙調五十字，前後段各四句，四平韻。另有别體二。

·燭影搖紅·

舞榭歌臺。去來誰計丹墀數韻 暮煙朝雨亂絲桐。兩腳顛迷步韻 翻唱後庭遺譜韻 漏遲遲、魂消蜜炬韻 暗香浮動。醉影橫斜。不知歸路韻

《燭影搖紅》又名《憶故人》、《歸去曲》、《玉珥墜金環》、《秋色橫空》。雙調四十八字，前段四句兩仄韻，後段五句三仄韻。另有別體二。

朝中措·長安夜色

萬家燈火煥天星韻　秦俑息刀兵韻　新月簾鉤高掛。大唐鼓樂重聽韻　鞦韆院落。歌臺舞榭。一派升平韻　容與壯圖舒嘯。掂量民重君輕韻

《朝中措》《宋史·樂志》屬黃鐘宮。又名《照江梅》、《芙蓉曲》、《梅月圓》。雙調四十八字，前段四句三平韻，後段五句兩平韻。另有別體三。

洞天春·遼寧估分報考大學志願感歎

莘莘學子無奈韻　命運憑誰主宰韻　上下高低怎擔待韻　枉虧迷魂債韻　何由組織忽怠韻　亂序多年未改韻　大國文明。小民家業。祈求關愛韻

《洞天春》僅見歐陽修詞，雙調四十八字，前段四句四仄韻，後段五句三仄韻。平仄一定。

慶春時·謁西安碑林

珠光寶氣。風流文采。拂面澄心韻 銀鉤鐵畫。龍飛鳳舞。名帖起禪林韻
書香門第。開拓千古胸襟韻 回廊掩映。高山仰止。凝竚日西沉韻

《慶春時》雙調四十八字，前段六句兩平韻，後段五句兩平韻。

眼兒媚·蓮池

荷蓋初開趁新晴韻 搖曳惹蜻蜓韻 柳絲撲蝶。夕暉塗畫。影動漣鶩韻 倚
欄凝睇思年少。兩鬢幾時青韻 手中短卷。林叢知了。不管飄零韻

《眼兒媚》又名《小欄杆》、《東風寒》、《秋波媚》。雙調四十八字，前段五句三平韻，後段五句兩平韻。另有別體二。

人月圓·閨

朱簾漫卷邀明月。無緒對西窗韻 小橋流水。新荷並蒂。煙柳迷茫韻 薄
衾離夢。殘更隻影。孤燭彷徨韻 鞦韆院冷。梧桐雨細。撕扯柔腸韻

《人月圓》《中原音韻》注：黃鐘宮。又名《青衫濕》。雙調四十八字，前段五句兩平韻，後段六句兩平韻。另有別體二。

喜團圓・濕地行偶見鷗鷺感賦

新蘆濕地。鱗波淺處。魚蟹多時韻 煙蕪隱見鴛鸞影。信緣分天知韻

神仙眷屬。柔情似水。欲醉還癡韻 不離不棄。相攜老去。大愛如斯韻

《喜團圓》又名《與團圓》。雙調四十八字，前段五句兩平韻，後段六句兩平韻。另有別體一。

海棠春・題懸空寺

千秋冷暖飄然度韻 三教合、濫觴高古韻 棧道踏天風。殿閣生雲霧韻

玉暉拂檻危崖暮韻 抖落盡、塵煙俗土韻 但見鳥飛還。不借閑人住韻

《海棠春》又名《海棠花》、《海棠春令》。雙調四十八字，前後段各四句，三仄韻。另有別體二。

武陵春・錯過恒山

車到山門人未入。北嶽待登臨韻 有寺懸空意也沉韻 橫豎不甘心韻 緣

……涕淚已沾襟韻　夢醒時分鬢雪侵韻　佳境再難尋韻　分忽來休錯過。

《武陵春》又名《武林春》。雙調四十八字，前後段各四句，三平韻。另有別體二。

東坡引·陣雨

霎時雲密布韻　風生倚欄處韻　三通雨打晴天鼓韻　青萍流濕霧韻　樓臺漸冷。　桑榆眷佇韻　空悵望、迷津渡韻　歸鴉亂點梧桐樹韻　長亭今又暮韻

《東坡引》雙調四十八字，前段四句四仄韻，後段五句四仄韻。另有別體四。

雙鸂鶒·又夢外語考試

滿紙英文堆積韻　大漢臣民誰識韻　頭脹眼花荒惑韻　真魂何以消得韻　索性推敲平仄韻　清韻忽添神力韻　不管東西南北韻　從頭胡亂翻譯韻

此調元高拭詞注：正宮。僅見朱敦儒《樵歌》詞，雙調四十八字，前後段各四句，四仄韻。

鬲溪梅令・盤錦

下遼濕地海天長韻　浩湯湯韻　綠葦紅灘鑲嵌、媚無雙韻　鶴鳴魚米鄉韻

九河津渡走帆檣韻　喜洋洋韻　了卻煙塵烽火、濟慈航韻　采油多女郎韻

《鬲溪梅令》姜夔自度曲，注宮調。原注：仙呂調。一作《高溪梅令》。雙調四十八字，前後段各四句，四平韻。平仄當遵之。

伊州三臺・雨日與景宇太水師弟小聚

雨疏還約同窗韻　有酒何妨話長韻　鬢髮已成霜韻　歎年華、幾多撂荒韻

醉來幽夢還鄉韻　小友抓鬮組幫韻　叱吒鬥平岡韻　搶山頭、半輪夕陽韻

《伊州三臺》調見金元曲子，注正宮。雙調四十八字，前後段各四句，四平韻。平仄宜遵之。

雙頭蓮令・悵望

哪堪無緒月還圓韻　小暑亂雲天韻　嚴君太息夜闌珊韻　不讓夢當年韻　九

句數過懶稱仙韻　誠善補丹田韻　何當一醉入桃源韻　煙柳釣清漣韻

《雙頭蓮令》僅見趙師俠一詞，雙調四十八字，前後段各四句，四平韻。平仄當遵之。

梅弄影·舊簷下見玉米石縫裏獨生過頂

夜深人靜韻　夢到籬邊冷韻　搖曳婆娑倦影韻　客舍蓬窗。此情風約定韻　隻

身誰並韻　大節承天命韻　露葉翻新時令韻　皓齒初胎。靈根欹復正韻

《梅弄影》僅見《丘崇集》詠梅詞。雙調四十八字，前後段各五句，四仄韻，平仄當遵之。

茅山逢故人·下遼河三角洲

潮漲雲山翻疊韻　潮落灘塗明滅韻　浩瀚驚天。深沉驚夢。壯懷驚月韻　蘆

花把酒持螯。汀渚棲鷗歸楫韻　稻海生金。原油生黛。堿蓬生血韻

《茅山逢故人》僅見元張雨一詞。雙調四十八字，前段五句三仄韻，後段五句兩仄韻。

陽臺夢・龍鐘

幾絲華髮垂鮐背韻　夜來無夢晨來睡韻　壯心遮莫淡如煙。不堪重砥礪韻　耕

桑憐逸老。誰羨金迷紙醉韻　賦閑田舍鑄真魂。曲水流丹桂韻

《陽臺夢》雙調四十九字，前段四句三仄韻，後段四句兩仄韻。另有別體一。

月宮春・田園

水鄉消息寄雲煙韻　蛙聲出稻田韻　扁舟來去采紅蓮韻　蜻蜓立翠鬟韻　短

笛漁歌斜照影。柔毫韻語桂花箋韻　陌上扶風細柳。也知登稔年韻

《月宮春》又名《月中行》。《宋史・樂志》屬小石角。雙調四十九字，前段四句四平韻，後段四句兩平韻。另有別體一。

河瀆神・浣暑

爽意下回汀韻　柳絲珠露晶瑩韻　芰荷斟滿玉壺冰韻　雨瑟蛙琴共鳴韻　簑

笠一篙煙水遠。蒹葭鷗鷺虛驚韻　斜影正聞天籟。小橋還惹鄉情韻

《河瀆神》唐教坊曲名。雙調四十九字，前段四句四平韻，後段四句兩平韻。另有別體一。按：此詞前段押平韻，後段押仄韻者，唐、宋人間一為之，若全押平韻，則惟張泌一體也。

歸去來·菊頌

寥落東籬霜重韻　秋露都凝凍韻　疏影依稀誰來共韻　風吹雪、月偷夢韻　枝老香還送韻　須陶令、可相昆仲韻　高標不去資傾弄韻　參詩理、入清供韻

《歸去來》雙調四十九字，前後段各四句，四仄韻。另有別體一。按：此調只有柳永詞二首，無宋、元詞可校。四十九字者自注正平調，五十二字者自注中呂調。

惜春郎·羈曲

歲華如箭傷離索韻　把酒聽秋瑟韻　桑榆已晚。鬢霜還冷。鴻抱無覓韻　夢裏鄉關煙水隔韻　恨未報家國韻　一醉休、不去思量。怎奈布衣沾濕韻

《惜春郎》僅見柳永詞。雙調四十九字，前段五句三仄韻，後段四句三仄韻。平仄當遵之。

極相思·初伏

夜來疏雨清涼韻　幽夢過瀟湘韻　初知數伏。不搖羽扇。應謝雲長韻　羈

旅更惜天倫樂。時果熟、紅過籬牆韻　家蔬爽口。村醪悅性。真趣無央韻

《極相思》又名《極相思令》。雙調四十九字，前段五句三平韻，後段五句兩平韻。

雙韻子・晚涼

波光瀲灩。棹歌欸乃。雲蒸霞蔚韻　望中一縷炊煙。濡夕照、賒晴翠韻

萍浮水韻　蓮噙淚韻　聞野渡、蛙鳴犬吠韻　柳絲縛住幽思。傾老酒、圖新醉韻

《雙韻子》僅見張先一詞，雙調四十九字，前段五句兩仄韻，後段五句四仄韻。平仄當遵之。

鳳孤飛・遼口斷鴻

濕地蟹灘蘆海。念紫龍修遠韻　雪鷺誰家侶眷韻　弄水影、斜暉短韻　昨

日東風浮過雁韻　迷幽境、滯回失散韻　雲翼創傷天又晚韻　任孤蹤呼喚韻

《鳳孤飛》僅見晏幾道詞。雙調四十九字，前段四句三仄韻，後段四句四仄韻。平仄一定。

柳梢青·過雨

落日橋頭韻　浮煙柳陌。霽雨西樓韻　半掩重簾。平添幽緒。殘月如鉤韻

新來不敢凝眸韻　算苦旅、天涯泛舟韻　心事雖箋。飛鴻還斷。雲水悠悠韻

《柳梢青》又名《雲淡秋空》、《雨洗元宵》、《玉水明沙》、《早春怨》、《隴頭月》。雙調四十九字，前段六句三平韻，後段五句三平韻。另有別體七。

醉鄉春·五更

夢斷塞雲飄渺韻　羈旅更知人老韻　濕地醒。海潮平。孤鶴一聲催曉韻　醉

去不堪頹倒韻　賺得離多聚少韻　了奢望。任蹉跎。接天若許萋萋草韻

《醉鄉春》一名《添春色》，調見秦觀詞。雙調四十九字，前後段各五句，三仄韻。

太常引·藏真

孤笻野徑過籬牆韻　幽緒寄詩行韻　酷暑正難當韻　奈朽病、時幫倒忙韻　刪

繁就簡。耕雲種月。曲水好流觴韻　天籟入芸窗韻　煮老夢、還賒夕陽韻

《太常引》《太和正音譜》注：仙呂宮。又名《太清引》、《臘前梅》。雙調四十九字，前段四句四平韻，後段五句三平韻。另有別體一。

應天長·曉行

青紗帳裏羊腸小韻　新露沾衣還起早韻　漏聲殘。人意好韻　魚肚白時驚翠鳥韻　柳依依。煙渺渺韻　蛛網織成吟稿韻　出塞綠風紅草韻　地偏塵慮少韻

《應天長》又名《應天長令》、《應天長慢》《樂章集》注：林鐘商調。雙調五十字，前後段各五句，四仄韻。另有別體十一。

滿宮花·雷雨

夜轟鳴。天顫抖韻　閃爍幻塵煙柳韻　亂風借水下雲河。演繹縱橫馳驟韻　日食前。頭伏後韻　悶熱也該參透韻　一時清爽滿平蕪。欣快問君知否韻

《滿宮花》雙調五十字，前後段各五句，三仄韻。另有別體一。

少年遊・答白山騷客

天池涵煦少疏狂韻　十步有芬芳韻　竹籬茅舍。漁簑煙渚。容與醉斜陽韻

蒹葭堿草侵遼海。生態息兵荒韻　欸乃歸舟。一灘鷗鷺。隨處揀詩行韻

《少年遊》《樂章集》注：林鐘商調。又名《玉蠟梅枝》、《小闌干》。雙調五十字，前段五句三平韻，後段五句兩平韻。另有別體十四。

偷聲木蘭花・炎夏

伏中暑氣何須請仄韻　溪水潺湲鉤月影韻　團扇空搖平韻　並蒂蓮開夢已焦韻　孤

蓬飄轉頻回顧換仄韻　螢火糾纏留戀處韻　露濕雲鬟換平韻　楊柳梢頭獨倚欄韻

《偷聲木蘭花》雙調五十字，前後段各四句，兩仄韻、兩平韻。

滴滴金・塞外桃源

縱橫渠幹開阡陌韻　看平疇、也成格韻　東風吹潤入豐年。醉南北來客韻

天籟樂章誇鱗翮韻　落霞中、走船舶韻　堿蓬蘆蕩起丹青。報上蒼恩澤韻

《滴滴金》蔣氏《九宮譜目》入黃鐘宮。雙調五十字，前後段各四句，三仄韻。另有別體三。

憶漢月・朔

青霧悄然消散韻　漸露姮娥眉眼韻　柳梢斜掛小銀鉤。釣得一池清淺韻　芙蓉初蘸水。中伏夢、比天還遠韻　五更時候為誰癡。緣分不能重演韻

《憶漢月》又名《望漢月》，唐教坊曲名。《樂章集》注：正平調。雙調五十字，前段四句三仄韻，後段四句兩仄韻。另有別體三。

西江月・拾趣

盛夏睽來翠蓋。小橋飛過龍門韻　淡煙疏雨濾纖塵韻　誤入粉牆香陣叶　悅耳林泉天籟。賞心野色雲根韻　斜暉脈脈已銷魂韻　亂了漁樵方寸叶

《西江月》唐教坊曲名。《樂章集》注：中呂宮。又名《白蘋香》、《步虛詞》、《江月令》。雙調五十字，前後段各四句，兩平韻、一叶韻。另有別體四。

惜春令・消暑

鄉野人家知納涼韻　林蔭下、漫步羊腸韻　細柳扶風荷釀露。藤架倚籬牆韻　五穀誰排行韻　缺苞米、消夏奇香韻　爆烤蒸烀皆養胃。童稚喜先嘗韻

《惜春令》見杜安世詞，平仄無可校。雙調五十字，前後段各四句，三平韻。另有別體一。

留春令・為《徐敬富書畫藏品集》代撰「草堂私衷」

老兄呼喚。即時前往。謹聽吩咐韻　檢點收藏輯丹青。擬修撰、文言序韻　更把私衷相吐訴韻　且不能延誤韻　明日斜暉寄書鴻。復軍命、凭欄處韻

《留春令》雙調五十字，前段五句兩仄韻，後段四句三仄韻。另有別體三。

梁州令・傷濕

昨夜凭欄久韻　露濕傷風襟袖韻　無邊涕淚奈愁何。陂塘寂寂蓮花瘦韻　樓頭殘月還依舊韻　不見當年柳韻　人將老去時候韻　方知世事多荒謬韻

《梁州令》唐教坊曲名，又名《涼州令》、《梁州令疊韻》。《樂章集》注：中呂宮。雙調五十字，前段四句三仄韻，後段四句四仄韻。另有别體三。

鹽角兒·幽獨

朝暉脈脈韻　夕暉脈脈疊　林泉幽逸韻　春風拂面。秋風拂水。散仙狂客韻

菊花消息韻

出雲溪。歸雲澤韻　倏然處、煙波舟楫韻　醉天籟、東籬把酒。吟味

《鹽角兒》僅見晁補之一詞。雙調五十字，前段六句三仄韻、一疊韻，後段五句三仄韻。

歸田樂·鬱悒

天又暮。别後榮枯邊草淺韻　長亭外。小窗月、耕冷暖韻　案頭焦尾瘦。

惹淒婉韻　葉末落、人先老。流螢穿梭亂韻　覺秋信、風簾無緒。奈更

闌燭短韻

《歸田樂》又名《歸田樂引》。雙調五十字，前段六句三仄韻，後段四句兩仄韻。另有別體四。

惜分飛・家夜

昨夜冰輪分一半韻　雲影農家小院韻　瓜果疏籬畔韻　露濃時候香還散韻

土炕天倫聊不倦韻　欲夢方知漏斷韻　窗外流鶯喚韻　老來情境歸恬簡韻

《惜分飛》又名《惜雙雙》、《惜雙雙令》、《惜芳菲》。雙調五十字，前後段各四句，四仄韻。另有別體四。

孤館深沉・題王墨

星光大道出新星韻　王墨冠群英韻　鼓樂動三弦。婉轉抑揚。天籟金聲韻

恰便是、萬千心曲。唱與母親聽韻　好兒女。自多才藝。有誰如此真情韻

《孤館深沉》僅見權無染一詞。雙調五十字，前段五句三平韻，後段五句兩平韻。平仄當遵之。

促拍采桑子・子夜

明月又三更韻　掩重簾、思入空冥韻　笙歌散盡。鶬鶊睡去。疏柳煙凝韻

露濕流螢因草淺。借天光、無影無聲韻 依稀夢遠。參差水近。暗了吟燈韻

《促拍采桑子》一名《促拍醜奴兒》，僅見朱敦儒一詞。雙調五十字，前段五句三平韻，後段五句兩平韻。平仄當遵之。

怨三三・小燒

王家大院討瓊漿韻 雅意新嘗韻 野味時蔬入口香韻 瓦簷下、燕成雙韻

清談不覺天長韻 感遲暮、沉吟未央韻 借一抹殘陽韻 平林煙渚。小築籬牆韻

《怨三三》僅見李子儀一詞。雙調五十字，前段四句四平韻，後段五句四平韻。平仄當遵之。

使牛子・山趣

打柴掘得檀香木韻 朝夕把玩不足韻 年少闖天涯。閑采藤蘿逐文鹿韻 白雲出岫驚飛瀑韻 裁剪芭蕉小築韻 葉底斂斜暉。近水蔭涼無約束韻

《使牛子》僅見曹冠一詞。雙調五十字，前後段各四句，三仄韻。平仄當遵之。

折丹桂・年根

椰風竹雨菠蘿蜜韻　烏語林空寂韻　滯留煙水月重圓。倚曲檻、傷心碧韻　天涯海角從頭歷韻　花露爭朝夕韻　望中遼塞是鄉關。怎奈我、無雙翼韻

《折丹桂》調見《相山詞》，本為送人應舉之作。雙調五十字，前後段各四句，三仄韻。

竹香子・樵趣

擇日盤遊山水韻　更有快刀預備韻　羊腸小道漸幽深。打草驚蛇退韻　驕陽也怕植被韻　透雨林、只剩晴翠韻　荊榛砍得滿車歸。飲露餐英已醉韻

《竹香子》僅見劉過一詞，雙調五十字，前後段各四句，三仄韻。平仄當遵之。

城頭月・汗蠛

殘釭隻影催更漏韻　曙色分煙柳韻　夢斷簾櫳。顛狂伏熱。煞是難消受韻　萬千塵念渾如咒韻　一味爭先後韻　驛館流霞。風荷墜露。須問誰參透韻

《城頭月》始自馬天驥。雙調五十字，前後段各五句，三仄韻。

四犯令・別島

屈指離家年過半韻　育種天涯遠韻　黎寨椰林真養眼韻　蕉葉綠、撐涼傘韻

都道情長時日短韻　揖別斜暉晚韻　兄弟相知金不換韻　圖一醉、傾肝膽韻

《四犯令》又名《四和香》、《桂華明》。雙調五十字，前後段各四句，四仄韻。

醉高歌・輯書下酒

午牌兄弟參詳韻　輯錄初成大樣叶　城郊生態流清爽叶　伏暑開齋點將叶　三

杯兩盞何妨韻　美酒還須雅量叶　丹青寫意情飽漲叶　狀煞淋漓萬象叶

《醉高歌》僅見元姚燧一詞《太平樂府》注：中呂宮。雙調五十字，前後段各四句，一平韻、三叶韻。平仄悉當遵之。

黃鶴洞仙・捐助孤俠行

西蜀有斯人。孤俠行天下韻　賦響成都第一城。儒且雅韻　氣韻驚神化韻　不

意染沉痾。臥榻經春夏韻　願與文心共禱祈。喚大雅韻重　揚善敦風化重

《黃鶴洞仙》僅見元馬鈺一詞。雙調五十字，前段五句三仄韻，後段五句一仄韻、兩重韻。勘校：此調後段結句前三字平仄《欽定詞譜》皆误，今從原詞「須報恩」改為「平仄平」。

破字令・三伏

燭短敲诗课韻　汗濕處、蒸炎浴火韻　遼西久旱乞甘霖。歎枯禾半裸韻　秋來未見涼風過韻　夢都焚、奈何無可韻　草根氣節。衰年況味。好生頹挫韻

《破字令》雙調五十字，前段四句三仄韻，後段五句三仄韻。平仄當遵之。勘校：此調前段起句第五字當「韻」；第二句第三字當「讀」，《欽定詞譜》皆標注疏誤，今依律調換之。

花前飲・對荷

納涼無計覓煙柳韻　小橋外、蓮池同瘦韻　最是炎暑時。露未滴、眉先皺韻　只盼甘霖濕清晝韻　哪曾想、桑拿依舊韻　老井都已枯。但苟活、算福佑韻

《花前飲》雙調五十字，前後段各四句，三仄韻。平仄當遵之。

導引·行杯令

輕煙拂柳。霞鶩小溪橋韻　弄百媚千嬌韻　丹青扇底風荷動。敲句寄蓬蒿韻　金蘭未結已神交韻　楚韻識秦簫韻　重逢還與湖山醉。茅店酒旗搖韻

《導引》。雙調五十字，前段五句三平韻，後段四句三平韻。另有別體四。按：宋鼓吹四曲，悉用教坊新聲，車駕出入奏《導引》，此調是也。《宋史·樂志》、《正宮》、《道調宮》、《黃鐘宮》、《大石調》、《黃鐘羽調》、《正平調》、《仙呂調》，凡七曲，或五十字，或加一疊一百字。《金史·樂志》，五十字者屬無射宮，無射宮俗呼黃鐘宮。

思越人·接風筆記

地三邊。情兩岸。赴臺偏歷臺風韻　輾轉安辭東渡海。可憐心悸囊空韻　航班強降傾盆雨仄韻　倦童客舍無緒韻　濡筆騁懷書苦旅韻　狂添奏凱殊趣韻

《思越人》唐人词也，調見《花間集》。雙調五十一字，前段五句兩平韻，後段四句四仄韻。按：二零零九年八月九至十四日，盤錦團市委組織八名中小學生赴臺參加兩岸三地（重慶、盤錦、福州、澳門；臺北、臺中、高雄）零九書藝交流賽。適逢「莫拉克臺風」肆虐，行程一改再改，行囊掏盡。飛至臺北仍大雨傾盆，幾經盤旋方安全著陸。各地抵達時間亦不盡相同焉。當學子們帶著一身疲憊濡毫展藝時，又遇空調故障，濃煙滾滾，領隊建雄忙組織施救……好在藝高人膽大，一切活動盡在掌控中。相互學習，增進友誼，領略光風，不辱使命。聞凱旋無恙，遂成小令以記其逸趣。嗚呼！雖壯遊亦非易事也。

探春令・遲雨

祥雲舒卷。海山無悶。田禾興舞韻　一方旱象承甘露韻　野塘滿、金風度韻
東臨碣石雷行處韻　感天恩呵護韻　過立秋、再搶墒情。容我另辟豐收路韻

《探春令》又名《景龍燈》。雙調五十一字，前段五句三仄韻，後段四句三仄韻。另有別體十二。

越江吟・雨夢

甘霖如酒教人醉韻　睡睡韻　夢中水秀山媚韻　瑤池會韻　天花亂墜韻　笙歌對韻　露華濃、清影丹桂韻　爽滋味韻　田園也報恩惠韻　南枝累韻　瓜香果脆韻　搖金穗韻

《越江吟》又名《宴瑤池》、《瑤池宴》、《瑤池宴令》。雙調五十一字，前後段各六句，六仄韻。另有別體一。

燕歸梁・遼西北大旱喜逢連日雨

末伏蒸秋暑氣狂韻　夜半枕難涼韻　旱侵幽夢也焦黃韻　望西北、喚爹娘韻

心頭火起。詩中韻亂。細滴忽敲窗韻　甘霖灑落大遼旁韻　滋南畝、救耕桑韻

《燕歸梁》柳永〔織錦裁篇〕詞，注正平調；〔輕躡羅鞋〕詞，注中呂調。雙調五十一字，前段四句四平韻，後段五句三平韻。另有別體三。

雨中花令·遼西普降甘霖

喜雨平添激勵韻　爽透荷情柳意韻　直覺新涼消暑熱。索句横焦尾韻　大旱已然難自棄韻　土刨食、問誰容易韻　好在有、八方關注早。魚水還相濟韻

《雨中花令》又名《送將歸》。雙調五十一字，前後段各四句，三仄韻。另有別體十一。

鳳來朝·飲秋

爽意生村院韻　有餘暉、柳梢向晚韻　乍甘霖洗過、煙雲散韻　老家酒、故交面韻　放浪形骸誰管韻　借金風、露華拂檻韻　飲逸趣、斟隨感韻　撫鬢雪、照肝膽韻

《鳳來朝》雙調五十一字，前後段各四句，四仄韻。

秋夜雨・小林村祭

洪魔底事狂來襲韻　家園頓絕蹤跡韻　生靈塗炭處。犬不走、幽明同泣韻
和諧兩岸重開卷。骨肉情、同係東國韻　叵奈多苦厄韻　怨佛祖、
慈悲無力韻

《秋夜雨》雙調五十一字，前後段各四句，三仄韻。

伊州令・晨興

新涼一夜消殘暑韻　煙翠流鶯舞韻　霞映澄塘漣戲蓮。小橋上、金風玉露韻
襟懷焉敢辜負韻　秋夢從頭數韻　青紗帳裏卜豐年。問天籟、誰家律呂韻

《伊州令》唐教坊曲名，一作《伊川令》。《碧雞漫志》云：伊州有七商曲。雙調五十一字，前後段各四句，三仄韻。平仄當遵之。

木笪·處暑日記

夢回三伏了韻　泠洌知多少韻　處暑方知秋已早韻　橋頭煙柳動。　露凝幽草韻

漏催人老韻　殘月天邊小韻　欲數萍蹤還縹緲韻　鄉關應又是。　歲稔溫飽韻

《木笪》為元人套數樂府。雙調五十一字，前後段各五句，四仄韻。平仄當遵之。

迎春樂·白雪奪冠頌

鬢眉不爆蛾眉爆韻　看白雪、驚呼嘯韻　馬拉松、恰似陽關道韻　折桂處、

拋涼帽韻　多少汗、只爭分秒韻　苦練就、健兒忠孝韻　又一東方神鹿。

鼓響衝鋒號韻

《迎春樂》宋柳永詞注：林鐘商。元王行詞注：夾鐘商。雙調五十二字，前段四句四仄韻，後段四句三仄韻。另有別體六。

夢仙郎·手

梳妝裁剪韻仄　耕桑治産韻　分五指、巧司絃管韻　相握訴衷情韻平　長揖別風

亭韻　煙雨孤蓑垂釣換仄韻　樵蘇鼓櫂韻　濡老墨、縱橫狂草韻　拳掌濟蒼黎換平韻　拿捏適時宜韻

《夢仙郎》僅見張先一詞。雙調五十二字，前後段各五句，三仄韻、兩平韻。平仄當遵之。

青門引・秋夜

暑氣風吹淨韻　殘漏一絲清冷韻　無端涕淚又橫流。老來還是。眷念舊光景韻

西窗短燭搖孤影韻　酒渴無人請韻　隔簾只怕明月。更教淺夢淒然醒韻

《青門引》雙調五十二字，前段五句三仄韻，後段四句三仄韻。

菊花新・牛郎織女

喜鵲橋頭年一會韻　王母金簪情可畏韻　撕碎好姻緣。須剩下、幾行清淚韻

兩心相許偏羅罪韻　有孩童、不知家味韻　團聚即分離。無薄幸、也都憔悴韻

《菊花新》《樂章集》注：中呂調。雙調五十二字，前後段各四句，三仄韻。另有別體一。

醉紅妝·影

流形寫意借天光韻　伴孤燈。醉夕陽韻　重輕無計可掂量韻　晴方好。晦還藏韻　江河湖海任端詳韻　入明鏡。巧梳妝韻　萬古悲歡成一夢。真亦幻。總空忙韻

《醉紅妝》僅見張先一詞。雙調五十二字，前段六句四平韻，後段六句三平韻。平仄當遵之。

思遠人·別

村酒三杯天亦醉。斜照褪顏色韻　任風來雨去。孤煙遲滯。黃葉暗蕭索韻　這般次第誰消得韻　淚眼寄鞭策韻　歎野渡水亭。兩廂無緒。浮雲送行客韻

《思遠人》雙調五十二字，前段五句兩仄韻，後段五句三仄韻。此調僅見晏幾道一詞。平仄當遵之。《詞律》云：前後段第二、第五句第三字皆用去聲，填者辨之。

醉花陰·七月初八風雨大作

翻墨黑雲風卷地韻　雷動生寒悸韻　庭樹亂摧殘。倒盡瑤池。橫淌珍珠米韻

夕陽遁避思凝滯韻　頭頂砂鍋底韻　牛女又分離。天上人間。怪道同揮淚韻

《醉花陰》《中原音韻》注：黃鐘宮；《太平樂府》注：中呂宮。雙調五十二字，前後段各五句，三仄韻。按：此詞換頭句第四字，藏短韻於句內，如楊無咎詞之〔撲人飛絮渾無數〕，李清照詞之〔東籬把酒黃昏後〕，「絮」字、「酒」字俱韻。

望江東・漁雁文化

煙樹迷茫萬千里韻　傍水陸、長遷徙韻　漁家舊事有天地韻　入海口、棲流裔韻

灘頭鳥逐紅雲起韻　大葦蕩、持螯醉韻　稻花村外采油氣韻　續傳說、誇生計韻

《望江東》僅見黃庭堅一詞。雙調五十二字，前後段各四句，四仄韻。平仄當遵之。

入塞・老哈河

老哈河韻　舞龍蛇、動地歌韻　孕紅山血脈。塞上泛青波韻　漁偌多韻　牧偌多疊

幾經滄桑幾折磨韻　問宛駒、誰撼玉珂韻　盤旋千里送明駝韻　風一蓑韻　雨一蓑疊

《入塞》僅見程垓一詞。雙調五十二字，前段六句四平韻、一疊韻，後段五句四平韻、一疊韻。前後段兩結句，俱用疊韻，當是體例，填者遵之。

品令・覺秋涼

午困乏韻　眠空寂、書案權當臥榻韻　風簾動、綠影庭除短。續舊夢、補破衲韻　激愣元神打顫。積弱難禁瀟颯韻　隔窗問、誰令梧葉落。又欺人、老邋遢韻

《品令》王行詞注：夷則商。雙調五十二字，前段四句三仄韻，後段四句兩仄韻。另有別體十一。

引駕行・晨醉

西窗無語。蓮池曉霧欺花影韻　數晨鐘、憶桑梓。殘月不知人醒韻　清冷韻　露濕草頭低。流鶯繾綣也交頸韻　小橋外、秋風拂柳。夢都涼、酒難省韻　酩酊韻

《引駕行》雙調五十二字，前段四句兩仄韻，後段六句四仄韻。另有別體三。此調晁補之一百字詞又名《長春》。柳永一百

字詞，注：中呂調，一百二十五字詞，注：仙呂調。

玉團兒・己丑秋初見菊花

東籬獨放陶家菊韻　就秋爽、還分異馥韻　色煮殘陽。煙凝朝露。魂繞山曲韻　群芳不待嘉禾熟韻　早已被、風凋水逐韻　入醉鄉時。倚欄杆處。清韻慎獨韻

《玉團兒》雙調五十二字，前後段各五句，三仄韻。此調前後段兩結句，第二字例用仄聲。

傾杯令・漁秋

瀚海浮舟。長河落日。欸乃一聲迢遞韻　鷗鷺去來無意韻　潮汐淺深相濟韻　金風送爽浮霞綺韻　有誰知、漁家心事韻　澄襟已寄高遠。玉盞還斟旖旎韻

《傾杯令》雙調五十二字，前段五句三仄韻，後段四句三仄韻。

鋸解令・置新居水之陽

陋廬雖小也相宜。飲十載、東籬菊露韻　流離轉徙奈何天。寄野逸、卜居

別浦韻　八荒樂土韻　但得安身一處韻　柴門不遠有清溪。可洗硯、忘懷老去韻

《鋸解令》僅見楊無咎一詞。雙調五十二字，前段四句兩仄韻，後段四句三仄韻。填者遵之。

雙鴈兒·清曉

朦朧月冷漏還催韻　客已老、意消頽韻　一巢家燕又南歸韻　遣幽懷、可共誰韻　也知天命不能違韻　少小事、夢相隨韻　鬢霜搔短盡餘杯韻　怪青蓮、惹是非韻

《雙鴈兒》又名《雙燕子》，《中原音韻》入商調。雙調五十二字，前後段各四句，四平韻。此調僅見楊無咎一詞，平仄當遵之。

尋芳草·遼河口紅城蓬生態多年萎縮後漸次復蘇

濕地戲鷗鷺韻　借霞彩、縱横煙浦韻　共潮生、好夢秋色煮韻　令紅楓、也癡妒韻　不忍惹嬌嗔。但祈禱、自然呵護韻　幾多年、減損應無數韻　天

有意、重分布韻

《尋芳草》僅見辛棄疾一詞，又名《王孫信》。雙調五十二字，前段四句四仄韻，後段四句三仄韻。平仄當遵之。

恨來遲·盤錦蘆花

一抹斜暉。一灣晴翠。一道長河韻　信閬苑仙葩。借天欺海。白羽流波韻　問世間、何處可攀多韻　拂風羞煞姮娥韻　縱廣袖輕舒。蠻腰曼舞。怎比婆娑韻

《恨來遲》又名《恨歡遲》。雙調五十二字，前段六句兩平韻，後段五句三平韻。另有別體一。

珍珠令·稻花

流香帶露和秋醉韻　蛙聲脆韻　道不盡、田園滋味韻　阡陌接長城。共煙汀旖旎韻　萬頃金波爭秀穗韻　大遼口、豁然呈瑞韻　呈瑞疊　布一地珍珠。生民豐祉韻

《珍珠令》僅見張炎一詞。雙調五十二字，前段五句四仄韻，後段五句三仄韻、一疊韻。平仄當遵之。

壽延長破字令・見菊花並寄秋香大姐

秋香又襲寒窗客韻　奈邊風瑟瑟韻　憶卅年前同修習韻　趁青春、南山植柏韻

轉眼天光歸蕭索韻　夢無由剪輯韻　心共落葉成枯色韻　雁字横、一聲短笛韻

《壽延長破字令》雙調五十二字，前後段各四句，四仄韻。格律悉當遵之。

獻天壽令・寄跡

四十餘年求索。詩書飲露餐英韻　天教丹寸抱精誠韻　流韻都付躬耕韻　筆

底明珠閑拋擲。無處賣、也守以恒韻　長空歸雁一聲聲韻　霜鬢照冷孤燈韻

《獻天壽令》雙調五十二字，前後段各四句，三平韻。平仄當遵之。

折花令・禮遇

正午時分。依稀記起當隨禮韻　急打的、談何易韻　橋上響雷聲。雨狂車

擠韻　誤入朱殿。忙中忘了誰家事韻　淋濕處、渾無計韻　不意猛回頭。

虹門百米韻

《折花令》雙調五十二字，前後段各五句，三仄韻。平仄當遵之。

紅窓聽・白露

一任酣眠如酩酊韻　茅屋小、更無鄰並韻　久違秋夢憐孤旅。惹衰年憧憬韻　柳拂西窗殘月影韻　歸鴻遠、誰知露重。教人驟醒韻　幾聲噴嚏。問鄉關可冷韻

《紅窓聽》柳永詞注：仙呂調。又名《紅窓睡》。雙調五十三字，前段四句三仄韻，後段五句三仄韻。此調兩結句，俱作上一下四句法，填者慎之。

上林春令・風燭

風燭西窗誰剪韻　小院靜、偏知歸雁韻　竹籬茅舍人家。依舊是、菊疏霧懶韻　空階露濕苔痕淺韻　且莫問、幾曾離散韻　老來已怕淒涼。奈秋月、更催天短韻

《上林春令》《宋史·樂志》屬中呂宮。雙調五十三字，前後段各四句，三仄韻。

紅窗迥·倚秋

並蒂蓮。開一對韻　柳煙向晚濃。鳳簪斜墜韻　欄砌倚來寒未韻　露凝都是淚韻　花不惹人人亦老。問去年水曲。因誰掛累韻　波影這般憔悴韻　恁把顏色退韻

《紅窗迥》雙調五十三字，前段六句四仄韻，後段五句三仄韻。另有別體一。

紅羅襖·淡菊

錦箋無一字。孤燭過三更韻　恰菊瘦東籬。寒煙清露。雁鳴西塞。殘月邊城韻　倚欹枕、思緒牽縈韻　新來不敢調箏韻　怕惹別離聲韻　有好韻、也已逐秋零韻

《紅羅襖》唐教坊曲名。雙調五十三字，前段六句兩平韻，後段四句四平韻。

折桂令·遼風

大遼河。浩浩湯湯韻　碣石東臨。渤海西望韻　一片紅山。千秋碧玉。鳳舞龍翔韻　有多少、豪情激蕩叶　幾何曾、夢影徜徉韻　漁獵耕桑韻　承載時空。剖判玄黄韻

《折桂令》元人小令。《中原音韻》注：雙調。又名《秋風第一枝》、《天香引》、《蟾宫曲》。雙調五十三字，前段六句三平韻，後段五句一叶韻、三平韻。另有别體三。

荔子丹·地暖

脚下縈回篆臥龍韻　心地兩相通韻　朔風吹來一天雪。長城外、斗室再無冬韻

雄關似鐵大河封韻　冷入廣寒宫韻　塞雁南歸人不妒。詫如今、北上吳儂韻

《荔子丹》雙調五十三字，前後段各四句，三平韻。平仄當遵之。

臨江仙・晚居

夕照樓臺生紫氣。小溪門外潺湲韻。綠茵晴翠惹凭欄韻。老來心事。賒楮墨。寄田園韻。總被異鄉留異客。今生鬢髮都斑韻。暮雲朝雨兩悠然韻。千秋誰識。真古韻。假青蓮韻

《臨江仙》唐教坊曲名，柳永詞注：仙呂調；元高拭詞注：南呂調。又名《謝新恩》、《雁後歸》、《畫屏春》、《庭院深深》。今依顧敻體填之。雙調六十字，前後段各六句，三平韻。另有別體十。

浪淘沙令・秋味

一棹寒雨韻 萬般無緒韻 望中煙樹正蕭然。他鄉人老。荒原菊瘦。泊舟凫渚韻 戒酒憐孤旅韻 怕丟殘句韻 忍將黃葉付離騷。傷魂都入瀟湘去韻 剩軀殼如許韻

《浪淘沙令》柳永《樂章集》注：歇指調，蔣氏《九宮譜目》注：越調。雙調五十五字，前段六句三仄韻，後段五句四仄

韻。另有別體五。

金錯刀・裝修

開壁壘。拓空間韻　玲瓏廚衛貼瓷磚韻　軒窗納月圓鄉夢。堂屋澄心足養閑韻　無粉飾。喜天然韻　詩書藝禮信前緣韻　小民老去愁何奈。好韻悠悠入管絃韻

《金錯刀》又名《醉瑤瑟》、《君來路》。雙調五十四字，前後段各五句，三平韻。另有別體二。

端正好・寄秋

涼宵草夢爭秋露韻　共沾濕、一團迷霧韻　倚天雁字重分布韻　不能忘、凭欄處韻　他鄉但濟雲帆渡韻　勸衣食、莫虧朝暮韻　來年春水應同路韻　待遊子、回家住韻

《端正好》又名《於中好》。《中原音韻》注：正宮。雙調五十四字，前後段各四句，四仄韻。另有別體一。

杏花天·遷累

舊家居陋還溫飽韻　有野菊、香分煙曉韻　斜風細雨寒邊草韻　幽夢不知人老韻
楓欲落、雁行漸杳韻　曲未盡、閑情都了韻　可憐總被遷居惱韻　又染霜絲多少韻

《杏花天》蔣氏《九宮譜目》入越調。又名《杏花風》。雙調五十四字，前後段各四句，四仄韻。另有別體二。

天下樂·奈何

夢斷異鄉月正缺韻　枕又冷、衾似鐵韻　青絲翻成兩鬢雪韻　知音少、與誰傷別韻
歎苦旅、肝腸總鬱結韻　況老病、無休歇韻　遠山照例重疊疊韻　欲登臨、虧氣血韻

《天下樂》唐教坊曲名。僅見楊無咎一詞，無別首可校。雙調五十四字，前後段各四句，四仄韻。平仄當遵之。

戀繡衾·民俗

昨日煙塵昨日情韻　是誰將、時尚永恒韻　積澱了、當年事。巧鉤沉、貽鑒廢興韻　來龍去脈皆文物。記和民、還記折騰韻　恰所謂、長流水。可追思、亦可纂承韻

《戀繡衾》又名《淚珠彈》。雙調五十四字，前段四句三平韻，後段四句兩平韻。另有別體四。

擷芳詞·送

秋山倦韻　秋水淺韻　野煙拂柳長亭晚韻　殘陽血換韻　殘荷葉韻　一字橫空。兩鬢飛雪韻　別韻　別疊　心還亂韻　帆還遠韻　望中去影空飄轉韻　風聲歇換韻　簫聲咽韻　露濕斜欄。冷侵邊月韻　孑韻　孑疊

《擷芳詞》又名《折紅英》、《清商怨》、《惜分釵》、《釵頭鳳》、《玉瓏璁》。雙調五十八字，前後段各九句，七仄韻、一疊韻。另有別體四。按：此調每段上三句一韻，第四句以後又換一韻，但前三句韻用上、去聲，第四句以下諸韻必用入聲。

合觀程垓、陸遊、曾覿、史達祖、無名氏諸詞，莫不皆然，填者慎之。

鬢邊華・虛境

菊霜荷露野嶺韻　聞犬吠、溪橋隻影韻　舊柴門、今日新開。恰還是、孤煙老井韻　秋窗偏弄童心。未執手、三更夢醒韻　想鷺友、更箭相催。一生事、都歸酩酊韻

《鬢邊華》雙調五十四字，前段四句三仄韻，後段四句兩仄韻。平仄當遵之。

玉樓人・塞口

幾曾山海關前過韻　今又是、寒秋落墮韻　風中三兩黃花。惹吟懷、誰與切磋韻　征鴻止憩長城垛韻　憶舊年、萬里烽火韻　可憐一代秦皇。費評章、毀譽都夥韻

《玉樓人》雙調五十四字，前後段各四句，三仄韻。平仄當遵之。

江月晃重山·秋分

分與秋江一葉。換來愁緒三杯韻　六神無主雁孤飛韻　人都老。何必更遲歸韻
故里誰堪漫遠。天時依舊輪回韻　蘆花遼口接山陲韻　煙津外。隻影送斜暉韻

《江月晃重山》陸遊、元好問詞平仄如一。雙調五十四字，前後段各五句，三平韻。

南鄉一翦梅·過西園

殘葉亂荷塘韻　柳陌淒然韻已傷韻　總是他鄉秋色早。癡也斜陽韻　怨也斜陽疊
煙雨兩茫茫韻　一陣風吹一陣涼韻　幾點歸鴉爭暖樹。雲影彷徨韻　人影彷徨疊

《南鄉一翦梅》僅見虞集詞。雙調五十四字，前後段各五句，三平韻、一疊韻。平仄一定。

鸚鵡曲·濕地

紅茵一抹蘆花浦韻　扁舟欸乃起鷗鷺韻　問斜陽、恁愛煙汀。可解蓑翁心語韻　有閑雲、另辟蓬萊。不是八仙知處韻　蟹肥時、魚米村醪。鶴夢裏、笙歌海曙韻

《鸚鵡曲》為元人小令，又名《黑漆弩》、《學士吟》。《太平樂府》注：正宮。雙調五十四字，前段四句三仄韻，後段四句兩仄韻。按：此調結句第一字處必須用去聲，第六字處必須用上聲，音律始諧，不然，不可歌。

一七令·窗

窗韻　夜掩。晨張韻　遮風雪。納清涼韻　因濕知雨。覺寒掛霜韻　琴書傳古意。詩酒醉斜陽韻　邀入幾多明月。滯留些許離傷韻　已垂簾幕花還落。欲縛光陰葉自黄韻

《一七令》單調五十五字，十三句，七平韻。另有別體三。

河傳・寒雨

雲暗仄韻　風斂韻　落梧桐平韻　沾濕殘荷鞠躬韻　曉煙欲凝鄉夢空韻　惺忪韻　捲簾思愈濃韻　一葉敲窗雙鬢老換仄韻　階未掃韻　應怕秋光了韻　客先知換平韻　天冷時韻　菊籬韻　倚欄人已癡韻

宋王灼《碧雞漫志》云：《河傳》唐曲，今存者二。其一屬南呂宮，前段仄韻，後段平韻；其一屬無射宮，即《怨王孫》曲；外又有越調、仙呂調兩曲。又名《怨王孫》、《慶同天》、《月照梨花》、《秋光滿目》。雙調五十五字，前段七句兩仄韻、五平韻，後段七句三仄韻、四平韻。另有別體二十六。

望遠行・老際

葉落空階獨倚欄韻　秋風蕭瑟奈何天韻　平蕪夕照惹清寒韻　雙眸無計覓鄉關韻　長亭外。大遼邊韻　惱人心事總牽纏韻　來時容易去時難韻　孤煙蓑影正闌珊韻

《望遠行》唐教坊曲名。雙調五十五字，前段四句四平韻，後段五句四平韻。另有別體六。此調令詞始自韋莊，《中原音韻》注商調，《太和正音譜》亦注商調；慢詞始自柳永，〔繡幃睡起〕詞注中呂調，〔長空降瑞〕詞注仙呂調。

木蘭花令・胡謅

甩遼河。鞭渤海韻 敢問魚龍誰自在韻 邀玉露。送金風。一抹落霞當綬帶韻
有方圓。無裏外韻 星漢縱橫連遠塞韻 餐秀色。飲天漿。醉夢鼾聲驚萬籟韻

《木蘭花令》唐教坊曲名。《太和正音譜》注：高平調。雙調五十二字，前後段各六句，三仄韻。另有別體二。

金蓮繞鳳樓・剪秋

已落梧桐還青柳韻 茅屋外、疏籬依舊韻 一池秋水因荷瘦韻 小橋橫、望中雲岫韻
容當放歌縱酒韻 渾不睬、天高地厚韻 自家南畝還垂佑韻 溪花黃、月圓時候韻

《金蓮繞鳳樓》僅見宋徽宗一詞。雙調五十五字，前後段各四句，四仄韻。平仄當遵之。

睿恩新・國慶

旌旗瑞靄長安路韻　花甲子、歡騰金數韻　五千年、歷盡滄桑。十三億、振興東土韻　檢閱龍飛鳳舞韻　須直令、世人關注韻　好家園、一統江山。尚科學、神行虎步韻

《睿恩新》雙調五十五字，前後段各四句，三仄韻。

芳草渡・悲秋

蘆花白。城蓬紅平韻　寒關塞。落梧桐韻　天邊人字寄歸鴻韻　帆正遠。山更寂。晚來風韻　傷幽緒仄韻　聽暮雨韻　驛外孤煙野渡韻　繁霜鬢。怨初衷平韻　翻新譜仄韻　吟苦旅韻　望遼東平韻

《芳草渡》雙調五十五字，前段八句四平韻，後段八句五仄韻、兩平韻。另有別體四。

夜行船・中秋

黃葉擬人憔悴韻　月重圓、更知顛沛韻　寄情千里夢難成。剩幾多、燭花枕淚韻　隔簾幕、蟾光似水韻　黃花瘦、不堪賞味韻　老來無奈又遷居。算今生、已然太累韻

《夜行船》《太平樂府》、《中原音韻》、元高拭詞，俱注雙調。又名《明月棹孤舟》。雙調五十五字，前後段各四句，三仄韻。另有別體十。

金鳳鈎・無夢

如清晝。惹幽緒韻　睡意了、更嗔三五韻　一輪明月。幾絲華髮。蕭索帶霜菊露韻　中秋雖好偏虛度韻　漏正淺、怎生留住韻　薄衾欹枕。小橋孤旅韻　嗟羨雁知歸處韻

《金鳳鈎》雙調五十五字，前段六句三仄韻，後段五句四仄韻。另有別體一。

鷓鴣天・寂寥

一葉飄零一夢空韻　盤蛇驛外夜朦朧韻　短籬疏菊欺霜鬢。老病孤舟滯客蹤韻　傷逝水。妒歸鴻韻　月搖窗影冷梧桐韻　低吟只有傷心句。詩到工時命不公韻

《鷓鴣天》《樂章集》注：正平調；《太和正音譜》注：大石調；蔣氏《九宮譜目》入仙呂引子。又名《思佳客》、《剪朝霞》、《驪歌一疊》、《醉梅花》。雙調五十五字，前段四句三平韻，後段五句三平韻。

鼓笛令・書房

小窗斗室生清雅韻　疊九層、曲均書架韻　各種開形量尺下韻　也裝得、古今佳話韻　一切莫如心大韻　有空間、便能揮灑韻　椅杌天工應無價韻　稱人意、方家字畫韻

《鼓笛令》僅見黄庭堅一詞，雙調五十五字，前後段各四句，四仄韻。平仄當遵之。

徵招調中腔・黃金周

中秋國慶黃金節韻　兩假合、邀來明月韻　武運壯遊閱天兵。紫禁城。共歡愜韻　長安大道飄香雪韻　看禹域、重翻新闋韻　雁字縱橫說豐年。開豁願景惹關切韻

《徵招調中腔》僅見王安中一詞。雙調五十五字，前段五句三仄韻，後段四句三仄韻。平仄當遵之。

虞美人・寒露

中宵清漏催人醒仄韻　簾動嬋娟影韻　盤蛇驛外小漁村平韻　遼東蝶夢杳無痕韻　舊王孫韻

當窗又是傷流景仄韻　露重黃花冷韻　暗香倦旅兩消魂平韻　秋霜落葉掩柴門韻　亂紛紛韻

《虞美人》唐教坊曲名。《碧雞漫志》云：《虞美人》舊曲三，其一屬中呂調，其一屬中呂宮，近世又轉入黃鐘宮。元高拭詞注：南呂調。又名《虞美人令》、《玉壺冰》、《憶柳曲》、《一江春水》。雙調五十八字，前後段各五句，兩仄韻、三平韻。

另有別體六。

瑞鷓鴣・秋暮

東籬霜重正蕭然韻　歸鴻一字暮雲邊韻　寂寂煙汀。竊了漁樵意。更向平林憶舊年韻　打從陶令辭官去。樓臺車馬誰憐韻　小橋流水人家。疏菊還吟債、也神仙韻　兩袖清風帶醉眠韻

《瑞鷓鴣》又名《舞春風》、《桃花落》、《鷓鴣詞》、《拾菜娘》、《天下樂》、《太平樂》、《五拍》。《宋史・樂志》：中呂調。元高拭詞注：仙呂調。柳永有添字體，自注般涉調；有慢詞體，自注南呂宮。雙調六十四字，前後段各五句，三平韻。另有別體五。

玉樓春・愧墳

瑟瑟秋風誰慫恿韻　一片枯蒿毛氄氄韻　陰森都共暮雲愁。又見寂寥橫野塚韻　三十五年思母寵韻　夢醒時分眸已腫韻　不堪面對歎無成。祖德宗功還半懂韻

《玉樓春》又名《惜春容》、《西湖曲》、《玉樓春令》、《歸朝歡令》。《樽前集》注：大石調，又雙調；《樂章集》注：大石調，又林鐘商。皆李煜詞體也。《樂章集》又有仙呂調詞，與各家平仄不同。雙調五十六字，前後段各四句，三仄韻。另有別體三。

鳳銜杯・幽怨

折腰荷影亂池塘韻　雁字橫、天短雲長韻　又是惱人時候、倚軒窗韻　簾幕裏、也淒涼韻　凝玉露。斷柔腸韻　夢都空、青鏡慵妝韻　分付曉煙疏菊躲回廊韻　莫去染離傷韻

《鳳銜杯》有平韻、仄韻兩體，仄韻者，《樂章集》注：大石調。雙調五十六字，前段四句四平韻，後段五句四平韻。另有別體三。

鵲橋仙・下遼秋晚

蘆花泛雪韻　遼河抱月韻　紅海灘頭漁獵韻　水天容與寫餘霞。好一派、清秋季節韻　稻香露屑韻　荷風柳葉韻　往事如煙飄拂韻　夢魂還入樂遊園。更教我、衰年快愜韻

《鵲橋仙》又名《鵲橋仙令》、《憶人人》、《金風玉露相逢曲》、《廣寒秋》。元高拭詞注：仙呂調。八十八字者，始自柳永，《樂章集》注：歇指調。雙調五十六字，前後段各五句，四仄韻。另有別體六。

玉闌干·李玉剛

鬟眉本色名伶面韻　媚眼乍開嬌欲喘韻　千姿百態玉人來。分明是、小喬身段韻

寄情秋月應無限韻　扇影風、華彩歌遍韻　十年一夢到揚州。爍星光、大道修遠韻

《玉闌干》僅見杜安世一詞，雙調五十六字，前後段各四句，三仄韻。平仄當遵之。

思歸樂·阿寶

西北原聲歌一路韻　依舊是、羊倌情趣韻　莫道視聽爭贊許韻　得象外、獨門家數韻

絕世高腔天賜予韻　著實令、教坊癡妒韻　有小沈陽摹律呂韻　也順風、大江東去韻

《思歸樂》僅見柳永一詞，《樂章集》注：林鐘商。雙調五十六字，前後段各四句，四仄韻。

偏地錦·盤錦新辟林蔭小徑夾十車大道六十公里

石徑延伸樹蔭裏韻　與人行、不容車擠韻　信通途、汽笛喧囂。夾兩側、清暉旖旎韻
接遼濱、探海龍吟。望醫閭、落霞煙翠韻　濕地中、生意葳蕤。水曲處、樓臺櫛比韻

《偏地錦》僅見毛滂一詞，《花草粹編》注：小石調。雙調五十六字，前段四句三仄韻，後段四句兩仄韻。平仄當遵之。

翻香令·驚雁

邊聲連角劍光寒韻　夢魂次第數雄關韻　披堅甲。驅胡虜。縱馬蹄、踏破賀蘭山韻
醒來徒覺髮衝冠韻　壯懷依舊付流年韻　報家國。應無力。鬢如霜、殘漏雁飛天韻

《翻香令》僅見東坡一詞，雙調五十六字，前後段各五句，三平韻。平仄當遵之。

茶瓶兒·感時

老來方知時不待韻　怨流水、都成詩債韻　霜菊東籬外韻　冷香雖好。卻少人青睞韻　琴劍疏狂何處在韻　聽任斷鴻鳴邊塞韻　黃葉天風汰韻　夢回山寨韻　還是無聊賴韻

《茶瓶兒》雙調五十六字，前段五句四仄韻，後段五句五仄韻。另有別體二。

柳搖金·偶見大學時代一枚楓葉

書中紅葉褪顏色韻　憶冷韻、南山拾得韻　卅載浮生駒過隙韻　就黃花、晚風瑟瑟韻　飛霜時候入蕭疏。夢已殘、流光促迫韻　短燭孤衾空反側韻　有雲箋、未施鉛墨韻

《柳搖金》僅見沈會宗詞。雙調五十六字，前段四句四仄韻，後段四句三仄韻。平仄一定。

卓牌子・荒寂

西風吹殘照韻　寒雨後、長空雁叫韻　荒徑長滿蒼苔。落潮還逐萍蹤。葉黃人老韻　孤蓑閑把釣韻　渾不覺、霜多露少韻　縱有月色朦朧。短籬疏菊。茅簷已侵衰草韻

《卓牌子》又名《卓牌子令》、《卓牌子慢》。雙調五十六字，前後段各五句三仄韻。另有別體二。

清江曲・拾碎

夾路雲枝葉正黃平韻　千年銀杏又經霜韻　雁飛月冷晨鐘遠。遙望鄉關寸斷腸韻　盤蛇驛外蘆花雪仄韻　婆娑百里飄香屑韻　五點一線接海隅。孤老秋心醉明月韻

《清江曲》雙調五十六字，前段四句三平韻，後段四句三仄韻。此調前段近《瑞鷓鴣》，後段近《玉樓春》，全似七言詩句。

樓上曲・收拾新居

翻墨黑雲催暮雨仄韻　雷霆震響驚庭戶韻　揮汗只因木活忙平韻　新門掩尺開中

堂韻　邇室鋪陳求儉簡換仄韻　生怕工期逾時限韻　重陽已近惹鄉思換平韻　衰年心曲少人知韻

《樓上曲》雙調五十六字，前後段各四句，兩仄韻、兩平韻。

廳前柳・涼

雁雲高韻　草已冷。風初定。葉還凋韻　恰墟里孤煙起。怕聽潮韻　惹蕭索。斷流橋韻　抱老病、徘徊追念處。少當年楚韻秦簫韻　夕照長亭外。染林梢韻　飲清露。正無聊韻

《廳前柳》又名《亭前柳》，《金詞》注：越調。雙調五十六字，前段八句四平韻，後段六句三平韻。另有別體二。

二色宮桃・驟雨

恰到中途無退路韻　一刹那、風狂雷怒韻　車水馬龍浪裏煙。傾盆下、更迷津渡韻　空樓岔口堪遮護韻　避潮頭、但知飛步韻　未濕褐衣信有緣。望

西北、陣雲開處韻

《二色桃宫》雙調五十六字，前後段各四句，三仄韻。平仄當遵之。

市橋柳·物趣

逛北市、傢俬海選韻　品色不能汙染韻　心儀未必成交。價相宜、也須適長短韻　已過午時雙腿軟韻　胃腸空、偏遇路邊餐館韻　就餃子、三鮮湯。話桑麻、忘懷冷暖韻

《市橋柳》僅見蜀妓一詞。雙調五十六字，前後段各四句，三仄韻。平仄當遵之。

一斛珠·霜降

孤篷倦旅韻　心都冷、哪堪遲暮韻　短籬疏菊凝香露韻　天際歸鴻。黃葉滿寒浦韻　蘆花泛雪迷津渡韻　故園殘夢怎留住韻　燭光簾影都辜負韻　南北西東。沒個托身處韻

《一斛珠》又名《一斛夜明珠》、《醉落魄》、《怨春風》、《醉落拓》。《宋史・樂志》，屬中呂調；《樽前集》注：商調；《金詞》注：仙呂調；蔣氏《九宮譜目》，入仙呂引子。雙調五十七字，前後段各五句，四仄韻。另有別體二。

夜遊宮・黃葉

黃葉鎏金畫卷韻　夕陽下、鱗光璀璨韻　風過裁成一片片韻　落秋池。掩荒丘。迷倦眼韻

時序無人管韻　任霜菊、東籬蕭散韻　魂夢氤氳入杯盞韻　問陶公。去桃源。何太遠韻

《夜遊宮》《金詞》注：般涉調。又名《新念別》。雙調五十七字，前後段各六句，四仄韻。另有別體一。

梅花引・衰年顏色

葉都黃韻平　鬢飛霜韻　泛雪蘆花思渺茫韻　煮殘陽韻　煮殘陽疊　枯柳繫舟。孤煙時短長韻

荒汀邊客真狂客韻仄　衰年顏色皆秋色韻　冷銀釭韻平　冷銀釭疊　村酒入杯。與誰傾斷腸韻

《梅花引》又名《貧也樂》、《小梅花》。《中原音韻》注：越調。雙調五十七字，前段七句五平韻、一疊韻，後段六句兩仄韻、兩平韻、一疊韻。另有別體三。

荷葉鋪水面·重陽

殘荷影亂。波清月已涼韻　東籬菊露濕還香韻　欲賒濁酒醉。五柳不諳破草堂韻　西窗剪燭光韻　風簾拂舊夢。怎奈兩鬢飛霜韻　雁過又重陽韻　只剩寸心癡、秋葉黃韻

《荷葉鋪水面》僅見康與之一詞。雙調五十七字，前段五句三平韻，後段五句四平韻。**勘校：**此调后结上五下三句法，《钦定词谱》标作两句疏误，当于第五字下标「讀」。

·家山好·

七溝花木向陽坡韻　棲龜地。養天和韻　閑雲出岫柴門外。起煙蘿韻　少年事。夢中多韻　舊王孫謁龍王廟。小寨定風波韻　通幽曲徑。時聞百鳥對山歌韻　桃源又若何韻

《家山好》雙調五十七字，前段七句四平韻，後段五句三平韻。平仄當遵之。

步虛子令・湯子

岫岩湯子食中王韻　餘味比條長韻　解寒開胃。更能調節弛張韻　發熱汗。也流香韻　一從少小離桑梓。親姐弟。鬢都霜韻　老么是我。已然無力擔當韻　有美意。付殘陽韻

《步虛子令》雙調五十七字，前段六句四平韻，後段七句三平韻。平仄當遵之。

小重山・曉行

銀杏穿金籬菊黃韻　曉風吹玉露、響咚鏘韻　空街寧謐借天光韻　癡未了、沽酒過重陽韻　還見柳絲長韻　蘆花辭朔雁、兩三行韻　海山煙氣轉蒼蒼韻　秋雖老、流韻也清涼韻

《小重山》《宋史・樂志》：雙調。又名《小沖山》、《小重山令》、《柳色新》。雙調五十八字，前後段各四句，四平韻。另

有別體三。

踏莎行・涼味

露重煙輕。香殘月缺韻　流光轉過重陽節韻　雁歸時候漸涼天。海隅狂卷蘆花雪韻

怕惹閑愁。還翻舊闋韻　欄杆拍遍經霜鐵韻　吟窗破瑟識清寥。邊風落木同凝咽韻

《踏莎行》《金詞》注：中呂調。又名《喜朝天》、《柳長春》、《踏雪行》、《轉調踏莎行》。雙調五十八字，前後段各五句，三仄韻。另有別體二。

宜男草・濕地秋光

又見蘆花滿汀渚韻　蟹肥時、城蓬紅處韻　雁字橫、海晏河清。真賞流水凝煙垂露韻

接官廳外采油樹韻　麗人行、不驚鷗鷺韻　魚米鄉、馳譽神州。涵養詩酒琴書雅趣韻

《宜男草》雙調五十八字，前後段各四句，三仄韻。另有別體一。

花上月令·雨夾雪

歸途飛雪雨初凝韻　濕霜鬢。暗街燈韻　馬龍車水還呼嘯。夾風聲韻　頻滑腳。奈何情韻　遲暮幸虧家不遠。熬粥飯。暖寒更韻　夢魂欸乃遊西苑。小橋橫韻　賞花信。喚流鶯韻

《花上月令》平仄僅遵吳文英一詞。雙調五十八字，前段七句四平韻，後段七句三平韻。

倚西樓·摔老

八角西樓收拾膩韻　廚具安裝頻惹氣韻　只緣粘貼又登高。單腳踩空摔下地韻　腰脫多年傷折騰。幸有連襟相撫慰韻　迷離雙眼臥窗臺。平息片刻咬牙恨活計韻

《倚西樓》平仄僅遵韋彥溫一詞。雙調五十八字，前段四句三仄韻，後段四句兩仄韻。

掃地舞・己丑九月十五貪黑

鋪地板韻　復合板疊　地龍合龍天色晚韻　風乍緩韻　秋月滿韻　已過重陽難再暖韻　莫疏懶韻　鬻一屋換韻　置一屋疊　鬻資置資兩窘促韻　居自足韻　命不服韻　客老人生驚塞曲韻　總遷逐韻

《掃地舞》唐教坊曲名，一名《掃市舞》。雙調五十八字，前後段各七句，六仄韻、一疊韻。此調僅見無名氏一詞，無別作可校。前後段之疊韻、疊字、換韻，當是定格，填者宜依之。

接賢賓・月下

欄杆落葉冷凝霜韻　露華濕衣裳韻　蟾光如水湛寂。影亂回廊韻　客懷都為榮枯惱。東籬幾簇花黃韻　老去從頭吟舊句。無端飲盡炎涼韻　剩銀絲。搔更短。短了再難長韻

《接賢賓》一名《集賢賓》。《樂章集》注：林鐘商調。雙調五十九字，前段四句三平韻，後段七句三平韻。另有別體一。

步蟾宮・騁懷

煙絲風片抖霜露韻。菊夢裏、酒闌何處韻。過蓬萊、隔海是仙山。拾碎影、月迷津渡韻。去留無意閑雲妒韻。也不管、一朝一暮韻。大遼横。平野闊。正無涯。辨耳際、珍禽言語韻。

《步蟾宮》蔣氏《九宮譜目》，入南呂引子。又名《釣臺詞》、《折丹桂》。雙調五十九字，前段四句三仄韻，後段六句三仄韻。另有別體四。

恨春遲・反差

一片桃花侵入夢。雙蛺蝶、飛過籬牆韻。霽岫看閑雲。照水參差影。小舟載斜陽韻。紅燭誰教燒殘漏。酒乍醒、又見流霜韻。縱使荒汀野渡。叢菊還開。霑凝多少疏香韻。

《恨春遲》僅見張先一詞。雙調五十九字，前後段各五句，兩平韻。平仄當遵之。

冉冉雲・望湖

夕水浮煙惹凝睇韻　楊柳青、遠山流翠韻　閑把釣、休問誰家漁子韻　欸乃處、天光旖旎韻　撲面花風潤行次韻　奈鄉思、總歸迢遞韻　人已老、不敢吟鞭東指韻　濁酒無由成醉韻

《冉冉雲》又名《弄花雨》。雙調五十九字，前後段各四句，四仄韻。另有別體一。

蝶戀花・望鄉

挾暮煙波秋又冷韻　望斷鄉關。寂寞梧桐影韻　忍把觴絃歸老病韻　惱人心事何須請韻　四十年前辭故井韻　舊夢重溫。還被風吹醒韻　殘月依稀聽漏永韻　兩眸一再傷流景韻

《蝶戀花》唐教坊曲，《樂章集》注：小石調；趙令時詞注：商調；《太平樂府》注：雙調。又名《鵲踏枝》、《黃金縷》、《捲珠簾》、《明月生南浦》、《細雨吹池沼》、《鳳棲梧》、《一籮金》、《魚水同歡》、《轉調蝶戀花》。雙調六十字，前後

段各五句，四仄韻。另有別體二。

壽山曲·辭秋

階前落葉難掃。天際歸鴻又鳴韻　疏菊冷香浮動。扁舟煙渚飄零韻　雕欄玉砌何在。翠管朱絃罷聽韻　霜鬢正欺野老。蓬窗不鎖癡情韻　立冬有緒無緒。縱目長亭短亭韻

《壽山曲》僅見馮延巳一詞。單調六十字，十句五平韻。平仄當遵之。**勘校：**此調結句第六字押韻，當為平聲，《欽定詞譜》標作仄聲疏誤，今依馮延巳原詞「聖壽南山永同」更正。

秋蕊香引·入冬

窗欲曙韻　重簾孤影。薄衾欹枕。飲酸淚。思故土韻　朔風又把秋紅掃。鬢霜冷垂暮韻　衰草外。寂寞寒汀野渡韻　隔層霧韻　雁聲漸遠。塊壘憑誰訴韻　歎黃葉。傷流景。與時無補韻

《秋蕊香引》僅見柳永詞，《樂章集》注：小石調。雙調六十字，前段七句三仄韻，後段八句四仄韻。**勘校：**此調前段第

四句第二字《欽定詞譜》標仄聲誤，今從原句「好花謝」作平。

惜瓊花・步張先韻

秋霜白韻　春水碧韻　四時和漏盡。孤冷衾席韻　不堪回首觀山色韻　難共雲霞。留住朝夕韻　舊柴門。今更窄韻　布衣容出入。溫飽消得韻　老來心事歸無極韻　知遇隨緣。詩酒幽憶韻

《惜瓊花》調見張先詞集，雙調六十字，前段七句五仄韻，後段七句四仄韻。平仄一定。

朝玉階・驟冷

寒徹周天奈若何韻　朔風吹亂草。動離歌韻　歸鴻南去日無多韻　菱花誰拂拭、照蹉跎韻　九霄寥寞冷姮娥韻　冰心渾是玉。也消磨韻　凭欄人老許孤蓑韻　忍將平水韻、撫沉痾韻

《朝玉階》僅見杜安世詞。雙調六十字，前後段各五句，四平韻。平仄當遵之。

散天花·孔雀東南飛

啼血姻緣動地哀韻　東南雙孔雀。也徘徊韻　高山流水識君才韻　笠篌花雨落、撫琴懷韻　千古知音命蹇乖韻　天公如有意。另安排韻　晴川不再辱陰霾韻　兩心相許處、是瑤臺韻

《散天花》唐教坊曲名。雙調六十字，前後段各五句，四平韻。平仄謹遵舒亶一詞。

荷華媚·追晚

天涯老孤客韻　斜陽外、一片蒲黄蘆白韻　平煙侵古道。長河擺尾。掃萍蹤浪跡韻　照濕地、霜冷邊關月。問秦皇不語。誰征徭役韻　思千載、終無用。凄風衰草。試只爭朝夕韻

《荷華媚》僅見東坡一詞。雙調六十字，前段五句三仄韻，後段六句兩仄韻。平仄當遵之。

少年心・醉雪

昨夜玉蝶飛舞韻　望遼東、素裝鮮楚韻　萬里關山一夢。忘懷倦旅韻　楮待制、醉寫詩圖叶　曲水勾成雲樹韻　未潑墨、也生逸趣韻　恰道家形跡。氤氳吞吐韻　炊煙起、總乍有還無叶

《少年心》調見山谷詞，一名《添字少年心》。雙調六十字，前後段各五句三仄韻、一叶韻。

七孃子・雪後

銀裝素裹餐嘉勝韻　豁兩眸、遐覽關山景韻　萬樹梨花。一灣雲影韻　大遼入海潮未醒韻　盤蛇驛外疏鄰並韻　倚醫閭、好夢無須請韻　仙羽徘徊。晴暉掩映韻　吟鞭東指思馳騁韻

《七孃子》蔣氏《九宮譜目》，入正宮引子。雙調六十字，前後段各五句，四仄韻。另有別體二。

一翦梅·雪楓

玉蝶偎憐一葉丹韻　羞了香腮。醉了煙巒韻　枝頭無意點梅花。輸我冬初。讓你春前韻　美意縈回遣歲年韻　韻入絲桐。影上欄杆韻　斜風浮動借餘暉。陶性還真。著色還寒韻

《一翦梅》元高拭詞注：南呂宮。又名《臘梅香》、《玉簟秋》。雙調六十字，前後段各六句，三平韻。另有別體六。

尋梅·踏雪會靖宇學弟

應憐腳滑難舉步韻　惜疏林、都成凍樹韻　放眼平野玉龍舞韻　欲參詳思辨。管他寒暑韻　兩千米遠朝陽路韻　有餘暉、不能辜負韻　元神抖擻生熱度韻　任佳興來也。裁剪好句韻

《尋梅》雙調六十字，前後段各五句，四仄韻。另有別體一。

錦帳春・為錢老祭

名宿歸真。德才蘇世韻　報家國精忠盡瘁韻　夏囊螢。冬映雪。欲求知究理韻　豈惟生計韻　或見貪贓。附庸儒氣韻　仗厚黑權錢近利韻　泯良知。玩把戲韻　令斯文掃地韻　與師何比韻

《錦帳春》雙調六十字，前段七句四仄韻，後段七句五仄韻。另有別體三。

唐多令・夕塞

煙水又凝寒韻　霜楓更煮丹韻　有片雲、浮上層巒韻　野渡寂寥餘落日。渾不見、去來船韻　狂客出雄關韻　新年送舊年韻　問歸鴻、何處長安韻　縱使老來賒酒債。人好醉、夢還難韻

《唐多令》《太和正音譜》：越調，亦入高平調。又名《糖多令》、《南樓令》、《箜篌曲》。雙調六十字，前後段各五句，四平韻。另有別體二。

攤破采桑子・詠歎調

萬坡秋盡流丹少。雪覆平岡韻　冷透軒窗韻　夢醒時分夜未央韻　也。囉。衾似鐵、鬢飛霜韻　躊躇滿志雲遮月。不敢輕狂韻　卻已彷徨韻　袖裏清風韻裏傷韻　也。囉。衾似鐵、鬢飛霜重韻

《攤破采桑子》僅見趙長卿一詞。雙調六十字，前段六句四平韻，後段六句三平韻、一重韻，前后段第四句用助語詞。格律當遵之。

後庭宴・落拓

邊草萎枯。野煙蕭索韻　望中汀渚空依約韻　朔風吹雪不勝寒。楓箋誰寄當窗落韻　林泉入夢還真。情味出山都錯韻　斷鴻羈旅。霜影閑池閣韻　冷韻布氤氳。夕暉煎寂寞韻

《後庭宴》僅見無名氏詞。雙調六十字，前段五句三仄韻，後段六句三仄韻。平仄當遵之。

鞓紅・許空閨

鳳簪斜墜。雲鬟怠散韻　夢已碎、菱花也懶韻　柳腰翠履。欲行還緩韻　顧瘦影、嬌嗔帶喘韻　不去思量。憑誰消遣韻　自別後、征鴻漸遠韻　倚欄露重。折枝霜滿韻　宿命裹、應無繾綣韻

《鞓紅》僅見無名氏一詞。雙調六十字，前後段各六句，四仄韻。平仄當遵之。

賀熙朝・晨曲

十月陽春天意好韻　但聞啼曉韻　不知人老韻　踏霜散慮。過橋懷舊。雪中汀草韻　情味幽眇韻　一蓑青霧客歸早韻　看喜鵲枝頭。時令足溫飽韻　慣鄉音稀少韻　追夢去來。忘卻煩惱韻

《賀熙朝》雙調六十一字，前段七句五仄韻，後段六句四仄韻。另有別體一。

撥棹子·西望

臨碣石韻　開阡陌韻　瀚海秦關通塞驛韻　千古事、一川朝夕韻　蘆花雪、霽月光風飛羽白韻　也知濕地藏龍脈韻　煙汀每折沉沙戟韻　兵燹過、城蓬都赤韻　睬晚照、老去天東還振翮韻

《撥棹子》唐教坊曲名。雙調六十一字，前段五句五仄韻，後段四句四仄韻。另有別體二。

玉堂春·奈何

漏殘窗冷韻仄　好夢新來都省韻　怕惹朱簾。獨對銀釭韻平　昨日芳華。總被風吹去。　鏡裏空餘兩鬢霜韻　又是籬笆牆外。枯荷橫野塘韻　料得蕭疏。更比人心亂。　未盡餘杯卻斷腸韻

《玉堂春》雙調六十一字，前段七句兩仄韻、兩平韻，後段五句兩平韻。

繫裙腰·盹兒

簾旌空寂未遮寒韻　風還細、漏初殘韻　披衾更把銀釭照。奈墨都乾韻　有心事。不能箋韻　睡眼依稀尋舊夢。搖舴艋、共江天韻　波光瀲灩參差影。是畫中蓮韻　恨來又去。霎時間韻

《繫裙腰》又名《芳草渡》。雙調六十一字，前段六句四平韻，後段六句三平韻。另有別體二。勘校：此調以張先詞為譜，前後段第四句入韻，然前段該句後三字、後段該句後兩字之可平可仄，《欽定詞譜》蓋依魏氏詞「誰念我」、「我恨你」兩句互參，似有不妥。因魏氏詞兩處皆作三字句，不入韻，故不應與韻句相校也。

贊成功·孤冷

朔風卷地。雪打窗欞韻　梧桐庭院冷清清韻　夢回無計。絃斷誰聽韻　歸鴻已遠。意緒難平韻　驛外衰草。天際流星韻　此生飄轉似雲萍韻　立殘更箭。又結霜冰韻　個中況味。寂寞煙汀韻

《贊成功》僅見毛文錫一詞。雙調六十二字，前後段各七句四平韻。平仄當遵之。

定風波・夕思

汀渚霜花送菊花韻平　水鄉秋韻屬蒹葭韻　古渡一帆吟欸乃韻仄　歸載韻　炊煙遲暮

繫明霞韻平　雁字縱橫潮有信韻換仄　休問韻　去來時序幾回差韻平　人意更隨天意

好韻換仄　幽渺韻　滄溟無欲也無涯韻平

《定風波》唐教坊曲名。又名《定風流》、《定風波令》。雙調六十二字，前段五句三平韻、兩仄韻，後段六句四仄韻、兩平韻。另有別體七。

破陣子・夙癡

擬把詞牌寫盡。好教孤譜流傳韻　拚卻三更熬短燭。雨雪風霜暖復寒韻　誰

知兩鬢殘韻　得月蘇辛豪放。惜花李柳纏綿韻　老淚縱橫還煮句。萬事蹉

跎獨問禪韻　悲欣抛棄難韻

《破陣子》唐教坊曲名，一名《十拍子》。元高拭詞注：正宮。雙調六十二字，前後段各五句，三平韻。

金蕉葉・原生態

回汀野菊籬笆院韻　斜陽外、幾行歸雁韻　獨倚柴門。問聲帆影潮深淺韻　只為釣翁往返韻　蹉跎歲月多離散韻　命相依、絕勝歌管韻　布衣土炕。蓬窗葦席同溫暖韻　夙夕自然呼喚韻

《金蕉葉》《樂章集》注：大石調；元高拭詞注：越調。雙調六十二字，前後段各五句，四仄韻。另有別體三。

漁家傲・六月

南畝青禾開地氣韻　鶯聲一片斜暉細韻　雨後炊煙舒玉臂韻　賒晚翠韻　芙蓉出水還搖曳韻　好夢桑榆追往事韻　家山秀色丹青繪韻　耕讀生涯偏有味韻　魚鳥戲韻　歸舟欸乃歌迢遞韻

《漁家傲》明蔣氏《九宮譜目》，入中呂引子。雙調六十二字，前後段各五句，五仄韻。另有別體三。

蘇幙遮・感恩

月將殘。天未曉韻　雪泛蘆花。霜冷淒淒草韻　入海長河思浩渺韻　千里冰封。濕地還棲鳥韻　動風簾。驚歲杪韻　昨夜硝煙。舊夢追鴻爪韻　生態諧和人意好韻　魚雁關情。不棄遼東佬韻

《蘇幙遮》唐教坊曲名。又名《鬢雲鬆令》。《金詞》注：般涉調。雙調六十二字，前後段各七句，四仄韻。

攤破南鄉子・感霧

萬象渺溶溶韻　銷魂處、瑞靄空濛韻　夢回忽上淩霄殿。太虛幻境。瑤臺隱約。不計西東韻　何處覓飄篷韻　八萬里、祭起長風韻　孤蓑短棹開晴宇。塵緣未了。擔當尚在。還我初衷韻

《攤破南鄉子》《太平樂府》、《中原音韻》，俱注大石調；高拭詞，注南呂宮；《太和正音譜》，注小石調，亦入仙呂宮。又名《青杏兒》、《似娘兒》、《慶靈椿》、《閑閑令》。雙調六十二字，前後段各六句，三平韻。另有別體一。

明月逐人來・霧凇

晶瑩其素韻　玲瓏其趣韻　分明是、美中翹楚韻　瑞煙浮動。擬人依約舞韻　羨煞鷗汀鶴渚韻　新夢偷來。舊夢如何分付韻　家山遠、松雲庇護韻　白鴿奮翔。雖識東歸路韻　也醉瓊枝玉樹韻

《明月逐人來》雙調六十二字，前段六句五仄韻，後段六句四仄韻。

甘州徧・霽霧

西窗月。依舊照殘更韻　冷吟燈韻　黃花淡出。紅楓逸去。清魂血性沃邊城韻　癡未了。意難平韻　還聽塞外風雪。天韻罷琴箏韻　有多少、調寄訴衷情韻　動簾旌韻　不甘忘卻。直是渺歸程韻

《甘州徧》即《甘州曲》之一徧也。雙調六十三字，前段六句三平韻，後段八句五平韻。

別怨·與舊居書

容膝西樓韻　九周星、　些許春秋韻　不堪銘陋室。還將碎夢掛簾鉤韻　別意新來每濕眸韻　四壁圖書外。無長物、只剩閑愁韻　遷來徙去。誰知誰舍誰收韻　小窗如念我。凭夕照、望孤舟韻

《別怨》僅見趙長卿一詞，雙調六十三字，前段五句四平韻，後段六句三平韻。平仄當遵之。

麥秀兩岐·煙雪

天北鵝毛逐韻　原上暮雲哭韻　路難行。晴未卜韻　嚴氣侵饑腹韻　馬龍車水遭羞辱韻　不知歸屬韻　思酒盲投宿韻　野店生貪欲韻　火雖紅。眸卻綠韻　一碗東坡肉韻　無端價抵千斤縠韻　比寒還酷韻

《麥秀兩岐》唐教坊曲名。《碧雞漫志》云：屬黃鐘宮。僅見和凝一詞，用入聲韻。雙調六十四字，前後段各七句，六仄韻。平仄当遵之。

獻忠心·霽雪

詫月來雲去。風靜天清韻　雞未叫。牖先明韻　恰漏殘時候。誰揭簾旌韻　有

抬望眼。舒塊壘。沐升平韻　無約束。自叮嚀韻　老來何必累浮名韻

壯思千載。都入丹青韻　冬愈進。春愈近。待芳馨韻

《獻忠心》唐教坊曲名。雙調六十四字，前段九句四平韻，後段八句四平韻。另有別體一。

黃鐘樂·與寒窗客敘

神交斯世信前緣韻　詩酒琴書情趣。談透豔陽天韻　都怪敝廬無雅座。聞君

容易會君難韻　南北東西山外山韻　相切相磋相勉。餘興對孤聯韻　同是

寒窗耕讀客。醉傾肝膽響流泉韻

《黃鐘樂》唐教坊曲名。僅見魏承班一詞。雙調六十四字，前後段各五句，三平韻。

醉春風・大雪

古道生涼霧韻　流霜侵野渡韻　長亭依舊對長河。沍韻　沍疊　沍疊　冰雪連天。信鴻沉海。亂雲當路韻　寂寞難分付韻　蕭索還回顧韻　已如塵芥更飄零。誤韻　誤疊　誤疊　衰草孤煙。竹籬茅舍。半窗遲暮韻

《醉春風》又名《怨東風》。《太平樂府》、《中原音韻》俱入中呂類。《太和正音譜》，注中呂宮，亦入正宮，又入雙調；蔣氏十三調注：中呂調。雙調六十四字，前後段各九句四仄韻、兩疊韻。**勘校**：此調《欽定詞譜》注「前後段各七句四仄韻」疏誤，今依趙德仁原詞定句。

握金釵・悼劉玉春君

戍馬入寒窗。隨緣習相近韻　染濡宏雅恭謹韻　短燭三更照丹寸韻　恒抱樸。素含真。謙復慎韻　雖隔萬重山。還通卅年信韻　奈何恁地殘忍韻　一病膏肓海河損韻　天乍黑。雪横飛。淒咽甚韻

《握金釵》又名《戛金釵》。雙調六十四字，前後段各七句，四仄韻。另有別體一。

侍香金童・山行

暮鼓晨鐘。也共孤煙寂韻　踏天雪、山風吹古驛韻　似水流年駒過隙韻　依約疏林。杖藜尋覓韻　奈小橋野徑。柴門荒更窄韻　算只剩、枯藤纏破壁韻　老去容當知順逆韻　俗慮輕抛。好生將息韻

《侍香金童》填者多用入聲韻。《金詞》注：黃鐘宮，又黃鐘調。雙調六十五字，前後段各六句，四仄韻。另有別體二。

緱山月・諧趣

野棹釣清波韻　湖光戀白鷗韻　縈盈嵐翠好晴和韻　問山中歲月。天籟裏。斜陽外。怎消磨韻　羅衫沾濕梧桐雨。煙柳正婆娑韻　柴門開處納風荷韻　釀三杯玉露。偷菊夢。攜松影。醉蹉跎韻

《緱山月》僅見梁寅一詞。蔣氏《九宮譜目》，入正宮引子。雙調六十四字，前段七句四平韻，後段七句三平韻。平仄當

遵之。

喝火令·奈何

缺月西窗冷。殘更北斗斜韻 夢回敲句落燈花韻 搔首不堪孤老。誰與話桑麻韻 渡遠還留客。樓空又徙家韻 縱橫珠淚也當茶韻 一片冰心。一片玉無瑕韻 一片赤誠憔悴。仰面抱琵琶韻

《喝火令》僅見黄庭堅一詞。雙調六十五字，前段五句三平韻，後段七句四平韻。平仄宜當遵之。

芭蕉雨·遷新居也得領教搓球

采暖開通過月韻 可憐錢已繳、居寒徹韻 待與小區評說韻 卻道此事當歸。供方解決韻 不堪温飽或缺韻 天北正飛雪韻 承諾一紙空、長悲切韻 責住戶、咬安裝。如此戲弄民生。良心泯滅韻

《芭蕉雨》僅見程垓一詞。雙調六十五字，前段五句四仄韻，後段六句四仄韻。平仄當遵之。

淡黃柳·隆冬

邊風凜冽韻 城上朦朧月韻 一路寒燈重疊疊韻 嵌入冰封季節韻 天際疏星忽明滅韻 莫攀折韻 霜枝正嗚咽韻 凭欄處、竟虛設韻 也無人、執手噓涼熱韻 酒病新來。與誰消受。攜影空階踏雪韻

《淡黃柳》《白石集》注：正平調。雙調六十五字，前段五句五仄韻，後段七句五仄韻。另有別體二。

輥繡毬·邊客

風雪一蓑孤。漂泊處、鷗汀蘆岸韻 野煙霜重。殘荷冰冷。怕聞潮汐。又枯草樹。暮雲霧亂韻 四十二年期盼韻 禁不起、夢中離散韻 凍帆凝滯。斷鴻淒厲。凭欄影瘦。垂簾夜永。好生羈絆韻

《輥繡毬》僅見趙長卿一詞。雙調六十五字，前段七句兩仄韻，後段七句三仄韻。宜當遵之。

錦纏道·伯牙摔琴

斷了幽弦。此後問誰知我韻　歎荒丘、蒿藜叢夥韻　高山流水愁雲鎖韻　寂寞春秋。有淚應無那韻　奈桑榆落霜。納衣還破韻　算塵緣、剩些兒個韻　夢已空、把酒臨風處。古藤千尺。枕石頹然臥韻

《錦纏道》又名《錦纏頭》、《錦纏絆》，江衍詞注黃鐘宮。雙調六十六字，前段六句四仄韻，後段六句三仄韻。另有別體二。

厭金杯·孤憤

霜打長亭。寒侵薄暮韻　欲歸遲、片帆無助韻　布衣難耐。濕地晚來風。空倚竚韻　寂寞桑榆倦旅韻　野渡蒼煙。小橋幽緒韻　幾時見、故園花樹韻　壯懷未了。鏡裏鬢先斑。腸斷處韻　須是無顏祭祖韻

《厭金杯》一名《獻金杯》。僅見賀鑄一詞。雙調六十六字，前後段各七句，四仄韻。

慶春澤・頹萎

荒落無邊衰草韻　遼塞又隆冬。朔風橫掃韻　三匝繞霜枝。淒迷歸鳥韻　雪野長河。渡頭棹歌杳韻　寒煙入望飄渺韻　關山抱殘陽。還催人老韻　搔首向天東。空餘煩惱韻　濁酒孤斟。一杯一杯了韻

《慶春澤》雙調六十六字，前後段各七句，四仄韵。另有別體二。

行香子・送羅京並依夢也無聲韻

妙語连珠。折戟沉沙韵　好京腔洗盡鉛華韵　橫空還見。麗藻春葩韻　歎鎖飛虹。濕朝露。散流霞韻　瑤臺風物。神仙道場。倚斜欄明月天涯韵　金聲再報。禹域桑麻韵　就一杯情。一杯酒。一杯茶韵

《行香子》《中原音韻》、《太平樂府》俱注雙調，蔣氏《九宮譜目》入中呂引子。雙調六十六字，前段八句四平韻，後段八句三平韻。另有別體七。

酷相思·一如軒徙說

四壁圖書今不寐韻　打成捆、還分類韻　惜佳石、靈溫凝潤膩韻　得賞也、眸堪慰韻　得用也、情堪慰疊　子集丹青相砥礪韻　怕甚末、淒涼地韻　小詞客、遷居冬月裏韻　長物也、終須棄韻　玩物也、無須棄疊

《酷相思》僅見程垓一詞。雙調六十六字，前後段各五句，四仄韻、一疊韻。此調前後段兩結句，例用疊韻，填者須遵之。

解佩令·碼書

個中滋味。孤介相伴韻　草都枯、還剩離散韻　月黑風高。未果腹、西齋淩亂韻　百千書、不容人懶韻　分門別類。天工有序。管教他、閱來方便韻　息鼓鳴金。二更後、生津流汗韻　且陶然、自家規簡韻

《解佩令》雙調六十六字，前段六句四仄韻，後段六句三仄韻。另有別體四。

垂絲釣・挽鄭敏歌

朔吹過午韻 陰霾如泣如訴韻 疾越大遼。涼透南浦韻 棺殮處韻 更哪堪目睹韻 慘遭遇韻 恨蒼天奪汝韻 夢中朗笑。高徒依舊嬌女韻 載歌載舞韻 形影生蓮步韻 一別瀟湘雨韻 爭忍去韻 化九霄鳳翥韻

《垂絲釣》《中原音韻》注：商角調；《太平樂府》注：商調。雙調六十六字，前段八句七仄韻，後段七句六仄韻。另有別體三。

謝池春・居易

美酒良辰。應是紫煙縈繞韻 夢初寧、微醺正好韻 霜風雪月。為遼河祈禱韻 信榮枯、不關孤老韻 尋常巷陌。九載偏安昏曉韻 舊簾鉤、行將別了韻 晴窗休問。剩鄉思多少韻 一抔情、再溫邊草韻

《謝池春》又名《風中柳》、《風中柳令》、《玉蓮花》、《賣花聲》。雙調六十六字，前後段各六句四仄韻。另有別體二。

勝勝令・己丑冬月初五

心還追夢。夢已偷心韻　已寒時候惹孤斟韻　聞雞轉徙。起舟車。曉星沉韻
向小築、溪北博臨韻　依舊西窗。接古意。續瑤琴韻　韻流絃外有餘音韻
千宗曲子。待從頭。入謳吟韻　捋鬢霜、重抖宿襟韻

《勝勝令》又名《聲聲令》。雙調六十六字，前段七句四平韻，後段八句四平韻。另有別體一。

玉梅令・徙酒

河南燕館韻　酒下杯還滿韻　酬親故、醉來神侃韻　把徙家興味。嚼碎入衷
腸。天過晌。忘懷冷暖韻　他鄉歲月。終究多飄轉韻　撐衰骨、也充好
漢韻　奈盛情難卻。雅意付流形。生幻影、眼花撩亂韻

《玉梅令》僅見姜夔一詞。雙調六十六字，前段七句四仄韻，後段六句三仄韻。平仄當遵之。

青玉案·冬節步張炎韻

朔風呼入天長處韻　奈數九、催朝暮韻　揀盡寒枝棲野樹韻　狂心已往韻　凝
心未住疊　人老邊牆古韻　夢魂又向遼東去韻　好山水、翻新譜韻　得大自
然諧律賦韻　溪邊清趣韻　籬邊醉趣疊　幾點斜陽雨韻

《青玉案》《中原音韻》注：雙調；《太和正音譜》注：高平調；蔣氏《九宮譜目》：入中呂引子；又名《西湖路》。雙調六十六字，前後段各六句，五仄韻、一疊韻。另有別體十二。

感皇恩·新居

地暖有餘溫。誰知數九韻　冰雪桑榆仰天佑韻　一方風水。得味隨緣消受韻
客鄉重作客。人依舊韻　門倚清溪。窗扶細柳韻　縱目澄懷大遼口韻　夕
陽簾卷。最是銷魂時候韻　撚鬢追往事。傾樽酒韻

《感皇恩》唐教坊曲名。《金詞》注：大石調；《中原音韻》注：南呂宮。又名《疊蘿花》。雙調六十七字，前後段各七

句，四仄韻。另有別體六。

鈿帶長中腔・秋意

夕照長韻　惜流光韻　有孤煙、界八荒韻　背負青天。雁字幾行韻　蕭蕭落木。叵耐連日霜韻　寂寞短籬花黄韻　渡外蒹葭泛雪。疑是帆檣韻　奈歸棹、又滯朔方韻　闞山不語。倩誰共舉觴韻　了卻一段淒涼韻

《鈿帶長中腔》僅見万俟詠一詞。雙調六十七字，前段八句六平韻，後段六句四平韻。平仄当遵之。

夢行雲・家山

少年習耕讀韻　榆鞭牧韻　溪水浴韻　晴暉翠蓋。柳梢鳴禽逐韻　月來雲破參差影。荷殘蓮子熟韻　故園碎夢。他鄉孤旅。霜絲白。邊草綠韻　衰年襟抱。哪堪認歸宿韻　萬千文字無顏色。酒闌拚一哭韻

《夢行雲》又名《六幺花十八》。雙調六十七字，前段七句五仄韻，後段八句三仄韻。此調僅見吳文英一詞，平仄當遵之。

三奠子・黄雪

恰平安夜後。金屑飄來韻朝聖誕。賞天財韻關山添俸祿。黄卷寫池臺韻

把煙樹。重點綴。巧安排韻遼東雪霽。頭上雲開韻長送目。好澄懷韻

霜絲雖已短。襟抱不能衰韻參古意。翻新曲。樂悠哉韻

《三奠子》調見元好問《錦機集》。雙調六十七字，前後段各九句，四平韻。

鳳凰閣・隻影

孤舟蓑笠。釣盡江河冷漠韻滿汀蘆雪知漂泊韻多少相思入酒。誰堪同

酌韻煮老淚、殘陽又落韻天風來去。不受閑情制約韻一朝離散終生

錯韻嘗遍漱玉滋味。嚼爛還嚼韻恨往事、無由了卻韻

《鳳凰閣》高拭詞注：商調。又名《數花風》。雙調六十八字，前後段各六句，四仄韻。另有別體二。

看花回・宴

一醉陶然老復丁韻　疏放神形韻　照人肝膽應無忌。且共他、楚管秦箏韻
兩三知己在。誰羨劉伶韻　又是琳琅滿目冰韻　霧斂霜凝韻　朔風吹落梨
花雪。好關山、大道致平韻　寸心應不舍。惟有交情韻

《看花回》《樂章集》注大石調，《中原音韻》注越調。雙調六十八字，前後段各六句，四平韻。另有別體七。

殢人嬌・念

古道斜陽。寂寞離亭草樹韻　抱孤影、有人無緒韻　長河入海。剩一灘鷗
鷺韻　帆正遠、邊風不憐倦旅韻　鬢角飛霜。眼窩凝露韻　心都碎、也還
癡竚韻　良辰美景。夢裏銷魂處韻　禁不起、又聞他鄉鐘鼓韻

《殢人嬌》《樂章集》注：林鐘商。雙調六十八字，前後段各六句，四仄韻。另有別體四。

兩同心・朔雪

萬樹嘶鳴。六花飄瑟韻　凝幽緒、天地氤氳。遮望眼、海山飛白韻　霎時間。不辨鄉關。振懾魂魄韻　老病怎生消得韻　漫無顏色韻　閑杯盞、怕憶崢嶸。舊蓑笠、轉蓬南北韻　奈小樓。夢斷西窗。凍僵邊客韻

《兩同心》《樂章集》注：大石調。雙調六十八字，前段七句三仄韻，後段七句四仄韻。另有別體五。

拾翠羽・歌臺兵姐

辭舊迎新。燈火管絃觴祝韻　放歌臺、再溫金曲韻　餘音未了。激情馳逐韻　須直令。千里朔風邕睦韻　合唱團中。形影似曾相熟韻　點靈犀、滿堂紅燭韻　英姿瀟灑。雅容暉煜韻　謀面時。偏是樸淳裝束韻

《拾翠羽》僅見張孝祥一詞。雙調六十八字，前後段各七句，四仄韻。平仄當遵之。

連理枝・冰雪蘆蕩剪影

雪霽添明媚韻　風歇憐行止韻　輾轉萍蹤。蕭疏鬢影。翩翩車騎韻　涉入蒹葭海、正開鐮。豁然眸已醉韻　野渡還迢遞韻　刀客談何易韻　兩手冰霜。晨昏摸黑。不堪勞累韻　賺得銀些許、換桃符。好將年貨置韻

《連理枝》《樽前集》注：黄鐘宮；《宋史・樂志》：琵琶曲，蕤賓調。又名《紅娘子》、《小桃紅》、《灼灼花》。雙調七十字，前後段各七句，四仄韻。另有別體一。

月上海棠・新瑞

翩翩玉蝶天東舞韻　好年光、開門掃塵慮韻　一元復始。見瑤臺、萬千煙樹韻　瓊枝上。掛滿珍珠白羽韻　無聲無影無橫豎韻　被八荒、憑誰辨汀渚韻　抱拳恭賀。最溫馨、合家團聚韻　品村醪。須令神仙豔慕韻

《月上海棠》又名《玉關遙》、《月上海棠慢》。《金詞》注：雙調，《白石詞》注：夾鐘商。雙調七十字，前後段各六句，

四仄韻。另有别體四。

惜黃花・自得

葉舟欸乃韻　漁歌歸載韻　一棹斜陽。追波影。蕩瑞靄韻　雲客披雲綺。風物饒風采韻　得清韻、個中天籟韻　重九茱萸。端陽蒲艾韻　不去逃禪。消塵慮。即安泰韻　忘卻繁霜鬢。忘卻無聊賴韻　老如意、老將何奈韻

《惜黃花》《金詞》注：仙呂調。雙調七十字，前段八句五仄韻，後段八句四仄韻。另有别體一。

且坐令・蘆蕩踏雪感割葦工生計

鷲滃渤韻　喜鵲偕遊涉韻　望中坦蕩纖塵絕韻　歲杪開晴雪韻　鐵馬冰河。分明湧動。征東氣節韻　依舊似、漢關秦月韻　憐刀客、與家别韻　霜風侵襲知寒徹韻　百草折、心猶烈韻　大遼千里從頭閱韻　壯懷憑誰說韻

《且坐令》僅見韓玉一詞。雙調七十字，前段七句五仄韻，後段六句六仄韻。平仄當遵之。

佳人醉・俟夢

薄暮斜欄倦倚韻　眉黛還凝秋水韻　撚細蔥根指韻　歸帆何在。但見霜蕊韻　一醉
雁字飛來又去。不知人憔悴韻　菱花裏韻　枉憐榴齒韻　醨酒自斟。
殘紅拼卻。幽夢還桑梓韻　少年事韻　山光明媚韻　忘了今非昔比韻

《佳人醉》《樂章集》注：雙調。僅見柳永一詞。雙調七十一字，前段七句五仄韻，後段八句六仄韻。平仄當遵之。

西施・過餘杭

畫眉深淺趁秋波韻　越女浣紗多韻　捧心時候。百媚係兵戈韻　落雁沉魚。
誤了紅顔命。又怎奈消磨韻　惹來逸筆頻圖寫。傷情處、賦謳歌韻　苧
蘿舊事。煙雨也婆娑韻　幾度餘杭。未向西村竚。怕雙淚滂沱韻

《西施》柳永《樂章集》注：仙呂調。雙調七十一字，前段七句四平韻，後段七句三平韻。另有別體一。

小鎮西犯・淒冷

朔風西北掠。寒侵歲杪韻　連天雪、晦明顛倒韻　蓑笠孤舟把釣韻　暮煙人老韻　鄰野渡。無眠潮信擾韻　撫衰草韻　不堪聞鵲喜。愁多夢少韻　酒雖溫、壯懷都了韻　醉去空餘長嘯韻　滿目枯槁韻　凝思處。晚境還飄渺韻

《小鎮西犯》柳永《樂章集》注：仙呂調。又名《小鎮西》、《鎮西》。雙調七十一字，前段七句五仄韻，後段八句六仄韻。另有別體二。

千秋歲・迭雪

六花蕭散韻　孤旅琴書倦韻　了殘夢。添離怨韻　誰知明鏡裏。還照癡人面韻　天欲曉。更凭短燭燒期盼韻　草樹寒汀亂韻　雲塞飛鴻斷韻　多少事。都嘗遍韻　少年無顧忌。老去徒嗟嘆韻　長亭外。野煙古道相彌漫韻

《千秋歲》又名《千秋節》。《宋史・樂志》：歇指調；《金詞》注：中呂調。雙調七十一字，前後段各八句，五仄韻。另

有別體七。

惜奴嬌・野客

蓮動漁舟。欸乃爭遲暮韻　柳烟轻、斜風拂絮韻　倦影孤蓑。問秋水、知行處韻　來去韻　鬢已霜、萍蹤未住韻　薪火雖紅。奈老酒、無人煮韻　對明月、好生凄楚韻　梓里難回。今番又、難回顧韻　眷顧疊　算只有、梧桐細雨韻

《惜奴嬌》元高拭詞注：雙調。雙調七十一字，前段七句五仄韻，後段七句四仄韻、一疊韻。另有别体四。按：此調始於晁补之，但前段第二句五字，宋人如此填者甚少，今试依晁词填之以备源流。其後段四、五、六句重字疊韻，當屬體例使然。

卓牌子近・辭渝

日落澄江。霧都揖別時候韻　帆影動、華燈如晝韻　今夜直下宜昌。三峽穿透韻　天水兩片明月。隨左右韻　同樽酒韻　夾岸巉岩垂陡韻　蕭瑟共猿

聲。露風濕袖韻　激蕩吟懷。徜徉勝境不朽韻　謫仙意、問君知否韻

《卓牌子近》僅見袁去華詞。雙調七十一字，前段八句五仄韻，後段六句四仄韻。平仄一定。

三登樂・紅海灘頭

玉露金風。饒濕地、綠汀紅浦韻　有扁舟、彩雲深處韻　釣蘆花、撈雁影。不驚鷗鷺韻　殘月一彎。海天萬古韻　恰孤煙歸野老。大荒吞吐韻

得陶然、偶吟逸趣韻　菊烹茶、蟹下酒。管他遲暮韻　遊恣去來。忘懷客主韻

《三登樂》調見石湖詞。雙調七十一字，前後段各七句，四仄韻。另有別體一。

檐前鐵・曉行幽思

北風寒。小徑孤蓑。他鄉踏雪韻　憶童年、出岫逐閑雲。家當半車辭別韻
蒹葭岸。遼河口。土屋夢、端陽節韻　回眸處、正堪憐。四十餘番秋

月韻　光陰迫、白頭搔斷愁千結韻　最恨邊風。只管向疏林。吹落葉韻

《檐前鐵》雙調七十一字，前段八句三仄韻，後段六句三仄韻。平仄當遵之。

甘露歌・說幻

忍把夢魂丟閬苑仄韻　花飛人已倦韻　依水樓臺瑞靄中平韻　楊柳弄荷風韻　綠影參差紅影醉換仄韻　誰來共嫵媚韻　一朵祥雲雙鳳凰換平韻　歌舞載斜陽韻　瓊漿不敵甘露好換仄韻　滴滴凝瑤草韻　仙子奉觴能幾時換平韻　當飲莫遲疑韻

《甘露歌》一名《古祝英台》。三段七十二字，每段各四句，兩平韻、兩仄韻。平仄當遵之。

憶帝京・感時

七溝八嶺還迢遞韻　夢也別時容易韻　霧裏數家山。眷戀村童戲韻　幾度誤東歸。只為謀生計韻　兩鬢雪、已無豪氣韻　五更燭、卻成空淚韻　輾轉寒窗。思量夙願。爛嚼都是黃連味韻　落拓入殘年。冷寂添新歲韻

《憶帝京》《樂章集》注：南呂調。雙調七十二字，前段六句四仄韻，後段七句四仄韻。另有別體一。

于飛樂・蝶

彩翼翩翩。等閑春暖花開韻 雙雙舞去飛來韻 閱芳洲。遊上苑。美意新裁韻 風絃度曲。梁山伯、與祝英臺韻 姹紫嫣紅。牽魂縈夢。淩波照影澄懷韻 惹癡心。羞粉面。離絕塵埃韻 誰教命薄。擔當事、不敢徘徊韻

《于飛樂》又名《鴛鴦怨曲》。《金詞》注：高平調；《元詞》注：南呂調。雙調七十二字，前段八句四平韻，後段八句三平韻。另有別體二。

撼庭竹・爽霽

飛雪關山今日晴韻 當窗惹人凭韻 望中天色碧瑩瑩韻 片雲鴻信寄煙汀韻 直掛一帆遠。邀我去蓬瀛韻 縱有朔方百丈冰韻 邊客也豪情韻 衰年抖擻還憧憬叶 萬古吟心入空靈韻 風物佐樽酒。蓑笠釣歸程韻

《撼庭竹》雙調七十二字，前段六句五平韻，後段六句四平韻、一叶韻。另有仄韻體一。

粉蝶兒·驚夢

朔氣橫窗。枕衾冰冷如鐵韻　正三更、寸腸千結韻　燭還殘。年又了。癡人聽雪韻　問朱簾。清影為誰孤孑韻　桑梓夢中。童真不諳離別韻　沐桃溪、綠波鏡澈韻　小橋頭。楊柳岸。流鶯戲蝶韻　這愜懷。奈何老來消歇韻

《粉蝶兒》《金詞》注：中呂調；《太和正音譜》：中呂宮。雙調七十二字，前後段各八句，四仄韻。另有別體一。

遶池遊·數歲

歲闌三九。朔氣頻催更箭韻　鄰瀚海。柴門雪中掩韻　重溫舊夢。須令孤衾回暖韻　大寒將半韻　度春不遠韻　重逢賤誕韻　白髮隨添隨短韻　遼東客。遼西藉蕭散韻　蒹葭雖老。有節當无塵念韻　且待新筍。再孵鶴卵韻

《遶池遊》蔣氏《九宮譜》注：雙調。雙調七十二字，前後段各八句，五仄韻。平仄當遵之。

師師令・美禪

雲鬟對稱韻　動荊釵斜影韻　四時衣帶自家縫。　笑靨裏、　天真嫻靜韻　粉黛
無施幽夢醒韻　綻一枝紅杏韻　琴棋書畫流心性韻　奈英資聰穎韻　也能耕
織也能詩。　留戀處、　小園香徑韻　細雨和風貞燕並韻　共玉人憧憬韻

《師師令》張先為李師師制詞。雙調七十三字，前後段各六句五仄韻。平仄無從參校。

隔浦蓮近拍・拾趣

當窗汀樹岸草韻　葉底聞啼鳥韻　露滴垂新綠。　簾鉤掛。　擁晴曉韻　幽夢應
未了韻　憐花好韻　寫意疏詞藻韻　望仙島韻　依稀翠蓋。　紫煙浮動縈繞韻
天光水影。　掩映雪泥鴻爪韻　池閣樓臺一味巧韻　休擾韻　鷺鷥鴛夢林杪韻

《隔浦蓮近拍》又名《隔浦蓮》、《隔浦蓮近》。雙調七十三字，前後段各八句、六仄韻。另有別體四。

郭郎兒近拍・寒諱

不寐韻　西樓守望西窗。殘燭三更還滴淚韻　憔悴韻　落拓顛沛韻　凝癡偏又凝愁。客子無由知進退韻　韜晦韻　地凍天寒。最怕臘七加歲韻　鬢雪翻新。鄉音未改。老來消夙志韻　夢都涼、介介幽懷。誰與呼杯同一醉韻

《郭郎兒近拍》僅見柳永詞。《樂章集》注仙呂調。雙調七十三字，前段七句五仄韻，後段八句四仄韻。平仄當遵之。

臨江仙引・誕日宴飲歸遲

酩酊。踏雪。人逐影。月如鉤韻　街燈不照西樓韻　客路遼河外。暗風小橋頭韻　鄉心已冷。別意又長。霜淚兩難收韻　曾經夢回桑梓遠。誰教夢也乾休韻　奈布衣襟抱。惹千古閑愁韻　新翻柳七舊曲。體味臘七淹留韻

《臨江仙引》調見《樂章集》，注南呂調，雙調七十四字，前段十句四平韻，後段六句三平韻。另有別體一。

碧牡丹・題隱逸畫家雲樵

筆健身先健韻　香滿情須滿韻　耄耋雲樵。寫意丹青開眼韻　國色天香。羞洛陽西苑韻　碧桃王母垂羨韻

性清簡韻　不逐流俗轉韻　含真自然蕭散韻　碣石東臨。壯士把杯敦勉韻　夢裏家山。聽洞庭呼喚韻　秋心空與歸雁韻

《碧牡丹》《金詞》注：中呂調。雙調七十四字，前段七句五仄韻，後段八句六仄韻。另有別體一。此调前段第二句五字，惟《小山集》有此體，宋人皆三字兩句也，故不可校平仄。

百媚娘・美幻

香送小橋流水韻　掩映翠煙桃李韻　繡扇半遮斜照影。向晚落霞成綺韻　燕翦波心蓮濕蕊韻　池榭聞青喜韻

撲面蕙風和美韻　百媚玉成仙子韻　也趁景明迷醉眼。邀我夢中來此韻　始信善緣誠可以韻　花徑欣逢你韻

《百媚娘》僅見張先一詞。雙調七十四字，前後段各六句，五仄韻。平仄當遵之。

風入松・同窗李世民陳淑賢來盤敘舊

小樓新醉又何妨韻　嘉會同窗韻　馬蘭村外當年客。到如今、兩鬢都霜韻　回首不堪玩味。伴君還是唐皇韻　獨生兒女盡成雙韻　福祉徜徉韻　也該知足傾樽酒。有來人、已慰衷腸韻　揖手又分岐路。別思仍對斜陽韻

《風入松》《宋史・樂志》注：林鐘商；元高拭詞，注仙呂調，又雙調；蔣氏十三調注：雙調。又名《風入松慢》、《遠山橫》。雙調七十四字，前後段各六句，四平韻。另有別體三。勘校：此調後段結句第三字《欽定詞譜》標作平聲疏誤，當標為「本仄可平」為妥。查晏幾道詞此處「夜」字仄聲，趙彥端、陸遊詞此處「攜」字、「真」字俱平聲。填者辨之。

傳言玉女・西窗

閱盡閑愁。短燭為誰明滅韻　舊癡新怨。問風霜雨雪韻　簾旌不語。怕惹柔腸千結韻　斜暉煙柳。別思江月韻　綠瘦紅殘。最無由、數落葉韻　斷鴻聲裏。有伊人哽咽韻　慵妝髻開。怎奈錦書消歇韻　東籬陶菊。竟同虛設韻

《傳言玉女》高拭詞注：黄鐘宫。雙調七十四字，前後段各八句，四仄韻。另有别體二。

枕屏兒・嗜睡

更箭遲遲。慵睡怎生覺寤韻曉風涼。殘夢了。寒衾獨踞韻天北雪。窗前月。影沉霾霧韻教幽思、不知去處韻詞譜千宗。翻遍又翻涵咀韻把餘年。歸夙念。長吟短賦韻有擔當。無掛礙。只爭朝暮韻奈愚淺、也常惑誤韻

《枕屏兒》僅見《梅苑》無名氏詞。雙調七十四字，前後段各九句，四仄韻。平仄當遵之。

剔銀鐙・憂悸

家寶堂中老父韻九句過、還能安步韻道骨仙風。童心佛性。淡飯粗茶呵護韻耽情龔畝韻也不屑、沽名釣譽韻誰料生辰初度韻捽倒挫傷肱股韻坐臥攲斜。無眠消瘦。最怕天欺遲暮韻怎生分付韻曉窗外、冷

侵煙柱韻

《剔銀鐙》又名《剔銀鐙引》。《樂章集》注：仙呂調；《金詞》亦注：仙呂調；元高拭詞注：中呂宮；蔣氏《九宮譜》，屬中呂調。雙調七十五字，前後段各七句五仄韻。另有别體四。

隔簾聽・噻

老病寂寥昏倦。語也無倫次韻　兄長弟短談何易韻　問左右誰來。愕然不已韻
念梓里韻　找親人、恍如童稚韻　長縈繫韻　耕桑情誼韻　孝悌傳宗嗣韻　勤
能補拙當須記韻　但養真修善。遠離魑魅韻　莫貪醉韻　存清節、一門祥瑞韻

《隔簾聽》唐教坊曲名，《樂章集》注：林鐘商。雙調七十五字，前段七句五仄韻，後段八句七仄韻。此調僅見柳永一詞，平仄當遵之。

越溪春・守望

長夜不眠連侍寢。爭奈苦顰呻韻　父天本是家中帝。跌一跤、憂悸兒臣韻
關外寒荒。遼東歲杪。冰雪柴門韻　窗前曉月冥昏韻　殘燭掛啼痕韻　病

軀扶起略可小坐。心期共入新春韻　容我虎年還盡孝。重賦感皇恩韻

《越溪春》僅見歐陽修詞。雙調七十五字，前段七句三平韻，後段六句四平韻。平仄當遵之。

長生樂·壽考

朔氣橫吹臘月天韻　十七月還圓韻　鶴齡松壽。不計去來年韻　賺得今生康樂。已列仙班韻　些須小恙。風燭飄搖獨蕭然韻　遼河夕照。渤海漁灣韻　凝思畢竟東山韻　能裕後、四處有鄉關韻　望中冰雪千里。搖曳上孤煙韻

《長生樂》雙調七十五字，前段八句五平韻，後段六句四平韻。另有別體一。

訴衷情近·翻身

左翻右轉。已是垂憐逸老韻　溫敷瘦骨嶙峋。消卻褥瘡險兆韻　傾側臥床多日。痛癢難禁。昨夜眠稍好韻　鼾聲吵韻　小解承壺也少韻　欲加餐飯。

水乳三匙飽韻　冬將了韻　瑣窗月黑。邊風夢白。縱横顛倒韻　朔氣凝霜曉韻

《訴衷情近》調見《樂章集》，注林鐘商。雙調七十五字，前段七句三仄韻，後段九句六仄韻。另有别體二。

下水船·困厄枕席

長夜青霾布韻　衾枕都如囹圄韻　衰骨千斤。騰挪不由心主韻　一何苦韻　徒有兒孫繞膝。雲幕還垂淒楚韻　憐遲暮韻　没個安排處韻　捶背揉肩無緒韻　打盹時分。牛頭馬面來去韻　忙攔阻韻　生怕陰風襲擾。仙壽恒昌家府韻

《下水船》唐教坊曲名。雙調七十五字，前段七句五仄韻，後段八句六仄韻。另有别體三。

解蹀躞·荒悖

耕讀漁樵生計。慣了經風雨韻　想家時候、鄉關不能睹韻　河口一片蒹葭。海天萬里雲煙。葉舟羈旅韻　問寒暑韻　多少光陰虛度韻　都緣别離苦韻　耄年相伴、隆恩庇兒女韻　枕席囚我高堂。悖懷誰與商量。六神無主韻

《解蹀躞》又名《玉蹀躞》。雙調七十五字，前段六句三仄韻，後段七句五仄韻。另有別體五。

撲蝴蝶·恐無聲息

能眠雖好。無聲方寸亂韻 連宵侍护。呻吟從未斷韻 奈何時躁時寧。直令風凄月黑。兒還願聞呼喚韻 自飄轉韻 躬耕異土。草廬親手建韻 崎嶇坎坷。寒門初飽暖韻 只今四世同堂。福壽鄉鄰豔慕。長煙夕阳明暗韻

《撲蝴蝶》又名《撲蝴蝶近》。雙調七十五字，前段七句三仄韻，後段八句四仄韻。另有別體三。

千年調·旋風

六九打春頭。天意還欺老韻 塞外汀霜浦雪。冷落衰草韻 怕聞鵲喜。卻被寒鴉惱韻 這次第。怎安排。過拂曉韻 炊煙一縷。四野皆枯槁韻 歲晚無端痛惋。不可言表韻 舊家環堵。夢裏東南倒韻 起旋風。亂塵飛。黃鶴杳韻

《千年調》又名《相思會》雙調七十五字，前後段各九句四仄韻。另有別體一。

蕊珠閒・小年

踏冰河。淩霜雪。客路蒼涼淒楚韻　朽枝棲老寒鴉。夕煙暮鼓韻　驛亭頹
廢。笠蓑顛僕韻　曲衷向誰傾吐韻　別離苦韻　世風長恨不古韻　桑梓歸程
離阻韻　舊年將了。恰是最傷情處韻　落荒田地。滯凝津渡韻　夢魂已然無主韻

《蕊珠閒》僅見趙彥端詞。雙調七十五字，前段八句四仄韻，後段八句六仄韻。平仄當遵之。勘校：《钦定词谱》小注「此詞前段第三句〔有嬌黃上林梢〕」，應是「前段第四句」。

瑞雲濃・忌日

長天夜雪。寒侵穿白庭院韻　呼吸遲遲漏初斷韻　衣衾起伏。極靜處、神魂
都亂韻　倦眼乍朦朧。剩殘釭惴憚韻　乘鶴人歸。還把脈、餘溫尚軟韻
不忍更衣枉留盼韻　瞬然相別。父子情、有誰能換韻　此去何期。怎生計算韻

《瑞雲濃》僅見楊無咎一詞，蔣氏《九宮譜》，入黄鐘宫。雙調七十五字，前後段各七句，四仄韻。平仄當遵之。

番槍子・守靈

臥榻西向朝天闕韻　叩首起悲聲、長凝咽韻　怎奈離去匆匆。撒手兒女話無説韻　就此兩陰陽、聽飛雪韻　臘月廿四寅時。何太孽孽韻　不待過新年、收魂牒韻　管教岱嶽東傾。海山波湧一息絶韻　冷寂鎖高香、空明滅韻

《番槍子》又名《春草碧》，金元詞也。雙調七十五字，前段五句四仄韻，後段六句四仄韻。

荔枝香・紙錢

有道真魂不滅。空往返韻　打點前路迷茫。冥幣三千貫韻　燒罷還燒時候。有淚凝人眼韻　孤迴、此後乖張靠誰管韻　子將老。父又去、何淒慘韻　寂寂靈床。知否嫋煙縈轉韻　鬼魅無侵。好入瑤臺永生殿韻　陰陽多少思念韻

《荔枝香》又名《荔枝香近》，《樂章集》注：歇指調。雙調七十六字，前後段各七句，四仄韻。另有別體九。

婆羅門引・並骨

同庚考妣。風霜卅六別春秋韻　荒墳獨自淹留韻　月冷西廂懷戀。泉下佑鸞儔韻　縱享年太少。耐得貞幽韻　歲闌紼謳韻　裂凍土、淚橫流韻　只為雙親一穴。東面開丘韻　兩根筷子。裹紅布、搭橋更作舟韻　載不動、別緒離愁韻

《婆羅門引》又名《婆羅門》、《望月婆羅門引》。屬黃鐘商。雙調七十六字，前段七句四平韻，後段七句五平韻。另有別體三。

御街行・圓墳

斷腸三日圓新墓韻　淚灑荒郊土韻　雪欺野草更飛霜。剩有紙錢燒處韻　一抔行孝。三鍬裕後。隆起尊天數韻　哪堪殘歲青煙舉韻　朔氣橫汀渚韻　也知考妣不能歸。還約夢中相遇韻　浮雲遮日。長河入海。孤影空回顧韻

《御街行》又名《孤雁兒》。柳永《樂章集》注：夾鐘宮。雙調七十六字，前後段各七句，四仄韻。另有別體五。

韻令・送父歸

大年又到。堂上空空韻　嗚窗瑟瑟風韻　心無依靠。淚眼矇朧韻　雙親撒手。兒女何從韻　焚香叩拜。祭紙火還紅韻　壽開九秩。葉落飄蓬韻　魂追不老松韻　半生羈旅。夢斷飛鴻韻　元神料得。直下遼東韻　白雲相伴。圓寂好歸宗韻

《韻令》僅見程大昌一詞。雙調七十六字，前後段各九句，五平韻。句讀平仄當遵之。勘校：《欽定詞譜》小注「前後段各九句五仄韻」誤，當是「前後段各九句五平韻」。

春聲碎・頭七

迎七叩年關。正是淒涼天氣韻　荒丘祭火。遊魂煙縷。共兩行清淚韻　開門處。感先祖宿恩。教妣考、歸神位韻　東山有桑梓韻　九佑耕蓑孝悌韻　萍蹤倦旅。不敢忘鄉心。莫相棄韻　遊子意韻　多少夢斷時分。對月影、空凝睇韻

《春聲碎》僅見譚明之一詞。雙調七十六字，前段八句三仄韻，後段七句五仄韻。平仄一定。

鳳樓春·年味

虎歲又開頭韻　啼曉西樓韻　起簾鉤韻　覺來妝鏡倦悠悠韻　鬆鬢影。懶回眸韻　天遠水長人去後。怕月黑星稠韻　忍淹留韻　何處扁舟韻　篆煙縈繞。夢魂新斂。每逢佳節添愁韻　離緒糾纏。枯樹衰草滿汀洲韻　乍消殘雪。還冷荒丘韻

《鳳樓春》唐教坊曲名。此調僅見歐陽炯一詞。雙調七十七字，前段八句六平韻，後段九句五平韻。平仄當遵之。

祝英臺近·感春

雪初消。窗乍曙。簾外覺新暖韻　紫氣東來。殘夢正幽遠韻　酒中方識桃源。豁然開朗。會陶令、好傾肝膽韻　得蕭散韻　佳節多少佳肴。滋味枉嘗遍韻　偏愛時蔬。鹹菜就杯盞韻　布衣更重親情。燕窩魚翅。欠環保、有誰希罕韻

《祝英臺近》元高栻詞注：越調。又名《寶釵分》、《月底修簫譜》、《燕鶯語》、《寒食詞》。雙調七十七字，前段八句三仄韻，後段八句四仄韻。另有別體七。

四園竹·勵

田園復活。爽氣好徜徉韻紫煙破曉。黄曆揭新。梅影流芳韻春草萌。時運轉、偏多快暢叶望中龍鳳呈祥韻鬢雖霜韻心河湧動心潮。平明信步平岡韻不向離亭落拓。收拾殘年。再補籬牆韻追夙尚叶壟畝客、犁鋤秀八荒韻

《四園竹》调见《片玉集》。雙調七十七字，前段八句三平韻、一叶韻，後段八句四平韻、一叶韻。另有別體二。

側犯·梅夢

紫霞一片。暗香初度憐疏影韻誰請韻昨夜宴東君、品佳茗韻鞦韆舊院落。也為流煙醒韻憧憬韻遊子意。衰年有餘慶韻童心未泯。汲水牽

修綆韻　親故井韻　小橋頭。梅雪試輕泠韻　七道溝前。沃田千頃韻　還我王孫。洞天詩興韻

《側犯》創自周邦彥。雙調七十七字，前段九句六仄韻，後段九句五仄韻。另有別體三。

離亭宴・破五

為庭除掃灑韻　開禁忌、高蹺漫耍韻　弦管飛歌終日慣韻　煮水餃、也傳佳話韻　正是送窮時候。街巷酒旗高掛韻　無論茅廬廣廈韻　一樣受、春風潤化韻　鞭炮齊鳴君莫怕韻　迎入戶、財神法駕韻　布我九天祥瑞。飽覽江山如畫韻

《離亭宴》調始張先，雙調七十七字，前後段各六句，五仄韻。另有別體一。

陽關引・宴歸

畫閣橫新月韻　野渡餘殘雪韻　邊風料峭。吹華鬢。辭佳節韻　有街燈星布。

入望時明滅韻　綻禮花、鄰家小店共怡悅韻　略帶三分醉。行復歇韻　玉欄杆外。才歡聚。又離別韻　算世間皆客。不用常悲咽韻　守善緣、襟懷坦蕩即豪傑韻

《陽關引》又名《古陽關》。雙調七十八字，前段八句五仄韻，後段八句四仄韻。

一叢花・淺春

七天佳節入庚寅韻　遼海降麒麟韻　東風正把關山染。落霞處、異彩繽紛韻　長假了時。疏梅綻處。還是惹香痕韻　籬笆深院小柴門韻　鷗鷺識河津韻　炊煙嫋嫋誰搖曳。有狂客、醉飲嘉辰韻　不去思量。隨緣適性。先得一壺春韻

《一叢花》調見東坡詞。雙調七十八字，前後段各七句，四平韻。

甘州令·拜春

左躬身。右作揖。溫馨問候韻　康樂永、好人多壽韻　祝親朋。報家國。歲收豐厚韻　種祥和。養忠孝。積善德、惠施童叟韻　色香冷豔。雪梅爭鬥韻　紫煙動、復蘇楊柳韻　沐薰風。爽料峭。湧泉如酒韻　草初萌。綠還淺。這光景、最堪憐佑韻

《甘州令》僅見柳永一詞，《樂章集》注：仙呂調，雙調七十八字，前段十句四仄韻，後段九句四仄韻。平仄當遵之。

山亭柳·足矣

輕撫瑤琴韻　一曲識知音韻　楊柳岸。紫煙侵韻　掩映葉舟浮動。惹來魚鳥昇沉韻　醉了高山流水。淨了人心韻　小橋偏把東君送。樓臺更為我登臨韻　舒眉眼。豁胸襟韻　已入光風霽月。莫愁古道行吟韻　綠影參差下酒。斯世

何尋韻

《山亭柳》雙調七十九字，前段八句五平韻，後段八句四平韻。另有別韻體一。

夢還京・雙親會

枕中慈眉善目。相見哪容易韻　半月分離。永宵漏斷。梅影蕭疏。過節偏無春味韻　正貪睡韻　天際雲頭。二老隱約話桑梓韻　繾綣時、飄忽霞綺韻　趁晚霽韻　欲折枝上寒蕊韻　隔流水韻　一片薄禮何由得。兩手空空。兩行淚花托寄韻

《夢還京》僅見柳永一詞，《樂章集》注：大石調。三段七十九字，前段六句兩仄韻，中段四句三仄韻，後段六句四仄韻。平仄悉當遵之。

憶黃梅・赧

應是暗香搗亂韻　夢裏四肢酥軟韻　簾外一枝春。雪不管韻　嫋嫋清魂、入

孤衾醉枕。偷輕汗韻　徒惹空閨繾綣韻　魘嬌喘韻　醒還遲。妝又懶韻　亦遲亦懶生淒婉韻　向誰抱怨韻　奈羞怯、腮比梅紅。問呢喃雙燕韻　衫袖濕、谁与重温玉盞韻

《憶黃梅》僅見王觀一詞。雙調七十九字，前段七句五仄韻，後段八句六仄韻。平仄當遵之。

紅林檎近・庚寅第一場雨

偏晌風雲亂。瑣窗春釀濡韻　岸柳潤方軟。老冰薄還酥韻　汀渚空濛草莽。樓臺料峭庭除韻　任他巷陌模糊韻　隨處得真如韻　豐稔應有象。康樂更傾壺韻　關山著色。泱泱禹跡龍圖韻　近元宵佳節。花燈就緒。萬方樂奏人不孤韻

《紅林檎近》蔣氏十三調注：雙調。雙調七十九字，前段八句五平韻，後段七句三平韻。

快活年近拍・冰掛

瓊枝瑪瑙垂。夢草琉璃映韻　風來樹不響。霧濃色愈淨韻　玉砌雕欄。雨淞

閬苑。吟賞冰宮。忘了布衣天命韻　哪知冷韻　應笑滑步難。有路光如鏡韻　搖身半醉態。開眸皆麗影韻　流幻凝真。紫霞飄處。鸞鳳依稀。教我逸懷馳騁韻

《快活年近拍》僅見万俟咏一詞，《金詞》注：黄鐘宫；《太和正音譜》：雙調。雙調七十九字，前段八句三仄韻，後段九句四仄韻。平仄當遵之。

金人捧露盤·燕空巢

弄春潮韻　聽春雨。夢春宵韻　柳色淺、撩逗新桃韻　鞦韆院落。暗香浮動燕空巢韻　淡煙凝露。倚斜欄、又鎖眉梢韻　閑情亂。幽情澀。別情瘦。眷情遙韻　對青鏡、淚濕鮫綃韻　一簾料峭。錦箋無處寄柔毫韻　只因癡醉。惹沉吟、枉自推敲韻

《金人捧露盤》又名《銅人捧露盤》、《上平西》、《上西平》、《西平曲》、《上平南》。《金詞》注：越調。雙調七十九字，前段八句五平韻，後段九句四平韻。另有別體四。

過澗歇·三七

冥路韻　隔兩界、香火今又縈紆。料峭還侵淒楚韻　鎖煙樹韻　別意沾襟濕袖。去影空回顧韻　奈虎歲。月滿元宵卻無主韻　忽覺孤子。沒個飄蓬依傍處韻　萬千關愛。都成一抔土韻　多少彷徨。酹酒枯叢。有心報孝。敢問衷曲憑誰訴韻

《過澗歇》《樂章集》注：中呂調。雙調八十字，前段八句五仄韻，後段八句三仄韻。另有別体二。

瑤堦草·元宵雪打燈

開門納新雪。抱月還晴霽韻　天象元宵。只管呈國瑞韻　暗香一路。焰花千朵。舞龍人氣韻　勁歌唱紅社戲韻　照無寐韻　萬家燈火。大街小巷狂歡醉韻　溢彩流光。望中願景非夢裏韻　忘他料峭。共他旖旎韻　為他快慰韻

東風正染桑梓韻

《瑤堦草》僅見程垓一詞。雙調八十字，前段八句四仄韻，後段九句六仄韻。平仄當遵之。

安公子·頓殀

東風吹過雁韻　一汀煙樹霜草。望斷斜陽海曲。殘雪蘆芽短韻　冰淩沉浮亂韻　無緒更欺病酒。料峭還侵羈旅。人比天涯遠韻　舊夢也不重來。疏影好生頓殀韻　孤燈子夜。沒個蛐蛐聽呼喚韻　恨暗香簾外。明月窗前。同誰繾綣韻

《安公子》唐教坊曲名。《碧雞漫志》云：據《理道要訣》，唐時《安公子》在太簇角。今已不傳，其見於世者，中呂調有《安公子近》，般涉調有《安公子慢》。按，柳永〔長川波瀲灩〕詞，自注中呂調，〔遠岸收殘雨〕詞，自注般涉調，但蔣氏十三調譜，採柳永〔長川波瀲灩〕詞，又注正宮。雙調八十字，前段八句四仄韻，後段七句三仄韻。另有別體五。

應景樂·春曉

西窗月落韻　忽報梅開、柳外空畫閣韻　驚疏影。風簾正依約韻　惹癡人寂

這況味、寞韻　荒了舊夢。斷續寒煙凝滯。幽期費猜度韻　徒把暗香嚼韻

春意倦慵最是銷魂。細數作苦旅。緣分都錯韻　三遍雞啼。還剩蕭索韻

慵。誰與共觴酌韻

《應景樂》僅見蕭回一詞。雙調八十字，前段八句五仄韻，後段八句四仄韻。平仄當遵之。

柳初新・九九

向陽汀甸萌新草韻　殘雪外、聞啼鳥韻　暗香輕襲。柔絲曼舞。薄霧淡煙縈

繞韻　梅柳憑誰開導韻　把芳心、都歸年少韻　不忍疏枝折了韻　恐離人、

被春催老韻　片帆雖遠。家山尚在。浪子每思宗廟韻　有得贈、幽期才好韻

毀生態、怎捱昏曉韻

《柳初新》《樂章集》注：大石調。雙調八十一字，前後段各七句，五仄韻。另有別體一。

鬬百花・春夕

向晚春池如煮韻　斜影殘陽孤旅韻　扁舟還釣寒煙。汀草初萌香霧韻　倦柳柔絲。新葉正欲抽來。古道卻難歸去韻　行篋囊鄉土韻　與酒商量。醉我梅花深處韻　桑梓夢裏。重溫少年情趣韻　耕讀漁樵。無關世態炎涼。須惹桃源歆慕韻

《鬬百花》又名《夏州》《樂章集》注：正宫。雙調八十一字，前段八句五仄韻，後段七句三仄韻。另有別體二。

皁羅特髻・暗香

暗香一縷。愛月下縈回。雪中尋覓韻　暗香一縷。抱小樓孤寂韻　無須請、暗香一縷。把輕寒、只向癡人襲韻　暗香一縷。又怎生消得韻　何事暗香一縷。不天涯流逸韻　擾遐寐、暗香一縷。鎖簾幕、不抵穿牆力韻　暗

香一縷。惹夢都沾濕韻

《皇羅特髻》雙調八十一字，前段九句四仄韻，後段六句三仄韻。按：此調僅存蘇軾词一首，平仄無可校。原詞凡七用「採菱拾翠」句，五字句皆用上一下四句法，想是體例應然，填者當依之。

最高樓・即景

遼河口。驚蟄雪猶殘平韻青霧鎖輕寒韻一灘鷗鷺銜春早。滿汀蘆筍破冰尖韻柳才黃。梅已醉。嫋炊煙韻樂北塞、上元年味足仄韻料南國、夾江冬麥綠韻尋禹跡、踏關山平韻東風拂煦長亭外。西樓釣月小窗前韻好心情。須放逸。莫慵眠韻

《最高樓》雙調八十一字，前段八句四平韻，後段八句兩仄韻、三平韻。另有別體十。

倒垂柳・念遠

夕暉餘一抹。煮閑雲、無限好韻映岸邊柳色。春水妒歸鳥韻幽香暗浮

動。陳釀同傾倒韻　懷君當此際。佳期還夢年少韻　孤煙嫋嫋韻　鬢影先知人已老韻　拍遍舊欄杆。異土沃新草韻　蓑笠問津。還說遼東調韻　黄昏時候。古意杯中了韻

《倒垂柳》唐教坊曲名。雙調八十一字，前段八句四仄韻，後段八句五仄韻。另有別體一。

彩鳳飛・喚春

聞鵲喜。尋芳信。古道長城畔韻　望遼河、空落雪殘冰泮韻　算新正。只還有、幾許晨昏。思量處、屈指不禁寒顫韻　舊池苑韻　莫問空巢誰守。何時歸梁燕韻　料也應、相去東君不遠韻　草初萌、柳欲語。梅蕊新綻韻　孤煙夕照裏、漸渺漸淡韻

《彩鳳飛》又名《彩鳳舞》，僅見陳亮一詞。雙調八十一字，前段七句三仄韻，後段七句五仄韻。平仄當遵之。

有有令·春睡

嵐光嫵婉韻　三徑露分香。晚風輕拂面韻　斜照桃花渡。鱗波細、魚兒淺韻　過小橋、野色誰家。有緣到此。無緣相見韻　眷戀韻　溪頭繾綣韻　聽醉了、柳鶯嬌囀韻　綠影婆娑旖旎。倩影羞團扇韻　兩汪秀水流盼韻　漸行漸遠韻　急不待、欲追卻魘韻

《有有令》本詭詞，采以備體。雙調八十一字，前段八句四仄韻，後段八句七仄韻。

拂霓裳·山趣

古亭邊韻　一蓑晴翠入清漣韻　臨勝境。蝶團蜂陣豔陽天韻　徜徉三月裏。留戀百花前韻　鳥爭喧韻　引飛虹、林表上孤煙韻　山中日子。無俸祿、也神仙韻　耕讀罷。慣將詩酒醉豐年韻　縱橫皆有路。來去不須錢韻　問桃

源韻　有誰知、心遠地隨偏韻

《拂霓裳》唐教坊曲名。《碧雞漫志》：拂霓裳，般涉調。《宋史·樂志》，女弟子舞隊第五，有拂霓裳隊。雙調八十二字，前段八句六平韻，後段八句五平韻。另有別體一。

柳腰輕·慵

鞦韆院落柴門掩韻　東君到。無人管韻　暗香疏影。淺醺濃睡。近日菱花都懶韻　已嗔怪、新柳搖窗。又思量、舊巢歸燕韻　也有癡心一片韻　也曾經、立殘更箭韻　錦書難托。夢魂都了。只剩蕭然離散韻　問遼水、還有多長。比天涯、不知誰遠韻

《柳腰輕》僅見柳永一詞。《樂章集》注：中呂宮。雙調八十二字，前段八句四仄韻，後段七句四仄韻。平仄當遵之。

爪茉莉·春脖子長

料峭春寒。著人不著水韻　心涼透、是何滋味韻　融冰化雪。任老屋、茅簷滴淚韻　暗香襲、欲喜還嗔。把梅影。都得罪韻　空巢候燕。問東風、

肯歸未韻　真黯慕、少年天地韻　歡歌笑語。秀時裝、成雙對韻　撫鬢霜、只怕漏聲迢遞韻　也無夢。誰與醉韻

《爪茉莉》僅見柳永一詞。雙調八十二字，前段八句四仄韻，後段八句五仄韻。平仄當遵之。

鷰山溪·故園

竹籬茅舍。掩映雙榆樹韻　古柳抱柴門。四時有、泉鳴霧吐韻　七溝依次。東起向西分。好稼穡。好漁樵。好走林蔭路韻　鍬钁架下。只合王孫顧韻　嫵媚火燒雲。把天光、蒸紅又煮韻　宗功祖德。都在畫圖中。嵐煙動。杜鵑開。百鳥拼歌舞韻

《鷰山溪》又名《上陽春》，《金詞》注：大石調。雙調八十二字，前後段各九句，三仄韻。另有別體十二。

千秋歲引·五七

正送遊魂。偏聞喜鵲韻　九九歸時氣蕭索韻　香灰欲寄相思去。相思淚灑香

灰落韻　紙錢輕。梅花瘦。莫推卻韻　須是奈何橋用著韻　不怕閻羅王酷虐韻　寂寂青煙渺黃鶴韻　兒孫已得兒孫福。仙人且入仙人閣韻　有冰心。無春意。空迷漠韻

《千秋歲引》又名《千秋歲令》、《千秋萬歲》。雙調八十二字，前段八句四仄韻，後段八句五仄韻。另有別體三。

早梅芳・辭正

點孤芳。牽細柳韻　草上東風走韻　冰河欲解。殘雪消融滴檐溜韻　日高還犯困。夢斷偏思酒韻　奈空巢寂寂。歸燕待時候韻　踏青前。驚蟄後韻　衣帶知人瘦韻　晨昏流轉。一片癡心為誰守韻　折枝憐隻影。剪燭聞更漏韻　惹餘寒。又來添咳嗽韻

《早梅芳》一名《早梅芳近》。雙調八十二字，前後段各九句，五仄韻。另有別體二。

新荷葉・庚寅正月最後一場雪記

玉蝶翩躚。重簾一樣偷光韻　欲出新正。還聞瑞裹寒香韻　東風有信。料故園、須也銀裝韻　蓄墒南畝。好教垂佑耕桑韻　千樹梨花。曉來更惹徜徉韻　萬里關山。幻中煙翠茫茫韻　回眸但見。經行處、鴻爪成行韻　物華天寶。騁懷何必流觴韻

《新荷葉》又名《折新荷引》、《泛蘭舟》。蔣氏《九宮譜》，作正宮引子。雙調八十二字，前後段各八句，四平韻。另有別体三。

南州春色・幻景

瓊花落。惹氤氳韻　依稀梅影。畫裏築香魂韻　暫把新正都別卻。二月好遊春韻　粉面桃花約會。歸來雙燕。還識小柴門韻　九九須加一九。黃牛遍地。蜂蝶成群韻　初嫁東風。顛狂飛絮。留戀處、追夢長津韻　莫怪枝

頭紅杏。臨水照伊人韻

《南州春色》為元人詞也，僅見汪梅溪一詞。雙調八十二字，前段九句四平韻，後段八句三平韻。其平仄無別首可校，悉當遵之。

長壽樂・為家父造像

高堂一去韻　萬念空、隻影無由安處韻　遼海春寒。長亭雲乱。總是離人最苦韻　想音容、夢也難成。向誰傾訴韻　須寄望、但得居家有主韻　賒霞彩。肖像如生栩栩韻　深孺慕韻　擇掛位、敬請晨昏垂顧韻　斗室端的祥和。雅宜聆教。慈悲還拂煦韻

《長壽樂》《宋史・樂志》：仙呂調；柳永《樂章集》注：平調。雙調八十三字，前段八句五仄韻，後段七句四仄韻。另有別體一。

迷仙引・人妖

才送斜陽。初上華燈。卻引天女韻　姹紫嫣紅。如真如幻如許韻　染黛眉、

匀粉面。盜瑤池歌舞韻　教嫵媚動人。春意融我。秋波憐汝韻　少小偏豐乳韻　老大歸淒楚韻　命裏雄風。都隨香色酬花雨韻　怎奈得、流光暗度韻　此生空醉夢。絲桐散去韻

《迷仙引》《樂章集》注：雙調。雙調八十三字，前段十句四仄韻，後段七句五仄韻。另有無名氏一百二十二字體一個。

促拍滿路花·斜陽

堤外蒸煙翠。嶺上煮雲霞韻　熱風吹潤水中花韻　渡頭帆影。波湧到天涯韻　西樓留晚照。脈脈都似此情。直透窗紗韻　柳絲無意知曉。歸燕落誰家韻　一灘鷗鷺也清遐韻　竹籬茅舍。詩酒話桑麻韻　只恁山光好。偏近黃昏。隔牆聽取琵琶韻

《促拍滿路花》又名《滿路花》、《滿園花》、《歸去難》、《一枝花》、《喝馬一枝花》。《樂章集》注仙呂調。《太平樂府》注南呂調。雙調八十三字，前段各八句，四平韻。另有別體十。

黃鶴引・庚寅二月初三夜風雨大作

銀釭初引韻　卷地風來黑雲滾韻　八荒林表嘶鳴。邊聲顛頓韻　星河欲隕韻
雪雨敲窗時緊韻　亂哄哄。直是淹了雷公三震韻　抬起老龍頭。須見春芳信韻　奈何狂縱餘寒。教人爭忍韻　長宵漏盡韻　孤枕夢空衰鬢韻　好生淒憫韻
找不著、當年方寸韻

《黃鶴引》僅見宋方勺之父一詞。雙調八十三字，前後段各八句，六仄韻。平仄當遵之。

洞仙歌・庚寅二月初五雨雪交加

誰教雪雨。上春分前奏韻　蕭瑟淒風向天吼韻　碾冰泥、忽地埋沒萍蹤。憐梅影。花落疏枝還抖韻　黑雲翻墨處。混沌空濛。直把神形化烏有韻
縱目杳鄉關、已是黃昏。奈歸鳥、羽衣濕透韻　這況味、去來費思量。

算不准、熙和踏青時候韻

《洞仙歌》唐教坊曲名。又名《洞仙歌令》、《羽仙歌》、《洞仙詞》、《洞中仙》。《宋史·樂志》注林鐘商調，又歇指調；《金詞》注大石調。柳永《樂章集》〔嘉景〕詞注般涉調，〔乘興閑泛蘭舟〕詞注仙呂調，〔佳景留心慣〕詞注中呂調。雙調八十三字，前段六句三仄韻，後段七句三仄韻。另有別體三十九。

望雲涯引·冷春分

雲開風定。暗香了。殘寒襲韻　昨夜冰霜。覆蓋待耕阡陌韻　星期日裏。路滑行人少。急不得韻　總去空忙。算唯有羈客韻　冷冬雖好。損春意。當須責韻　大旱西南。東北卻還淪溺韻　蒼天在上。調劑銀河水。遍禹域韻　勸課農桑。換取公平生息韻

《望雲涯引》僅見李甲一詞。雙調八十三字，前後段各十句，四仄韻。平仄當遵之。

泛蘭舟·春分夜寄懷

新月西窗垂釣。把簾兒鉤著韻　小風撚作絲絃。時靜復時掠韻　生怕驚心。

偏還動意。癡都癡了。橫豎徘徊寥寞韻　冷池閣韻　疏影短長。如今梅瘦怨花落韻　料峭鎖住劉郎。歸燕費猜度韻　更箭遲遲。晝夜等分。衣冠分等。命卑更知情薄韻

《泛蘭舟》調見《梅苑》。雙調八十三字，前段八句三仄韻，後段九句四仄韻。平仄当遵之。

踏歌・西窗怨

罷乏韻　枕衾寒、夢斷燒殘蠟韻　三更月、鳳眼窺孤榻韻　歎無眠有淚難融洽韻　懶怯韻　對菱花、更把香腮掐韻　瘦多少、只待天回答韻　恨青絲已被銀絲雜韻　雖料峭。不爽颯韻　思鴻信、枉自搜妝匣韻　還記那年春。海角捎文蛤韻　問聲它向誰開合韻

《踏歌》三段八十三字，前兩段各四句四仄韻，後一段六句四仄韻。另有別體一。

秋夜月・造化

生機蓬勃韻　海灘紅。蘆蕩綠。原油開掘韻　濕地鍾靈神秀。自然風物韻
看魚鳥。聽天籟。夏涼冬熱韻　汀渚、記下許多傳說韻　中秋邀月韻　有
荒堂。傾老酒。醉吟千闋韻　鐵筆丹青休笑。滿頭堆雪韻　暗香飛。殘夢了。
長亭揖別韻　倦遊、摩詰易安磋切韻

《秋夜月》《樂章集》注：夾鐘商。雙調八十四字，前後段各十句，五仄韻。另有別體一。

祭天神・邊草回青

信朔風終被東風換韻　向陽坡、草色無聲青過半韻　翩翩候鳥來儀。濕地仙
蹤亂韻　遺荒汀剩雪殘冰。都流汗韻　夢未了、情何限韻　這時序、還比
常年慢韻　詩書債。桑梓意。托付籬笆院韻　問人生、癡心多少。天命浮

沉。佛說隨緣。不用加盤算韻

《祭天神》調見柳永《樂章集》，八十四字詞注中呂調，八十五字詞注歇指調。雙調八十四字，前段六句四仄韻，後段九句四仄韻。另有別體一。

鶴沖天・春宵

無眠旅驛。短燭搖星火韻　窗外月如眉。偷窺我韻　兩鬢青絲少。柔腸斷、孤衾裏韻　欹枕鴛鴦破韻　早春時候。心比遠帆顛簸韻　新來但覺人慵懦韻　針黹拿不起。堆成垛韻　險韻偏重檢。詩未竟、情先鎖韻　不耐煩則個韻　今宵還剩。曉雞吠犬相和韻

《鶴沖天》《樂章集》注大石調；又注正宮。雙調八十四字，前段九句五仄韻，後段八句五仄韻。另有別體二。

少年遊慢・追憶

南山天作窟韻　半畝清泉印月韻　嬉水兒郎。簪花娃女。同歡愜韻　淘氣藏

衣履。折柳驅蜂蝶韻　尋得桃源。更將美意盤活韻　最恨當年別韻　雙淚填平雙靨韻　燭影蹉跎。煙蓑彈指。頭飛雪韻　無夢春宵永。倦旅西風烈韻　古洞溝人。悲欣不堪重說韻

《少年遊慢》僅見張先一詞。雙調八十四字，前後段各九句，五仄韻。平仄當遵之。

兀令・七七祭語

汀渚依稀還縹緲韻　夢回春曉韻　漣動知魚巧韻　弄雲影婆娑。柳陌鶯啼鳥韻　須把脈脈相思。撚入青青草韻　為八荒祈禱韻　七七樓船超度好韻　望中仙島韻　嵐翠浮林表韻　幸得駕東風。福祉追先考韻　一別天上人間。真個音容杳韻　幻雪泥鴻爪韻

《兀令》僅見賀鑄一詞。雙調八十四字，前後段各八句，六仄韻。平仄當遵之。

踏青遊·園趣

客舍天涯。綠水翠林環繞韻　十步內、必逢芳草韻　過溪橋。轉曲徑。竹樓新造韻　椰寨好韻　黎人佛門襟抱韻　隨處善緣關照韻　火種刀耕。墾辟菜園山坳韻　侍弄地、須明旱澇韻　巧施肥。勤灌溉。家蔬爭早韻　君莫笑韻　瓜多也招百鳥韻　怡然不愁溫飽韻

《踏青遊》雙調八十四字，前後段各九句，六仄韻。另有別體三。

夢玉人引·寒悸

長短亭外。知多少。別離客韻　雨打浮萍。風動一池秋瑟韻　野渡無人。和斷鴻、萬籟同淒惻韻　暮靄沉沉。恰舊時顏色韻　倚欄無緒。鬢已霜、還缺縛雞力韻　命裏擔當。係他飄泊舟楫韻　孤旅惶惶。可憐空尋覓韻　歎

寥落黄花。竟不是、菊癡親植韻

《夢玉人引》雙調八十四字，前段九句四仄韻，後段八句四仄韻。另有別體四。

惠蘭芳引・風燭

春困夢沉。枕衾冷、漏聲催逐韻　恰寒食將臨。簾外更聞風哭韻　過冬草樹。也半醒、漸抽新綠韻　算別離日子。宿命都歸孤獨韻　五十餘年。天倫庭院。不忍重囑韻　縱柴米無憂。恒是寄情委曲韻　雙親泉下。斷鴻塞北韻　誰伴兒、收拾寂寥殘局韻

《蕙蘭芳引》一名《蕙蘭芳》。雙調八十四字，前後段各八句，四仄韻。

傾杯近・樾下行攝圖

一路尋尋覓覓。風物喀嚓醒韻　有客行吟樾下。放懷先攬勝韻　煙凝雨霽。斜照清江浮舴艋韻　老漁蓑、剪裁霞綺入憧憬韻　遠鏡頭、短焦距。只

待隨緣定韻　閉月羞花。遇得方家三生幸韻　沉魚落雁。也是村姑天仙命韻

最陶然、共山河酩酊韻

《傾杯近》僅見袁去華詞。雙調八十四字，前段七句四仄韻，後段八句四仄韻。平仄當遵之。

清波引・早讀

一池春水韻　把冷暖、總教鴨試韻　柳絲搖曳韻　草青向陽地韻　敢問竹籬外。

昨日新桃開未韻　小橋浮動溪煙。乍依約、釀花氣韻　詩家景致韻　只消

在、寒食節內韻　此中真意韻　最楊巨源會韻　坊間媚甜俗。月下花前流弊韻

且入摩詰田園。找回清麗韻

《清波引》始於姜白石自度曲。雙調八十四字，前後段各八句，六仄韻。另有別體一。

簇水・小軒窗

紅杏枝頭。隔牆笑對煙凝柳韻　小橋流水。最記得、呢喃時候韻　又是誰家

雙燕。巧弄裁春手韻　須莫把、美意偷走韻　懶梳纏韻　算只怕、好花散盡。玉砌濕、雕欄瘦韻　斜風細雨。總打倦人窗口韻　不似去年今日。縫綣黃昏後韻　教幽夢、還繫鴛鴦扣韻

《簇水》本為謔詞。雙調八十五字，前段七句四仄韻，後段八句五仄韻。平仄當遵之。

受恩深·煙雨千古

淚灑傷心雨韻　雲遮寒食路韻　斷魂荒塚鎖青霧韻　剩一片蒼茫。不見日影分朝暮韻　天象原如許韻　信只有神明。聊可托付韻　祭掃王孫來又去韻　舊俗相因。香火都成塵土韻　叵耐困時風。善緣沒個安排處韻　浮躁加貪腐韻　紙錢縱如山。怎生超度韻

《受恩深》又名《愛恩深》，《樂章集》注：大石調。雙調八十六字，前段八句六仄韻，後段八句五仄韻。此調僅見柳永一詞，平仄當遵之。

婆羅門令·驚風

短亭外、誤東風意韻　長亭外、更誤東風意疊　浪跡萍蹤。沾衣雨、都成淚韻　傾濁酒。橫豎難成醉韻　孤衾薄。邊月細韻　也無由、好夢重幽會韻　青梅竹馬偏離索。人愈老、愈珍惜情誼韻　翠簾恍惚。燭影凝滯韻　咫尺天涯。夜夜嘗盡相思味韻　斷了相思字韻

《婆羅門令》僅見柳永一詞，《樂章集》注：夾鐘商。雙調八十六字，前段六句三仄韻、一疊韻，後段十句六仄韻。平仄當遵之。

華胥引·寒食

邊風初定。陰霾還沉。八荒蕭瑟韻　料峭欺淩。孤墳一半新土坼韻　七七灰燼依稀。恰斷腸顏色韻　野草焦枯。幾時蓬勃凝碧韻　香火縈回。令兩界、也通聲息韻　向天祈禱。只求豐衣足食韻　塵世三千煩惱。但不相侵襲韻

普度蒼生。並臻長樂無極韻

《華胥引》雙調八十六字，前段九句四仄韻，後段八句四仄韻。此調前段第五句例作拗句。

五福降中天·介子推

棄官歸田去。奉母隱逸綿山韻　爭奈晉文公。恣意求賢韻　塵暗旌旗蔽日。火起長林蕩煙韻　割股忠良。一朝抱樹下黃泉韻　何相促迫。各有志、諧和大千韻　習俗頓生寒食。孝節流傳韻　思親插柳。但祭掃偏多雨天韻　願裏清明。永名時令卜春妍韻

《五福降中天》又名《五福降中天慢》。僅見江致和一詞。雙調八十六字，前後段各八句，四平韻。平仄當遵之。

離別難·蕭索

野渡不見歸舷平韻　斜陽又下欄杆韻　霧迷春水綠仄韻　漏長聲斷續韻　哪堪波影碎。枕衾寒平韻　餐寂寞換仄韻　添文弱韻　菱花無力理風鬟平韻　生困愕仄韻　傷離

索韻　深閉門韻換平　絲桐著滿纖塵韻　濁酒邀殘月韻換仄　舊夢堆行篋韻　命如此、幾沉淪韻平　空歎蠟韻換仄　終虛榻韻　癡心還恁惱癡人韻平

《離別難》唐教坊曲名。《樂章集》注中呂調。雙調八十七字，前段九句四平韻、四仄韻，後段十句四平韻、六仄韻。另有別體一。

江城梅花引・童伴會

兒時同桌忽敲門韻　眼中人韻　夢中人疊　亦喜亦驚。嗔罷更相親韻　都是鄉音都已老。少年事。說從頭、感幻塵韻　幻塵疊幻塵疊又回春韻　綠未勻韻　喚香未薰韻　料峭料峭。料不得、還與毗鄰韻　天命他鄉。擷趣數黃昏韻　取故知三兩個。須莫問。慶重逢、醉幾樽韻

《江城梅花引》又名《攤破江城子》、《四笑江梅引》、《梅花引》、《明月引》、《西湖明月引》。雙調八十七字，前段八句四平韻、一疊韻，後段十句六平韻、過片藏兩疊韻。另有別體七。

寰海清・老船

久滯荒灘韻　已頹顏色。還有誰憐韻　風雨總相襲擾。鷗鷺攀援韻　潮來又潮落。煙波外。空守望、都是淒然韻　遙思瀚海長天韻　也記得、泛遊直掛雲帆韻　魂夢依稀。月照浪裏嬋娟韻　絲桐一曲動歌舞。恰桃津柳渡無眠韻　壯心隨逝水。暮雲低、北溟寒韻

《寰海清》琵琶曲名，《宋史・樂志》：大石調。僅見王庭珪一詞。雙調八十七字，前段八句四平韻，後段八句五平韻。平仄當遵之。

勸金船・庚寅二月廿五日遼海大雪

東君今歲傷文弱韻　朔氣時相虐韻　清明過了寒池閣韻　更嚴雪飄落韻　道是梨花。底事柳槐都著韻　還怨上蒼欺辱。怠誤耕作韻　頻頻礦難冤魂索韻　一味爭開拓韻　排汙賺得江天濁韻　把生態揮霍韻　崛起樓臺。覆蓋子孫田

陌韻　進退不循規律。端的誰錯韻

《勸金船》雙調八十八字，前後段各八句，六仄韻。另有別體一。

醉思仙・小鳥離群

倚斜陽韻　送長河入海。流盡蒼涼韻　看灘塗灰暗。汀渚枯黄韻　紅柳亂。蘆芽短。剩幾處寒塘韻　有孤葿。釣隻影。去留誰與商量韻　總被風吹散。凄然直恁難當韻　任邊聲凝咽。寸斷柔腸韻　知音少。閑情亂。燕雀命、慣倉皇韻　小身形。久竚立。舊巢無計歸航韻

《醉相思》雙調八十八字，前段十一句五平韻，後段十句四平韻。另有別體三。

玉人歌・楊門巾幗

誰家女韻　占武媚魁元。才情翹楚韻　縱横千載。鑄就此門譽韻　華清出浴嬌無那。繾綣憑君主韻　鎮邊關、豪氣干雲。劍光懾虜韻　聰慧入談吐韻

看今日傳媒。翠瀾映曙韻　孔雀開屏。只共麗人舞韻　高山流水當須記。蘸雪梅花譜韻　戀明時、更有春風拂煦韻

《玉人歌》僅見楊炎昶詞。雙調八十八字，前段九句五仄韻，後段八句五仄韻。平仄一定。

惜紅衣·濕雨

苦雨沾衣。悲風擊節韻　子規啼血韻　無語凭欄。蹉跎幾時歇韻　耕桑誤了。還恁冷、偏停供熱韻　凝咽韻　空屋蔭人。更伶仃傷別韻　搔頭落雪韻　偏費思量。西南旱饑渴韻　天知誰在吃孽韻　又何不韻　還我眾生平等。另把塞雲調撥韻　佑一方魚水。毋再斷腸乾裂韻

《惜紅衣》屬無射宮。雙調八十八字，前段十句六仄韻，後段九句六仄韻。另有別體三。

魚遊春水·旖旎

西園桃綻蕊韻　又見橋頭春照水韻　鴨來魚去。柳陌淡煙溫膩韻　池閣還期草

色新。古道偏共斜陽憩韻　津渡棹歌。汀洲鷗戲韻　誰印蒼苔屐齒韻　小院隔牆鞦韆起韻　流鶯呼喚佳人。參詳旖旎韻　踏青容與生機盎。曲徑徜徉幽潤裏韻　閑趣洞開。遠山霞霽韻

《魚遊春水》雙調八十九字，前後段各八句，五仄韻。另有別體一。

卜算子慢・瑟縮

孤衾夢冷。攲枕燭殘。斷續漏聲迢遞韻　慢曲填詞。怎奈索然無味韻　恨情絲、總是縈桑梓韻　有願景、人將老去。流光更甚流水韻　客舍傷春意韻　歎瘦蕾稀疏。裸枝憔悴韻　二月都歸。幾時李桃爭媚韻　誤農耕、須問東風罪韻　算只怕、蒼天不管。又誰來匡濟韻

《卜算子慢》《樂章集》注：歇指調。雙調八十九字，前段八句四仄韻，後段八句五仄韻。另有別體一。**勘校**：前段結句第四字《欽定詞譜》標作平聲，疏誤。當標「本仄可平」。按柳永詞句「新愁舊恨相繼」，「恨」字仄聲，五代鍾輻詞句「醺醺暗消殘酒」，「消」字平聲。是為更正，填者辨之。

雪獅兒・玉樹地震

朔方還冷。滇黔正旱。相煎何急韻 玉樹臨風。翻作震中抽泣韻 殘垣斷壁韻 又恁把、藏胞拋擲韻 庚寅祟、果真如虎。懾人魂魄韻 這等傷春氣息韻 太頹唐、教我怎生描述韻 縱有慈航。付出也須收入韻 向誰揮斥韻 都已是、權宜搪塞韻 循法籍韻 少去說些功績韻

《雪獅兒》雙調八十九字，前段九句五仄韻，後段八句七仄韻。另有別體一。

石湖仙・酥雨行

簾旌開處韻 曉天一窗沉。欄砌承露韻 街上少人行。暗汀洲、氤氳柳塢韻 思量須是。有料峭、正侵東圃韻 公務韻 早出門、怕濕孤旅韻 匆匆未曾挾傘。浥輕塵、空濛小路韻 眼鏡模糊。鬢影珍珠成縷韻 老棄舟車。

夕來朝去韻　布衣襟度韻　都托付韻　斜風細雨煙樹韻

《石湖仙》《白石集》注：越調。僅見姜夔一詞，乃自度曲為范成大祝壽也，因范成大號石湖，故以石湖仙為調名。雙調八十九字，前後段各九句，六仄韻。平仄當遵之。

八六子・三月三

閉柴門韻　小橋流水。依舊泉石怡人韻　客夢裏總是鄉情。林壑童真野趣。

衰年又餘幾分韻　空巢正無歸燕。二月殘冬。三月寒春韻　綠也難勻韻

苦蒼生、東風不司其職。朔方沉寂。白山幽鬱。爭奈、黑水還能滑雪。

茅檐久未承恩韻　灑江天。傾杯更傾淚痕韻

《八六子》又名《感黃鸝》。雙調九十字，前段九句四平韻，後段八句三平韻。另有別体五。

謝池春慢・香徑

小橋流水。憐鴛鷺、穿堤柳韻　夕照起金鱗。古寺聞經咒韻　燕剪裁春錦。

虹影橫嵐岫韻　動浮槎。歸釣叟韻　一枝紅杏。才結相思扣韻　梧桐細雨。三兩點、薰風後韻　野色為誰分。心事教人瘦韻　日落長亭外。月上軒窗口韻　將幽緒。酬永漏韻　無端夢杳。衾枕都涼透韻

《謝池春慢》雙調九十字，前後段各十句，五仄韻。此調凡四個五言對偶句，當是體例。

采桑子慢·庚寅穀雨大霧

尋常巷陌。混沌不辨沉浮韻　倚欄處、風絲都了。露串誰收韻　客子淹留韻　夢回須是枉凝眸韻　馬龍車水。空排尾氣。倦意綢繆韻　依約遠山呼喚。無端勾起閑愁韻　問桃蕾、遲遲何事。欲綻還羞韻　天地悠悠韻　恍然穀雨到南樓韻　大田荒寂。岸柳未綠。鬢已先秋韻

《采桑子慢》一名《醜奴兒慢》、《愁春未醒》、《醜奴兒近》、《疊青錢》。雙調九十字，前後段各九句，五平韻。按此調全押平韻者唯吳禮之一詞，填者宜當遵之。另有別體四。

探芳信・遲到桃花

小溪畔韻　但玉影婆娑。夭紅亂點韻　信向陽枝累。新蕊也爭暖韻　露絲添得三分白。美意誰裁剪韻　吐東風、送走殘寒。潤開香瓣韻　莫道斜陽晚韻　且照水梳頭。對花勻面韻　欲折還憐。有憧憬、就絃管韻　好教桑梓同樽酒。醉唱聲聲慢韻　與劉郎、月下瑤池約見韻

《探芳信》又名《西湖春》。雙調九十字，前段九句五仄韻，後段八句五仄韻。另有別體三。

遙天奉翠華引・小女為染白髮寄懷

雪霜飛滿頭韻　惜青絲、靠染烏油韻　玲瓏玉手。勻塗還去輕搜韻　髮根都著遍。慎護持、沖洗去殘留韻　對鏡相噓。天倫兩代開眸韻　流光荏苒。算此生、衣食不憂韻　老當淡然。羈旅焉有奢求韻　斗室存忠孝。倚晴窗、

花木解閑愁韻　耕讀春秋韻　剩詩書、勝剩權謀韻

《遙天奉翠華引》僅見侯寘一詞，無別首宋詞可校。雙調九十字，前后段各八句五平韻。按：此調原注「《詞律》論此詞，後段結句宜作六字，最是，蓋與前段校，當作六字，況第六句，既作上三下五句法，不應第八句又作上三下四句法也」。似不可盲從。《詞律》早於《欽定詞譜》。收錄詞牌六百六十個，計一千一百八十體。是《欽定詞譜》前有功於詞學之巨著也。然《詞律》臆斷多焉，尤以前後段互校之法貽誤後人，此其不足為訓者，填者慎之。夫詞之斷句、下字、定韵皆關乎節拍音律。拿不准處「從詞」不「從譜」，蓋元以來所謂「詞譜」，皆後人追譯参校得之，唐宋人以音律作譜，後人不曉，必依原始詞作譜，始見端倪。故填詞之道，「原詞」勝於「後譜」。一孔之見，不敢礙方家取舍。

夏雲峰・醉娘

步蹣跚韻　嗔亭榭、欺人也晃搖籃韻　休笑兩腮紅暈。半掩蛾鬟韻　欲扶桃李。才破蕾、已染輕寒韻　問柳陌、孤煙起處。可是家山韻　小橋流水潺湲韻　恨村釀、又將憔悴拘纏韻　閨友省親忽至。雅意開筵韻　觥籌交錯。傾不盡、童趣癡頑韻　驚一夢、笙歌散去。隻影誰憐韻

《夏雲峰》《樂章集》注：歇指調。雙調九十一字，前後段各八句，五平韻。另有別體四。

採蓮令・甲申赴中日俄韓四國環境美術展

起桃仙。黃海東飛渡韻　遙相望、漢城煙霧韻　應邀出使會丹青。歲晚辭鄉土韻　江原道、高朋滿座。交流審美。忘怀都異言語韻　藝理相通。自有各領風騷處韻　驚書品、獨家情趣韻　可憐翻譯。吃盡了、蹩腳形容苦韻　促環保、中華國粹。流長源遠。正惹列邦傾慕韻

《採蓮令》僅見柳永一詞。《樂章集》注：雙調。《碧雞漫志》：夾鐘商。雙調九十一字，前後段各八句，四仄韻。平仄當遵之。

醉翁操・琴心

西窗韻　銀釭韻　絲簧韻　惹柔腸韻　頹唐韻　離人鬢影先飛霜韻　指尖流盡韶光韻　雲水長韻　風雨憶瀟湘韻　雁落平沙兮韻涼韻　玉人昔日。吟詠浮觴韻　玉人已遠。幽夢縈紆暗香韻　煙欲凝而洪荒韻　露欲凝而彷徨韻　倦人

誰與雙韻　人孤思歸航韻　曙色醒回廊韻　一池秋葉腮樣黃韻

《醉翁操》琴曲，屬正宮。雙調九十一字，前段十句十平韻，後段十句八平韻。此調蘇軾原詞前段第六句，後段第一、三、七、八句凡五處重「翁」字，乃別有意味，故依之。

紅芍藥・流觴

南樓把盞。淺醉還擾韻　夢回別枝棲歸鳥韻　酒病嗔朋好韻　衰年半自棄。剪不斷、寂寥枯燥韻　怕雅聚放浪形骸。誰憐人透支了韻　欲息交遊。奈門鈴又吵韻　七品開筵催上轎韻　更不容分曉韻　冷眼視簪笏。同肝膽、也須相照韻　歎流光、一日三餐。兩頓都歸傾倒韻

《紅芍藥》僅見王觀一詞。蔣氏《九宮譜目》，入南呂調。雙調九十一字，前後段各八句，五仄韻。按：「傾倒」，痛飲也，杜甫《雨過蘇端》詩：「蘇侯得數過，歡喜每傾倒。」

法曲獻仙音・拾翠

窈窕花前。娉婷樾下。綽約鬢雲鬟霧韻　細展蛾眉。慢開榴齒。含情不

须言語韻　但玉影移蓮步韻　旗袍惹香絮韻　倚欄處韻　小橋橫、葉舟歸泊。留晚照、攜翫蕙風拂煦韻　團扇為誰閑。削蔥根、指尖拈露韻　綠柳垂綸。釣澄波、金鯉來聚韻　看畫中仙子。巧織江南煙雨韻

《法曲獻仙音》又名《獻仙音》、《越女鏡心》。《樂章集》注：小石調；姜夔詞注：大石調。雙調九十二字，前段八句四仄韻，後段九句五仄韻。另有別體五。

金盞倒垂蓮・落紅

風雨連宵。奈桃花粉面。相與沾襟韻　淺草參差。野渡冷森森韻　算不得、三千香片。惹來多少悲吟韻　漏斷夢杳。依稀月落星沉韻　誰知去年燕子。恁歸飛太晚。傷了春心韻　案上絲桐。橫豎少知音韻　且莫問、籬笆庭院。幾時開始頹侵韻　濁酒老病。孤零只剩孤斟韻

《金盞倒垂蓮》雙調九十二字，前後段各九句，四平韻。另有別體二。

塞翁吟・萍跡

甲午三更雪。茅屋臘七侵寒韻　傳血脈。有兒男韻　恰駟馬來全韻　殘釭再把王孫照。眉眼的是堪憐韻　一晌哭。滿門歡韻　惹今夜無眠韻　流年傷貧病、初知躍進。昇高小、終辭故園韻　客濕地、遼河入海。待時運、大學雖遲。也化愚頑韻　詩書未老。鬢髮先霜。馳影斜欄韻

《塞翁吟》雙調九十二字，前段十句六平韻，後段九句四平韻。

意難忘・月下

疏影敲窗韻　更淡勻粉面。素裹紅妝韻　披肩因露重。紈扇借花香韻　輕屐履、度回廊韻　怕燕醒檐梁韻　問好風、吹開柳陌。可是荷塘韻　小舟還繫情長韻　正橋頭隱約。水曲徜徉韻　相偎聞軟語。惜別斷柔腸韻　如織女、

會牛郎韻 載多少思量韻 這瞬間、良辰美景。不入西廂韻

《意難忘》元高拭詞注：南呂調。雙調九十二字，前後段各九句，六平韻。

東風齊著力·二零一零上海世界博覽會開幕

黃浦江頭。連通環海。世博開筵韻 文明薈萃。萬國客來全韻 禮樂同襄盛舉。煙花秀、不夜長天韻 凭窗口。神州望月。重寫鴻篇韻 上下五千年韻 謀發展、遠東崛起關山韻 只今又是。演繹大團圓韻 禹域包容宇宙。和諧處、定有機緣韻 君休醉。明朝更好。一往無前韻

《東風齊著力》僅見胡浩然一詞。雙調九十二字，前段十句四平韻，後段九句五平韻。

遠朝歸·感念

新柳垂絲。奈舊巢依然。還空燕子韻 桃溪正淺。看盡落花流水韻 斜陽帶雨。近立夏、始知春意韻 寒煙滯韻 任柴門半掩。香徑虛擬韻 遙想海

角天涯。伴四季芳菲。好堪吟味韻 韶華了卻。椰寨夢中凝睇韻 輕搔鬢雪。總留戀、當年風氣韻 雖顛沛韻 八荒有暖人情誼韻

《遠朝歸》雙調九十二字，前段十句五仄韻，後段九句五仄韻。

露華·記慈母

天仙小謫韻 戊午降喬門。淑德姿色韻 竹馬青梅。乙亥配婚王宅韻 可憐兒女初全。老病累成相迫韻 茅屋冷。經冬咳喘。困身衾席韻 哪堪地震來襲韻 恨客舍霜風。先奪魂魄韻 五十六春歸盡。也太淒惻韻 行孝不給機緣。孽子一生沉抑韻 連夢影。都難破雲振翮韻

《露華》又名《露華慢》。雙調九十二字，前段十句五仄韻，後段九句五仄韻。另有別體一。

薄媚摘徧·新杏

出籬牆。分野色。枝上憐香瓣韻 柳梢青。溪水綠。清風吹潤人面韻 長

亭十里。古道悠悠。林表動嵐煙叶　逸筆神來。餘暉恁把大千染韻　梅落些須遺憾韻　美意重呼喚韻　蜂乍去。蝶翻飛。扁舟欸乃歸晚韻　橋頭波影。象外癡心。好夢醉江天叶　皓露初凝。雲鬟濕一半韻

《薄媚摘徧》僅見趙以夫一詞。雙調九十二字，前段十一句三仄韻、一叶韻，後段十句四仄韻、一叶韻。此調仄韻中入平韻，是本部三聲叶，填者當遵之。

戀香衾・雲樵鼠趣圖戲說

架底煙凝玲瓏帳。八月半、月滿今宵韻　冷了鞦韆。熟了葡萄韻　不敢當鮮錯中錯。怎對起、緣份相邀韻　美意沁香時候。一樣酕醄韻　飲露餐英盜秋趣。入爽籟、樂在逍遙韻　莫效人間。夢斷廊橋韻　欲折芳枝總羞怯。凋謝處、只剩離騷韻　個中多少憧憬。也自徒勞韻

《戀香衾》金詞注：仙呂調。雙調九十二字，前後段各八句，四平韻。此調本為謔詞，因其調僻，採以備體。僅見呂渭老一詞，平仄當遵之。

滿江紅・立夏寄懷

春去無聲。望汀渚、淫雨帶煙韻　遼河口、蒹葭淺處。鷗鷺盤旋韻　遲到東風爭柳色。待歸潮信阻雲帆韻　倚籬牆、紅杏濕香腮。珠露圓韻　思桑梓。懶垂簾韻　企晴霽。落虹難韻　奈滇池還旱。黑水還寒韻　天上人間都錯位。朔方南國兩淒然韻　問漁樵、多少古今情。何以堪韻

《滿江紅》雙調九十三字，前段八句四平韻，後段十句五平韻。另有別體十三。此調有仄韻、平韻兩式，仄韻詞，宋人填者最多，其體不一。《樂章集》注仙呂調，元高栻詞注南呂調；平韻詞，只有姜夔一體，宋元人俱如此填。勘校：此體後段第二句《欽定詞譜》標作平聲疏誤，查姜夔詞此句為「君試看」、彭元遜詞此句為「倚熏籠」，「試」字仄聲、「熏」字平聲，故此句標譜當作「本仄可平」。

淒涼犯・舊事

瘦驢磨穀韻　凝癡處、思量半碗稀粥韻　一升米落。還加麥殼。猛然慟哭韻　倉無粒粟韻　恨又把童心褻瀆韻　奈娘親、三千好話。難撫打霜菊韻　五

十年前事。記憶猶新。哪堪重復韻　耕桑勸課。更須知、土肥財蓄韻　開發排汙。令多少良田萎縮韻　要黃金、不要青禾。怎果腹韻

《淒涼犯》白石詞注：仙呂調，犯商調，一名《瑞鶴仙影》。雙調九十三字，前段九句六仄韻，後段九句四仄韻。另有別體二。

浣溪沙慢・紫潤茗都家園

曲徑傍曲水。樓閣聞啼鳥韻　煙凝綠暗。參錯池臺巧韻　松柏綽約。五色生花草韻　桃李頻堆笑韻　楊柳兩依依。戲梧桐、梨槐杏棗韻　樾蔭好韻　漫步小園區。看香塵拂動。幽趣別裁。戀影相扶老韻　客子比鄰。生計足溫飽韻　樂韻輕縈繞韻　拂檻露華濃。倚斜陽、鄉心未了韻

《浣溪沙慢》亦名《浣溪紗慢》。調見周邦彥《片玉集》。雙調九十三字，前段九句五仄韻，後段十句五仄韻。無別首宋詞可參校，平仄當遵之。

四犯翦梅花・夏雪

借來春早韻　賴園丁眷顧。水肥周到韻　客土新栽。忘寒侵霜曉韻　雲遮夕

照韻　善緣結、也須回報韻　占得晴和。樓臺望月。枝頭堆笑韻　惹他兩三翠鳥韻　囀梨花綻雪。蟬鬢爭俏韻　剪影嬌娃。趁凝煙縈繞韻　香風正好韻　短衫袖、更臻乖巧韻　欲領芳菲。偏臨曲徑。依偎丹草韻

《四犯翦梅花》又名《轆轤金井》、《月城春》、《錦園春》、《三犯錦園春》。雙調九十二字，前後段各十句，六仄韻。另有別體二。

高平探芳新・曦霽

倚西樓叶　看翠堆梨雪。露圓煙柳韻　曲水澄波。瑤草茵茵如繡韻　梧桐影。桑梓意。小橋橫。殘月瘦韻　煮晨曦。開晴宇。正是凝癡時候韻　新爽連宵雨後韻　恰綠惹生機。紅憐豆蔻韻　燕舞鶯歌。圖醉何須杯酒韻　薰風來。香霧散。有飛虹。銜遠岫韻　寄幽懷。還空竚。問君知否韻

《高平探芳新》僅見吴文英一詞，無別首宋詞可校。雙調九十三字，前段十二句一叶韻四仄韻，後段十二句五仄韻。平仄當遵之。

臨江仙慢・荒亭

掩映覺林寂。月虧月滿。煙鎖煙消韻　接荒徑、榮枯懶去推敲韻　閑拋韻奈殘照瘦。邊風碎。燕也空巢韻　憐孤影。恰不知誰顧。還落蓬蒿韻　離騷韻　輕寒入夏。南畝都晚青苗韻　問歸期、何夕錯了何朝韻　横簫韻　度陽關曲。須無計。築夢藍橋韻　凝癡處。是舊時偎倚。今日淒寥韻

《臨江仙慢》僅見柳永一詞，《樂章集》注：仙吕調。雙調九十三字，前段十一句五平韻，後段十一句六平韻。平仄當遵之。

雪明鳷鵲夜・每見車碾人行道書憤

恁巧施心匠。樾蔭分列處。筆直平整韻　看濱海小城。自辟幽徑韻　攘往熙來天地寬。十道車、各安馳命韻　任喧囂。無礙人行。偏襯麗影韻　可憐疏於教化。總還有怪胎。不守界定韻　慣横沖碾壓真如病韻　美石鑲成便

道。端的好、須試它軟硬韻　奈光風霽月。荒頽雅興韻

《雪明鳷鵲夜》僅見趙佶一詞。雙調九十四字，前段十句四仄韻，後段八句四仄韻。平仄當遵之。

玉漏遲・雨過

綠窗還滴露。梨花帶雨。柳煙炊曉韻　喜鵲枝頭。殘夢不堪香擾韻　檻外紅衰翠減。春去也、誰來清掃韻　人已老韻　忘懷得失。初知顛倒韻　須留一點癡心。賦月影鱗波。雪泥鴻爪韻　這把襟懷。醉裏虛無飄渺韻　總被東風誤我。屈指算、蹉跎多少韻　侵古道韻　離亭斷雲邊草韻

《玉漏遲》蔣氏九宮譜：黃鐘宮。雙調九十四字，前段十句五仄韻，後段九句五仄韻。另有別體六。

尾犯・送東君

水曲濕斜陽。春去哪堪。花落時節韻　無語凭欄。任清風吹拂韻　空縒綣、偷香蝶影。惹思量、欺人鬢雪韻　晚來孤寂。已碎萍蹤。叵耐還飄

可憐桑梓意。四十二年榮歇韻 夢裏流光。慣長亭傷別韻 縱賒我、忽韻 鬢髯千尺。莫搖它、扁舟一葉韻 離歌唱遍。最怕重照波心月韻

《尾犯》調見《樂章集》，〔夜雨滴空階〕詞注正宮，〔晴煙冪冪〕詞注林鐘商。又名《碧芙蓉》。雙調九十四字，前段十句四仄韻，後段八句四仄韻。另有別體四。

駐馬聽·憶往無涽

月色蒼茫韻 猛寒噤、旋驚醉臥堤旁韻 單車作枕。南柯餘夢。茵茵綠草當床韻 甚荒唐韻 六里河、浩浩湯湯韻 憐我煙波。但差三尺。未落魚腸韻 濡毫壯懷激烈。下酒何必商量韻 晉帖漢碑知己。相與參詳韻 只為推敲藝理。同去師法鍾王韻 也不忌。雅意來時。人已顛狂韻

《駐馬聽》僅見柳永一詞，無別首宋詞可校。《樂章集》注：林鐘商。雙調九十四字，前段十句六平韻，後段九句四平韻。平仄當遵之。

雪梅香・官渡行吟

想官渡。當年塵暗馬蕭蕭韻　看英雄旗鼓。陣雲不可開交韻　輜重驕矜悍袁紹。善謀攻略數曹操韻　兩強遇。逐鹿中原。白骨如蒿韻　煙消韻　且休問。以少攻多。有甚高招韻　廣蓄賢才。大兵不犯秋毫韻　魏武吟鞭響流韻。建安文脈入風騷韻　忠奸事。莫信評書。戲說前朝韻

《雪梅香》《樂章集》注：正宮。雙調九十四字，前段九句四平韻，後段十一句五平韻。另有別體一。

六幺令・百日祭雨

一抔黃土。兩界同蕭索韻　蓬蒿漸深還淺。煙雨暗阡陌韻　最怕天長夜短。好夢難重得韻　怎生尋覓韻　幽魂太遠。鬢影更知老孤客韻　竟日煎熬都是。燭淚空堆積韻　縈繫多少思量。漏斷東方白韻　自打高堂撒手。冬夏

無春隔韻　這般愁色韻　不沾襟袖。橫豎須教此心濕韻

《六幺令》又名《綠腰》、《樂世》、《錄要》。柳永《樂章集》注：仙呂調。雙調九十四字，前後段各九句，五仄韻。另有別體二。

保壽樂・雨夢

香徑正無人掃。雨送飛花春送水韻　看燕侶還巢。柳浪浮煙。綠茵如洗韻　野寺聞鐘。度山間歲月。怡然不離桑梓韻　問仕宦何用。壟畝何恥韻　騁懷新晴伊始韻　有夕照、重燒霞綺韻　知音共魚鳥。琴未撫。意先醉韻　初夏一滴露。包容大千圓美韻　奈誤入凡眼。偏傷旖旎韻

《保壽樂》僅見曹勛一詞。雙調九十四字，前段十句四仄韻，後段九句五仄韻。平仄當遵之。

惜秋華・連雨

亂打浮萍。正瀟瀟、幾日連番聽雨韻　曉霧夕煙。汀洲一蓑孤旅韻　思量混

沌重開。奈醉起偏還無緒韻　雲樹韻　入蒼茫、落花憑誰忍睹韻　斷燕繞梁處韻　縱新泥銜得。料舊巢難補韻　憐隻影、沒著落。怕看攜侶韻　歸途失散鸞儔。但怨他、陰霾吞吐韻　遲暮韻　算餘生、已成驚羽韻

《惜秋華》吳文英自度曲，雙調九十四字，前段八句五仄韻，後段九句六仄韻。另有別體四。

古香慢・橋

或長或短。能屈能伸。通秦通楚韻　木石憐人。過水不須擺渡韻　行旅幾曾知。魯班後、山前有路韻　令他鄉守望客子。欲歸但得無阻韻　接小徑、橫生佳趣韻　雲影徘徊。煙翠飄舞韻　夏入澄波。更引柳絲垂露韻　對月好凭欄。兩心印、偏聞軟語韻　惹蛇仙。也憧憬。戀凡如許韻

《古香慢》吳文英自度曲，原注夷則商，犯無射宮。雙調九十四字，前段九句四仄韻，後段九句五仄韻。平仄一定。

芙蓉月・草

疏淡遠功利。開野色、閱盡花風香絮韻 榮枯歲月。慣了春來冬去韻 臨水葳蕤成片。倚石或然無主韻 留屐齒。也尋常。命裏不諳呵護韻 斜暉灑輕霧韻 入通幽曲徑。陶醉和煦韻 如茵葉底。都是晶瑩凝露韻 折射天光雲影。細微處韻 饒情趣韻 誰似我。小身形。逸思容與韻

《芙蓉月》僅見趙以夫自度曲一闋。雙調九十四字，前段九句四仄韻，後段十一句六仄韻。平仄當遵之。

一枝春・小滿有寄

綠暗幽燕。鳥來全、夢覺偏知春去韻 空腸體檢。老病正欺孤旅韻 衰年宿志。不容我、寸陰虛度韻 煎草藥、文火還燒。韻中仄平都苦韻 詞牌各宗律呂韻 欲承傳、總得參詳家數韻 翻填愈少。演進愈將無序韻 千秋

國粹。待驚起一灘鷗鷺韻　情未了、大地飛歌。共襄盛舉韻

《一枝春》雙調九十四字，前段八句四仄韻，後段八句五仄韻。另有別體一。

梅子黄時雨·夢柳七

飄渺湖山。送斜照一蓑。煙靄千里韻　正淚眼相看。別情凝滯韻　留落風塵歌婉轉。總傷奉旨填詞意韻　淒涼地韻　付與菊花。多少秋味韻　顛沛流光如水韻　恨幽期太短。波影搖碎韻　奈此去經年。都成憔悴韻　無緒都門還帳飲。只因明日難同醉韻　愁何已韻　燭殘漏聲迢遞韻

《梅子黄時雨》張炎自度曲。雙調九十四字，前段十句五仄韻，後段十句七仄韻。平仄一定。

如魚水·苦旅

帆影天涯。夢魂海角。野渡雁去衡陽韻　永夜殘釭韻　巴山聽雨西窗韻　醉流觴韻　蘭亭外、初識鍾王韻　歎佛窟、都染烏金。不堪回首過雲岡韻　攀九

寨。蹈三江韻　斑竹淚灑瀟湘韻　擊水錢塘韻　滇池孤棹蒼茫韻　問周郎韻　燒赤壁、可為嬌娘韻　謁秦俑、細數長安舊事。只是渺歸航韻

《如魚水》僅見柳永一詞，無別首宋詞可校。《樂章集》注：仙呂調。雙調九十四字，前段九句六平韻，後段九句七平韻。平仄當遵之。

賞松菊・某單位之後花園

平岡草樹誰家種。石徑不嫌亭短韻　小橋抱月。倚欄聽鶯囀韻　曲水斜暉弄影。記多少、情深語軟韻　對風荷。沁幽香一縷。淡煙侵晚韻　舍得紋銀百萬韻　築園林、洞天生池苑韻　美不勝收處。竟偏無人管韻　忍把頹荒敗景。襯單位、私車擠滿韻　競奢華。任凋摧。都已習慣韻

《賞松菊》僅見曹勛一詞。雙調九十四字，前段九句四仄韻，後段九句五仄韻。平仄當遵之。

二色蓮・沈園遺夢

翳鬱草木。依約池閣。偏悖人願韻　露華滴翠。辜負幾多懷戀韻　欲說陳年

舊事。卻總被、東風吹斷韻　煙鎖小橋流水。鱗波又拋花片韻　鶯啼放翁句。字字傷唐婉韻　雙蝶空繾綣韻　柳絲拂絮。都似鬢霜偷換韻　只恨閑情未了。一把淚、凝癡無限韻　吟不得、釵頭鳳。欄杆拍徧韻

《二色蓮》曹勛自度曲。雙調九十五字，前段九句四仄韻，後段十句五仄韻。平仄一定。

塞孤·戊申離鄉記

夢還酣。喚起偏嗚咽韻　故井西辭殘月韻　老犬送行腸寸結韻　翻大嶺。傷離別韻　從今後、客他鄉。辜負了、端陽節韻　寄身飄轉。萍跡登涉韻　山外好大風。城地多淒切韻　草長青禾虛設韻　革命工分成倒貼韻　憐百姓。難生活韻　桑梓意、總牽縈。鷗鷺淚、灘塗血韻　這酸衷、更與誰說韻

《塞孤》柳永《樂章集》注般涉調。雙調九十五字，前段十句六仄韻，後段九句六仄韻。另有別體一。

水調歌頭・黃鶴樓

昔人乘鶴去。過客倚樓來韻　龜蛇神秀。都是崔顥惹登臺韻　依舊吳宮花草。演繹風流韻事。勝境大江開韻　帆檣渡斜照。雲影撫幽懷韻　浮煙翠。丹青匯。歎楚才韻　青蓮拂袖。好韻留與哪家裁韻　安得如椽健筆。再寫摩天畫卷。縱目渺秦淮韻　吊古須無淚。何必論興衰韻

《水調歌頭》又名《元會曲》、《凱歌》。《碧雞漫志》屬中呂調。雙調九十五字，前段九句四平韻，後段十句四平韻。另有別體七。

掃地遊・登大觀樓

西南勝跡。正跋浪千層。惠施煙雨韻　太華抱浦韻　豁滇池百里。壯懷萬古韻　冠絕騷壇。醉賞髯翁聯句韻　涉雲路韻　信蓑笠泛舟。元氣吞吐韻

佳興生草樹韻　效高士扶風。長歌短賦韻　餐英飲露韻　對魚翔鳥囀。忘懷

遲暮韻　好不思量。一任凭欄小竚韻　問漁父韻　惹鄉心、哪家簫鼓韻

《掃地遊》雙調九十五字，前段十一句六仄韻，後段十句七仄韻。另有别體二。

滿庭芳・過寒山寺

千載詩書。兩名張繼。逸懷須問湖帆韻　佛門佳話。拾得會寒山韻　和合蓮臺普度。受香火、流譽人間韻　情無價。黄金糞土。化境是團圓韻　斜暉疏雨後。紅塵紫陌。滴翠凝煙韻　洗凡慮。楓橋又泊篷船韻　同是天涯倦旅。休辜負、古刹因緣韻　聞啼鳥。晨鐘暮鼓。心淨即逃禪韻

《滿庭芳》又名《鎖陽臺》、《滿庭霜》、《瀟湘夜雨》、《話桐鄉》、《江南好》、《滿庭花》、《轉調滿庭芳》。《太平樂府》注中呂宫，高拭詞注中呂調。雙調九十五字，前後段各十句，四平韻。另有别體六。

白雪・嶽麓書院

湘江濯足。登嶽麓、儒林仰止魁星韻　陶侃讀書。杉庵問世。招徠辦學

御匾賜門高僧韻　漸添增韻　至開寶、拓建功成韻　有山長、講經傳道。御匾賜門楹韻　朱子翰逸訓規。忠廉孝節。代因承韻　幾度劫灰修復。風雨又崢嶸韻　文化力、顯彰千古。造士大邦興韻　一池煙樹。依稀楚韻娉婷韻

《白雪》僅見楊無咎一詞。雙調九十五字，前段九句五平韻，後段九句四平韻。平仄當遵之。

徵招・姜女石

孟姜淚盡長城倒。偏留口碑千古韻　山海起雄關。覓丈夫東去韻　碣石水虎韻　赴徭役、萬家離苦韻　踏碎波濤。玉人還帶。一雙兒女韻　庶黎誰與中央。雲門北、行宮帝王居處韻　閱世事滄桑。問風霜雪雨韻　稅捐苛似顧韻　殘陽下、不堪期許韻　這天地、化作相思。寄夕煙朝露韻

《徵招》雙調九十五字，前段九句五仄韻，後段八句五仄韻。另有別體二。

雙瑞蓮・虛脫

擔當應未了韻　奈兩眼昏花。虛無飄渺韻　思維恍惚。倦旅哪堪癱倒韻　慢調須加元氣。不敢廢、偏催人老韻　臨晚照韻　怕將日課。都荒啼鳥韻　夢裏翠柳凝煙。馭天馬行空。飛來仙島韻　靈臺湧動。花片堆成吟稿韻　一滴觀音甘露。正潤染、朔方衰草韻　驚寤早韻　短燭只爭分秒韻

《雙瑞蓮》僅見趙以夫詞。雙調九十五字，前段十句六仄韻，後段九句五仄韻。平仄當遵之。

玉京秋・給孩子什麼

開六月韻　童心又陶醉。適逢佳節韻　綠水參差。紫槐拂煦。繽紛香雪韻　家國興衰所系。總須將、孩孺關切韻　憐孤子韻　獨生時代。漸傷風物韻　濫把資源開掘韻　好田園、頻遭宰割韻　剩與兒孫。晴空汙染。溪流

枯竭韻　縱有高樓。也便是、天籟都添凝咽韻　最淒絕韻　無計當頭棒喝韻

《玉京秋》僅見周密詞。雙調九十五字，前段十一句六仄韻，後段九句六仄韻。平仄當遵之。

小聖樂·納涼

一徑槐蔭。借楊花柳絮。時雨初收韻　小橋斜照。水影帶煙流韻　葉底鳴禽滴翠。落虹下、風吹池皺叶　響牧笛。辨悠揚斷續。遠近汀洲韻　神清自然氣爽。況閑庭信步。佳境吟謳韻　忘懷羈旅。隨處可通幽韻　老愛餐英飲露。得天趣、復須何求韻　也擬醉。耕蓑臥雲。偏笑封侯韻

《小聖樂》又名《驟雨打新荷》。金元好問自度曲，《太平樂府》、《太和正音譜》，俱注雙調；蔣氏《九宮譜目》入小石調。雙調九十五字，前段十句三平韻、一叶韻，後段十句四平韻。

玉女迎春慢·柳絮

天上人間。從容度、命裏只知蕭散韻　也似霜花雪片韻　卻與東風爭暖韻

輕芳洲青甸韻　為我白、不須春管韻　淩波虛步。休問去留。隨處繁衍韻
陌靈即是禪心。精微造化。險夷何患韻　落地生根織夢。演繹纏綿繾綣韻
頭堤岸韻　且莫效、蝶愁蜂倦韻　任性徜徉。妒煞玉環飛燕韻

《玉女迎春慢》調見鳳林書院彭元遜詞，無別作可校。雙調九十五字，前段九句六仄韻，後段九句五仄韻。平仄悉當遵之。

玉梅香慢・芒種祭陳曉旭

魂係紅樓幽夢初回。愁緒未歇韻　凝睇空門凝咽韻　柳絮吟成。童貞還在。
曉風殘情結韻　葬花飲淚。留識語、歎摧折韻　從此千山。不再通靈。
演繹幾多淒絕韻　月韻　家財一朝散發韻　釋澄襟、幻塵揮別韻　瞬息人生。
宿命瀟湘舊館。真善美、只今奈已缺韻　玉殞香消。農忙季節韻

《玉梅香慢》雙調九十五字，前段十一句五仄韻，後段八句五仄韻。平仄無可校，宜當遵之。

金浮圖・蘭

葉底思清遠韻　溪山九畹韻　獨得真香。　露凝煙篆韻　拂高崖、素德何蕭散韻　須開春秋。　一任自然呼喚韻　不為俗塵流轉韻　從容篤定。　風韻憑君判韻　成就梨園。卷韻　丹青點翰韻　靜氣忽來。　美人如面韻　更婆娑玉指玲瓏腕韻　幾代青衣花旦韻　窮達白雲過眼韻　松梅竹外。　逸格閑中看韻

《金浮圖》僅見尹鶚一詞。雙調九十六字，前後段各十句，七仄韻。平仄當遵之。

陽臺路・紫槐暮語

濕雲亂韻　正水天一色。　柔腸千轉韻　燕低徊、驟雨搖風。　花落更無人管韻橫豎飄零。　忽舉忽沉、為誰離散韻　桑榆晚韻　怎奈他、流光彈指偷換韻　試想園中餘味。　盡付與、蜂愁蝶倦韻　老來癡絕。　算不得、素懷

長短韻　回眸處、萋萋草莽。掩映幾多香片韻　孤煙獨釣黃昏。難分明暗韻

《陽臺路》僅見柳永一詞。《樂章集》注：林鐘商。雙調九十六字，前段九句六仄韻，後段八句四仄韻。無別首宋詞可校，平仄當遵之。

黃鶯兒・竹

美人垂淚瀟湘雨韻　點點斑斑。都係民生。高節虛懷。恰通幽處韻　真拂煦更含煙。滴翠還凝露韻　筍尖須指長空。玉葉臨風。能載歌舞韻　流譽惹得七賢來。醉倒千杯去韻　秉心堅忍。韻律鏗鏘。天然已諧宮羽韻　觀宿士縱吟鞭。雅意聞鶯語韻　也擬散淡逍遙。逃祿裁清句韻

《黃鶯兒》調見《樂章集》，原注正宮。雙調九十六字，前段十句四仄韻，後段十句五仄韻。另有別體一。

天香・菏澤紀行

國色天香。姚黃魏紫。曹州沒有春暮韻　柬帖邀來。獎杯榮獲。墨友花鄉

萍聚韻　滿園嬌嫵韻　偏執節、龍威弗懼韻　只為真情寫照。榮枯但隨時序韻　雍容自成風度韻　問明皇、貴妃何慮韻　伴得青蓮醉詠。美名千古韻　二十餘年別去韻　牡丹會、煙蓑夢齊魯韻　兩鬢飛霜。還思豔遇韻

《天香》雙調九十六字，前段十句五仄韻，後段八句六仄韻。另有別體七。

熙州慢·松

鎮高崖、鐵干起龍鱗。與石爭壽韻　閱盡滄桑。不辱淩霄節。濤生風吼韻　猥葉永年蔥鬱。任爾雲起雲收叶　雄視萬古。冰霜雨雪。氣沖牛斗韻　攜甗嵐光出岫韻　落霞裏、野嶺聞鐘時候韻　耕讀草堂。鄰君自然神佑韻　涵濡丈夫壯懷。任賺得、貧寒孤瘦韻　醉詩酒韻　聽泉但洗塵垢韻

《熙州慢》僅見張先一詞，無別首宋詞可校。雙調九十六字，前段十句三仄韻、一叶韻，後段八句六仄韻。平仄當遵之。

漢宮春·足球

綠草如茵。看門前勁射。足下交兵韻攻防不須出手。鏟頂流行韻雄師進退。有裁判、賞罰分明韻長笛響、硝煙散去。記分敲定輸贏韻杯賽癲狂世界。為競相主辦。煞費調停韻只因拉動經濟。追逐球星韻回思九域。亂開發、黑假頻仍韻連臭腳、都能得瑟。何時家國中興韻

《漢宮春》又名《漢宮春慢》。雙調九十六字，前後段各九句，四平韻。另有別體九。

倦尋芳·荷

翠浮玉碗。紅綻香苞。點滴凝露韻款款蜻蜓。嬉弄好風明煦韻出淤泥。偏高潔。養心最是江南雨韻釀澄波。為嬋娟寫照。含煙籠霧韻小橋外、扁舟獨釣。白鷺幽棲。魚隱萍聚韻一片瑤池。掩映幾多佳趣韻賺

得花中君子譽韻　更憐顏色無窮處韻　染長天。醉伊人。夕陽簫鼓韻

《倦尋芳》又名《倦尋芳慢》。王雱詞注：中呂宮，雙調九十六字，前段十一句四仄韻，後段十句五仄韻。另有別體一。

劍器近・黄龍遊記

醉阿壩韻　鳥瞰處、圖騰高掛韻　碧流雪山飛下韻　淵鱗瓦韻　縱容冶韻　爍五彩、瑤津潤化韻　雲煙擬人瀟灑韻　幻真假韻　驚詫韻　睡仙憐卓瑪韻

春風入夢。且莫問。待字何時嫁韻　誰教林表抹餘暉。看靈泉轉花。沐熏恭候尊駕韻　豔池妝罷韻　古刹鐘聲。慣了長冬短夏韻　萬千秀色餐神話韻

《劍器近》僅見袁去華一詞。雙調九十六字，前段八句八仄韻，後段十二句七仄韻。平仄一定。《宋史・樂志》：教坊奏《劍器》曲，其一屬中呂宮，其二屬黄鐘宮，又有劍器舞隊，此云近者，其聲調相近也。

秋蘭香・端午

鼓樂龍舟。蘆葉粽子。茅簷艾草蒲蒿韻　清風吹勁節。杯酒唱離騷韻　舊阡

陌、重遍插新苗韻 哪堪忠義魂消韻 幾豪客、坐收漁利。自在逍遥韻 信若鏟除貪腐。便國泰民安。崛起今朝韻 費思量、廣廈比天高韻 康莊過唐堯韻 商品萬殊。生態蕭寥韻 競竭澤、溪光污染。燕雀呼號韻

《秋蘭香》僅見陳亮一詞。雙調九十六字，前後段各九句，五平韻。平仄當遵之。

鳳鸞雙舞·黃埔

斜陽外。依稀綠島。望中飛虹處韻 花木旖旎。樓臺掩翳。水波流翠。水雲流舞韻 長相憶、當年鶴鳴。垂恩鳳浦韻 有宋以降耕漁遂豐。繁華千載。代通商賈韻 蔣公尚武韻 藉寶地、英才延募韻 執鞭軍校。育名將無數韻 報國精忠。男兒劍、北伐抗倭何懼韻 遲暮韻 負恥不分疆土韻

《鳳鸞雙舞》僅見汪元量一詞，無別首宋詞可校。雙調九十六字，前段十二句四仄韻，後段八句六仄韻。其句讀平仄須從之。

行香子慢・湘西黃龍洞

造化迷宮韻　幻流形萬千。諧趣無窮韻　瑤山天地水。濃縮其中韻　經行處、光影明暗。彈指春夏秋冬韻　須叩拜。璀瑋樓臺。寶座現真龍韻　榮崇韻

火箭雙峰韻　詫科技創新。原有神功韻　陰陽孳衍。恁羞煞青童韻　漣波淺、娃娃魚戲。幾人能辨雌雄韻　花果飄香。金針定海。稀世岩溶韻

《行香子慢》雙調九十六字，前段十句五平韻，後段十一句六平韻。平仄一定。

甘露滴喬松・武陵源

湘西勝境。憶壯遊時候。浮煙凝露韻　鳥道須駕纜車。天子山去韻　但回首、已淩虛叶　九霄外、眾仙起舞韻　瑤池流韻。人猿相見。林泉私語韻　大觀

隱逸留侯。矗元帥豐碑。盛名今古韻　沁香幽徑。幾滴金鞭溪雨韻　翠濕

袖、也清娱叶 偶滑倒、都成拾趣韻 土家日月。唱響個中鱗羽韻

《甘露滴喬松》雙調九十六字，前段十句四仄韻一叶韻，後段九句四仄韻一叶韻。平仄一定。

慶千秋・散花精舍

漱玉秦淮。自清音滴翠。逸趣流觴韻 梧桐細雨。吟債又濕羅裳韻 知銅臭、但洗春蔥。誰解衷腸韻 不讓易安千載後。文林容止徜徉韻 冷韻裁成詩句。醉菊籬秋露。水榭幽篁韻 相知兩三藝友。澄意滄浪韻 臨池處、女史花前。參味閑窗韻 憐月影、心儀古調。撫琴偶試昆腔韻

《慶千秋》僅見《翰墨全書》一詞。雙調九十六字，前後段各九句，四平韻。平仄當遵之。

塞垣春・小三峽記

一路聞天籟韻 溯桂棹、驚危隘韻 巫山蜀道。壁懸千仞。玄幻流彩韻 信鐵棺棧道今猶在韻 折戟後、沉沙外韻 豁雙眸、從頭閱。大寧河谷生

態韻

奇峽巧崢嶸。龍門險、巴霧瑰怪韻滴翠布幽煙。水簾洗華蓋韻鳥爭鳴、猿戲崖樹。凭魚躍、浪花相澎湃韻拉纖赤身漢。踏歌平要塞韻

《塞垣春》雙調九十六字，前段九句六仄韻，後段八句四仄韻。另有別體三。

望雲間・石寶寨

稀世奇峰。雄峙峽江。氤氳思補蒼天韻化封疆玉璽。神授軒轅韻樓閣穹崖聳勢。雲梯石棧勾連韻憶譚宏陳事。逝水悠悠。疏雨綿綿韻捫參歷井。放浪形骸。一樽桀驁青蓮韻蘭若凌虛摩頂。香客恭虔韻遊賞已成孤夢。須知不可多貪韻有誰見得。洞中流米。物我隨緣韻

《望雲間》僅見趙可一詞，雙調九十六字，前後段各十句，四平韻。平仄當遵之。

步月・讀文惠侯

卅五春秋。夢中還記。柳侯祠外彷徨韻謁衣冠塚。無語費思量韻仕途險、

頻遭貶謫。楮墨老、揮斥炎涼韻　悲苛政、凶如猛虎。塗毒甚蛇傷韻　參詳韻　封建論。筆鋒所及處。明辨朝綱韻　與民休息。興廢係耕桑韻　莫豪奪、兒孫壟畝。慎護持、宗廟家邦韻　青天下。漁舟唱晚富春江韻

《步月》雙調九十六字，前段九句四平韻，後段十句五平韻。另有仄韻體一。

早梅香·嘉峪關

吐納昆侖。鎮大漠要衝。冷侵殘月韻　第一雄關。百千年來。依舊威懾韻　落定城磚。蒼昊意、退兵無血韻　鐵臂懸。龍盤虎踞。望雲行堞韻　老柳訴幽懷。欠男兒多少傷別韻　報效家邦。戈壁枕戈。緇衣遍嘗風雪韻　擊石鳴燕。欲遙想、已然凝咽韻　衛霍麾旌。絲綢古道。海樓重疊韻

《早梅香》調見《梅苑》，雙調九十六字，前段十一句四仄韻，後段十句四仄韻。平仄一定。

八聲甘州・大運河

趁斜陽萍跡嫁天風。片帆下餘杭韻　恰稻花香浥。牧童歌遠。鷗鷺回翔韻　夾岸煙村日子。都是為伊忙韻　知否隋亡後。王業何傷韻　開鑿偏加苛政。奈前人種樹。後世乘涼韻　拓江河漕運。垂露勸耕桑韻　想昏君、惡名背負。向汗青、刀筆費評章韻　邀明月、拼將一醉。夢短流長韻

《八聲甘州》《樂章集》注：仙呂調。又名《甘州》、《蕭蕭雨》、《宴瑤池》。雙調九十七字，前後段各九句，四平韻。另有別體六。

迷神引・漓江

欸乃扁舟輕搖蕩韻　激起一篙鱗浪韻　雲峰倒插。拄仙翁杖韻　舞青羅。簪瓊玉。麗人唱韻　魚鳥沉幽籟。妒金嗓韻　誤入丹圖裏。已迷向韻　水影風嵐。幻化非心匠韻　更月長明。花爭放韻　淨瓶斜臥。醉流煙、憑

誰釀韻　九頭牛。回眸處。自天降韻　岩壁龍駒動。費猜想韻　瑤池浮陽朔。合意象韻

《神迷引》《樂章集》注：中呂調。雙調九十七字，前段十一句六仄韻，後段十三句六仄韻。另有別體一。

醉蓬萊・仙閣

矗丹崖絕頂。碧海雄邊。五雲撩繞韻　浩淼煙波。幻萬千玄妙韻　化氣溟濛。仙蹤隱約。恰望中蓬島韻　縱納三光。橫開六合。與天同老韻

大道滄桑。澄心向善。欲問長生。卻無靈草韻　養性修真。比什麼都好韻　兩袖清風。登臨俯仰。共信鷗舒嘯韻　踏浪敲詩。騁懷傾酒。不思歸棹韻

《醉蓬萊》又名《雪月交光》、《冰玉風月》。柳永《樂章集》注：林鐘商。雙調九十七字，前段十一句四仄韻，後段十二句四仄韻。另有別體一。

鳳凰臺上憶吹簫・峨嵋

海拔三千。縱橫萬古。西南第一奇峰韻　天下秀、青蓮慨歎。無匹葱
蘢韻　慣了凝煙疊翠。幽賞處、濕霧濛濛韻　人猿會。參透自然。象外
聞鐘韻　金頂佛光普照。緣分在。淩雲始信從容韻　有溪澗、禪音爽籟。
氣吐霓虹韻　端的山重水復。留下了、多少仙蹤韻　我來也。老椿辨得龍蟲韻

《鳳凰臺上憶憶吹簫》一名《憶吹簫》。雙調九十七字，前段十句四平韻，後段九句四平韻。另有別體五。

夜合花・撫愛晚亭

嶽麓霜楓。夕陽波影。賞心斗角飛簷韻　風雲吐納。洞庭望斷歸舷韻　縱三
尺吟鞭韻　主沉浮梳理河山韻　看潛龍躍。天驚石破。喚醒軒轅韻　千秋
學府毗連韻　讀書聲。引來多少儒賢韻　韶光砥礪。乾坤道義承擔韻　奈獨

自凭欄韻　擁晴翠斜照生煙韻　把排雲翼。無端托付。兩鬢斑斑韻

《夜合花》雙調九十七字，前段十句五平韻，後段十句六平韻。另有別體四。

採明珠・湖心亭

一望收、水色山光。西子秋波萬頃韻　小築枕瑤池。釀四時清興韻　夕照開妝鏡韻　最相宜、霧裏蓮花。象外斷橋。柳下扁舟。煙蓑獨釣雲影韻　三島並韻　蓬萊醒韻　滴露濕幽徑韻　賒酩酊韻　細雨忽來。不須人請韻　亟二承天命韻　設禪機、也帶詼諧。欲說此間故事。焉能回避。沏壺龍井韻

《採明珠》僅見杜安世一詞。《宋史・樂志》：曲破中呂調，採明珠。雙調九十七字，前段九句四仄韻，後段十一句七仄韻。平仄一定。

慶清朝・醉翁亭上

泉洌山明。林深翠疊。時禽還唱文忠韻　閑雲撫今追昔。感念填充韻　也擬

一杯濁酒。酕醄扶夢大江東韻　披肝膽。賞心樂事。幽韻流風韻　憐夕照、傷夕照。鬢霜冷秋菊。獨倚長松韻　沉吟當年舊句。元氣如虹韻　亙古文章載道。思量能有幾人同韻　歸鴻去。恨生太晚。無計師從韻

《慶清朝》一作《慶清朝慢》。雙調九十七字，前後段各十句，四平韻。另有別體三。

黃鸝繞碧樹・陶然亭

鍾秀京畿地。陳浮瑞象。惠施甘露韻　但得慈悲。納三邊水月。一泓花雨韻　騁懷問道。也須趁、清風和煦韻　臨勝境、自可涵容四極。追思千古韻　代有鴻儒雅聚韻　濟蒼生、個中翹楚韻　惹真賞、最蓮舟夕照。楊柳輕霧韻　夢裏宿緣歷歷。踏雪丙辰孤旅韻　流光已付蹉跎。哪堪遲暮韻

《黃鸝繞碧樹》僅見周邦彥一詞。雙調九十七字，前段十句四仄韻，後段八句五仄韻。平仄當遵之。

帝臺春・華山

西插九極韻 崇雄巨靈劈韻 禹引大河。射海東流。炎黃生息韻 執斧開山感孝子。繞蓮座、紫雲凝碧韻 會天機。鳥道無雙。巉岩獨一韻 松抱石韻 淩絕壁韻 壯膽魄韻 蕩呼吸韻 傍落雁朝陽。倚雲臺。問玉女、幾多狂客韻 霜鬢登臨踏霜早。風物縱觀拓風逸韻 恰豪氣盈沖。共高秋蕭瑟韻

《帝臺春》唐教坊曲名，《宋史・樂志》，琵琶曲有《帝台春》，屬無射宮。僅見李甲一詞。雙調九十七字，前段十句五仄韻，後段十一句七仄韻。平仄當遵之。

瑤臺第一層・九寨溝

翠海瑤山。童話裏、繽紛不用妝韻 紮如橋外。波粼風影。玉鑒嵐光韻 秀林爭五彩。萬籟諧、滿目琳琅韻 聽魚鳥。敘雪峰高遠。泉瀑深長韻 瓊漿韻 自然流淌。掬來則飲莫彷徨韻 大千生態。欲知環保。隨處參詳韻

太虛真幻境。第四紀、獨闢仙鄉韻　舞霓裳韻　羨婆娑蘆葦。繾綣鴛鴦韻

《瑤臺第一層》雙調九十七字，前段十句四平韻，後段十一句六平韻。另有別體二。

暗香・菊

自斟寂寞韻　任東籬霜重。晚秋蕭索韻　冷冷香魂。只向幽人破青萼韻　陶令偏能識我。憐玉露、曉來新著韻　眼見得、萬象凋零。黃葉逐風落韻　收獲韻　滿阡陌韻　剩散淡逍遙。獨領標格韻　不爭燕樂韻　涵養高懷渺雲鶴韻　流韻還堪敲句。存古逸、好分清濁韻　送過雁、淩朔雪。秉持舊約韻

《暗香》屬仙呂宮曲，又名《紅情》。雙調九十七字，前段九句五仄韻，後段十句七仄韻。另有別體一。

夢芙蓉・黃山

淩虛三足鼎韻　最蓮花秀絕。眾峰掩映韻　置身雲海。如在絳河泳韻　皖南生化境韻　長松舒臂延請韻　一上天都。借光明道場。觀止鯽魚嶺韻　到

處幽煙勝景韻　奇石千尋。朗抱隨馳騁韻　瀑飛溪谷。涵潤麗人影韻　好茶醫酒病韻　山禽主宰時令韻　去也詩仙。但飄然擲筆。應未了餘興韻

《夢芙蓉》吳文英自度曲。雙調九十七字，前後段各十句，六仄韻。平仄當遵之。

西子妝・廬山

秀出東南。華光薈萃。嘯傲八荒吞吐韻　鄱陽湖水渺雲天。大江横、亂飛鱗羽韻　禪緣廣布韻　看泉瀑、耕煙織雨韻　惹騷人。競縱情揮灑。鏗鏘詞賦韻　巍峨處韻　直入蒼穹。痛飲瑶池露韻　美廬三夏也清涼。爽氣來、自然消暑韻　仙家洞府韻　閲多少、春花秋霧韻　夢初闌。霜影還凝玉樹韻

《西子妝》吳夢窗自制曲，或加慢字。雙調九十七字，前段十句五仄韻，後段九句六仄韻。

玉京謠・泰山行

一覽群山小。十八盤旋。玉帝淩滄海韻　四大天門。韜涵華夏神采韻　舉

盛典、封禪前朝。閱盡了、崢嶸時代韻　真模楷韻　雄碑不勒。無倫超邁韻　偏鄰至聖先師。教化鴻儒。更合和萬籟韻　煙鎖松濤。豪情相與澎湃韻　夜欲闌、紅日噴騰。醉絕頂、壯心千載韻　舒壘塊韻　平步九霄雲外韻

《玉京謠》吳文英自度曲，无別作可校。自注夷則商，犯無射宮。雙調九十七字，前段十句五仄韻，後段九句五仄韻。平仄當遵之。

被花惱·恒山

人天北柱起雄關。屏障塞雲衝要韻　有寺空懸合三教韻　雙峰對峙。千尋壁立。浩氣參高鳥韻　憐詭幻。四喬松。裸根巉石虬枝老韻　甘苦別龍泉。瓢飲思源養忠孝韻　黃沙落日。過雁秋風。戰火知多少韻　最層巒疊翠洞藏煙。惹高士、逃禪更修道韻　醉月處。夢影仙蹤霜欲曉韻

《被花惱》楊纘自度曲。雙調九十七字，前後段各九句，四仄韻。平仄當遵之。

綠蓋舞風輕·五臺山

太古造崢嶸。凍土冰緣。文殊道場起韻　隨手捫參。穹隆撐玉柱。俯仰觀止韻　聖地清涼。渺雲漢、靈崖書繪韻　瑞煙騰。法座蓮臺。真相無體韻　遵旨韻　佛道焚經。普度永平年。漸主中位韻　望海東臺。著霞衣、吐納大千朝氣韻　掛月西峰。照肝膽、慈航迢遞韻　翠岩中。誰遣此心如洗韻

《綠蓋舞風輕》周密自度曲。雙調九十七字，前段十一句四仄韻，後段十句五仄韻。平仄一定。

月邊嬌·千山

千朵蓮花。秀峙仰遼天。嶕峣峰會韻　夕煙曉霧。奇松峭石。隱現鳳冠龍尾韻　頂上觀音。數不盡、鳴禽流翠韻　開光彌勒。主造化、雲施桑梓韻　爽風吹潤時來。樾蔭溪徑。野亭山寺韻　令威仙羽。超然物表。

成道更思歸里韻　層巒雪霽韻　看素裹、霞暉羅綺韻　寒凝象外。養朔方韜晦韻

《月邊嬌》周密自度曲。雙調九十七字，前段十句四仄韻，後段十句五仄韻。平仄當遵之。

松梢月·閭山

北鎮幽燕韻　精華采日月。高古齊天韻　遼海相會。神秀化育重巒韻　石上清泉松間寺。道隱谷、絕世奇觀韻　出岫無意。循仙跡。共香靄偷閑韻　賜封追帝舜。蘊大千萬象。名不虛傳韻　聖水橋上。吟味鳥囀林喧韻　縱目鄉關思飄渺。了俗慮、未必逃禪韻　有讀書處。心能靜。地還偏韻

《松梢月》曹勳自度曲。雙調九十七字，前段十句五平韻，後段十句四平韻。平仄一定。

四檻花·紅山

誰灑胭脂韻　碧霄流彩。赤峰舞旗韻　文明沉積處。炎黃肇端時韻　五六千年。玉雕龍。鷹喚鳳。一脈繁滋韻　獨崔嵬韻　須令汗青壯色。延譽中西韻

通幽想必葳蕤韻　料先祖、天人兩合宜韻　遼海連塞漠。長弓射熊羆韻
上古家園。習耕作。精漁獵。創造神奇韻　圖騰立。衣食足。雨露雲施韻

《四檻花》曹勳自度曲。雙調九十七字，前段十二句六平韻，後段十一句五平韻。平仄一定。

長亭怨慢・九華山

果然是、鍾靈毓秀韻　佛國芙蓉。大數歸九韻　水復山重。一袈裟地畫中走韻　綠筠幽徑。天籟裏、斜陽後韻　腳下動雲根。翠欲滴、更浮嵐岫韻
不朽韻　謁真身法相。感念善緣依舊韻　閔家父子。可曾把、輪回參透韻　舒潭月、還照慈悲。碧桃瀑、滿斟詩酒韻　縱積雪平岡。也勝紅塵煙柳韻

《長亭怨慢》又名《長亭怨》。雙調九十七字，前後段各九句，五仄韻。另有別體三。

玉簟涼・本溪水洞

遼左溪山韻　詫疊翠鬥奇。出岫凝煙韻　銀河爭秀色。落九曲清漣韻　飛泉迎

客幻景。美次第、石乳危懸韻 龍角動。看彩雲垂幕。春筍開篇韻 雄觀韻 群猴戲水。三峽泛舟。佳境更有仙丹韻 麒麟添福壽。引上古犀還韻 徜徉玉米塔下。得寶鼎、始信投緣韻 人欲醉。夢影浮、誰與陶然韻

《玉簟涼》僅見史達祖一詞。雙調九十七字，前後段各十句，五平韻。平仄當遵之。

留客住・過五指山

主瓊島韻 只手擎、九重霄漢。最高峰處。俯瞰奇花瑞鳥韻 斑斕彩蝶雲集。負氧充沛。天然生態好韻 林泉競秀。踏晨鐘、小寨但知春早韻 萬泉遶韻 趁細雨霏霏。幽煙嫋嫋韻 釣笠耕蓑。化度椰風襟抱韻 三十五年彈指。舊夢依稀。相思人已老韻 瑤山約會。待嘉時、再把夙緣尋找韻

《留客住》唐教坊曲名。《樂章集》注：林鐘商。雙調九十八字，前段九句四仄韻，後段十句五仄韻。另有別體一。

晝夜樂・沐雨世博

萬家燈火清涼雨韻　接趾踵、偏有序韻　今宵但得天窗。快意更饒佳趣韻　列國通觀驚栩栩韻　未遠足、也成仙旅韻　海上盛筵開。喚鳳飛龍舞韻　亞非歐美凭來去韻　且從中、擇三五韻　狂餐別樣風情。痛飲文明甘露韻　只待神州重抖擻。再續寫、巨篇宏著韻　真氣化霓虹。爍東方樂土韻

《晝夜樂》柳永《樂章集》注：中呂宮。雙調九十八字，前段八句六仄韻，後段八句五仄韻。另有別體一。

雨中花慢・滬上行

快車南下。風馳電掣。斜陽醉了閑雲韻　看平疇阡陌。曲水煙村韻　遁入青紗帳裏。忽來黃浦江濱韻　奈當年狂客。如今倦旅。還夢韶春韻　八連好事。已無人講。外灘空染紅塵韻　多幾個、摩天廈影。撈月橋墩韻　兩

極陡然分化。萬方開發升溫韻倚欄凝想。滄桑評說。留與兒孫韻

《雨中花慢》《樂章集》注林鐘商。雙調九十七字，前後段各十句，四平韻。另有別體十二。

萬年歡·開封鐵塔

直指蒼穹韻閱長河落日。禹跡雄風韻舍利前緣。斜影十有三重韻端的禪門盛狀。仰肅穆、大度雍容韻觀天下、第一浮屠。佛光掩映蓮蓬韻須當拾階覽勝。醉淩虛時候。放眼寰中韻幻入清明圖卷。追夢開封韻刻錄千秋歲月。疊八角、鬼斧神工韻真如鐵、以正貪心。還舉飛鴻韻

《萬年歡》唐教坊曲名，又名《萬年歡慢》。《宋史·樂志》：中呂宮。雙調九十八字，前段九句五平韻，後段九句四平韻。另有別體十。

燕春臺·龍門石窟

濯足星河。拾階天闕。參差十萬袈裟韻舒豁龍門。餘暉散落煙霞韻魏碑

廿品奇葩韻　振書壇、南海豪誇韻　武皇摩影。阿彌陀佛。大美無邪韻　千秋功過。幾度興衰。但憑一念。逐浪淘沙韻　須知法眼。向來力戒繁奢韻　返樸歸真。積善緣、如坐蓮花韻　課桑麻韻　心底存勝跡。伊洛人家韻

《燕春臺》又名《夏初臨》。雙調九十八字，前段十句五平韻，後段十一句五平韻。另有別體三。

逍遙樂・嵩山

中嶽半遮雲路韻　面壁參禪。成就達摩初祖韻　避暑箕陰。待月嵩門。幾滴浮屠疏雨韻　忘懷甘苦韻　少林拳、一脈傳承。九州施布韻　誦峻極於天。浩氣吞吐韻　斜照偏睬孤旅韻　翠嵐橫生野樹韻　靈霄倦高鳥。聽萬籟。響幽處韻　晨昏轉日月。驚了廟堂鐘鼓韻　高僧講經時候。清風和煦韻

《逍遙樂》僅見山谷詞。雙調九十八字，前段十一句六仄韻，後段九句五仄韻。平仄當遵之。

八節長歡・雲臺山

豫北奇觀韻　太行舒袖。峽谷龍淵韻　高崖疊飛瀑。幽澗響流泉韻　平湖歸隱子房策。奈功名、不抵溪山韻　小寨唐王劈石。劍氣猶寒韻　茱萸滴露凝煙韻　棲百鳥、雲根出沒林間韻　丫字信天書。驚蝴蝶、翩翩踏舞清漣韻　遊魚樂。居勝境、但邈神仙韻　蓬萊遠、瑤臺虛渺。珍惜腳下青巒韻

《八節長歡》雙調九十八字，前段九句五平韻，後段八句五平韻。另有別體一。

憶東坡・謁包公祠

鐵面振朝綱。御鍘抒民意韻　忠骨一身存高節。王法奸邪悸韻　史冊謹遵遺訓。精鋼不做簾鉤。直道渾無畏韻　青天孝肅。流譽千秋斬皇婿韻　如毛貪腐。掘盡兒孫地韻　草民呼喚包拯。除惡談何易韻　銅像枉然叩首。災

荒還是煎心。濁酒難成醉韻　誰知霜鬢涕零。幽夢驚魑魅韻

《憶東坡》僅見王之道一詞。雙調九十八字，前後段各九句，四仄韻。平仄當遵之。

粉蝶兒慢・暴雨

七日遐遊。煙蓑踏雨。日課抛荒虧欠韻　黑雲東北望。恨歸車遲緩韻　澤國溟濛須泛舟。老巷新街都滿韻　接汪洋。大地平、沒頂青苗呼喚韻　滅產韻　天公不管韻　思平疇、怎得重開生面韻　灌排防旱澇。待從長盤算韻

禹帝當年疏導治。後世幾人明鑒韻　任河床、更比田高。豈能無患韻

《粉蝶兒慢》僅見北宋周邦彥一詞。雙調九十八字，前段九句四仄韻，後段九句六仄韻。平仄當遵之。

並蔕芙蓉・華清池

別苑離宮。恰帝家氣派。驪山名勝韻　泉水可蒸煙。釀多少憧憬韻　周秦漢唐舊事。殿閣樓臺兩三頃韻　月華弄影韻　醉芙蓉、也擬鴛鴦相並韻　霓

裳羽衣曼舞。踏淩波雅樂。溫情觴詠韻　不似馬嵬坡。恁屠絶人性韻　軒窗
彈痕幾處。少帥功名千秋定韻　故園掩映韻　喚軒轅、快些蘇醒韻

《並蒂芙蓉》僅見晁端禮一詞。雙調九十八字，前後段各九句，五仄韻。平仄当遵之。

黄河清慢・二七塔

連體雙峰驚設計韻　紅星彪炳青史韻　向往自由平等。鍾鏞揮幟韻　文物追思
慘案。更留下、深層警示韻　不能爭取人權。苟且生、一樣如死韻　先
驅血鑄金甌。毛公去、靠誰重整風氣韻　鬻爵賣官。腐敗渾無顧忌韻　大好
河山玷染。怎禁得、天災累累韻　已殊貧富。還充耳、侈談宗旨韻

《黄河清慢》僅見晁端禮詞。雙調九十八字，前段八句五仄韻，後段八句四仄韻。平仄一定。

春草碧・秦陵

九州歸統時。欲獨裁永年。奴役無度韻　家天下。沉萬里城壁。一堆

黄土韻　驪山造勢。隔渭水、秦川北顧韻　奇偉絕世。雄風在。俑陣也千古韻　冥府韻　大觀驚宇寰。更灌輸汞劑。殉葬嬪女韻　珍稀滙。詭幻不能測。暗藏弓弩韻　長生夢空。剩褒貶、都憑好惡韻　楚炬未焚。留遺產。守元緒韻

《春草碧》調見《大聲集》，自注中管高宮。雙調九十八字，前段十一句四仄韻，後段十二句五仄韻。此調僅見万俟詠一詞。平仄當遵之。

芰荷香・出水芙蓉

綠婆娑韻　乍雲嵐過雨。照影伊河韻　異葩孤放。報身美煞彌陀韻　清流濯足。送香風、十里山阿韻　立根砥礪湍波韻　澄襟朗抱。頓悟嵯峨韻　最是龍門賞心處。望虹橋翠蓋。舟楫煙蓑韻　萬千造像。不關歲月消磨韻　曲欄承露。有紅衣、正倚青荷韻　兩三點水飛蛾韻　當知此後。好夢良多韻

《芰荷香》金詞注雙調。雙調九十八字，前段十句六平韻，後段十句五平韻。另有別體一。

繡停鍼・過都江堰

玉壘劈。更築堰岷江。四六分水韻 魚嘴飛沙。疏導泄洪。旱澇自由調配韻

迄今為止韻 也不遜、東西科技韻 蜀川受益千秋。建功獨垂青史韻 勤廉出智慧韻 去造福百姓。肅貪興利韻 一頂烏紗。家國象征。施政順乎天軌韻 豁然行次韻 望九野、雲蒸霞蔚韻 竹藤橋上。緬懷李冰父子韻

《繡停鍼》僅見陸遊詞。雙調九十八字，前段十句五仄韻，後段十句六仄韻。平仄當遵之。

揚州慢・謝瑤環

巡按江南。安良除暴。流離百姓歸耕韻 布皇恩浩蕩。懾權貴猙獰韻 遇讒陷、臨危不懼。一腔忠義。嘗盡非刑韻 振朝綱、棟梁原是。巾幗娉婷韻 青天白日。也無由、貪腐頻仍韻 奈生態都荒。良田半廢。虛假

風行韻　濫把資源開掘。兒孫福、恐亮紅燈韻　問曉窗殘月。何時柳浪聞鶯韻

《揚州慢》姜夔自度中呂宫曲。雙調九十八字，前段十句四平韻，後段九句四平韻。另有别體二。

舞楊花・留園

掛冠萬歷東園治。寒碧秀甲山莊韻　殿閣池臺。攜水影天光韻　翠蔭長向曲中借。巧玲瓏、月射回廊韻　流韻自有碑牆韻　得趣還是軒窗韻　庭院深深幾許。慣禽鳴嘉木。魚躍澄塘韻　奇石吐煙。時滴露凝香韻　雲樓歎賞畫屏古。小蓬萊、偏惹遊方韻　舒嘯了卻彷徨韻　至樂聽取吟螿韻

《舞楊花》僅見康與之詞。雙調九十八字，前段八句五平韻，後段九句五平韻。平仄當遵之。

雙雙燕・拙政園

養真敬止。闢歸隱田園。拙人為政韻　詩情畫意。文璧匠心馳騁韻　明月香洲弄影韻　與誰坐、天泉品茗韻　荷風四面吹來。卅六鴛鴦相請韻　嘉勝韻

鱗波倒映韻　步水上回廊。笠亭浮景韻　芭蕉聽雨。露湿一枝紅杏韻　梧竹幽居適性韻　見山樂、何須鄰並韻　凭欄夕照樓頭。更借玉漿酩酊韻

《雙雙燕》雙調九十八字，前段九句五仄韻，後段十句七仄韻。另有別體一。

孤鸞・頤和園

昆明湖碧韻　映萬壽山青。滄桑沿革韻　始創清漪。整合帝家園宅韻　須知劫灰恥辱。愈更生、愈加增益韻　領略瑤池造化。感大千無匹韻　馭銅牛、十七孔橋側韻　醉別館聽鸝。諧趣留客韻　石舫長篙在。問哪人撐得韻　排雲殿前縱目。煞迷離、個中顏色韻　芳樹剪裁嵐翠。抱洞天蔭澤韻

《孤鸞》雙調九十八字，前後段各九句，五仄韻。另有別體三。

雲仙引・避暑山莊

上苑離宮。通幽疊翠。花風不染纖塵韻　凝珠露。散閑雲韻　玲瓏塞湖月

影。盛世康乾開玉樽韻。香遠益清。四圍八廟。鐘鼓晨昏韻。長城微縮嶙峋韻。九州統、家邦諧睦鄰韻。紫氣東來。水芳巖秀。畫閣文津韻。魚鳥遊翔。落虹霽雨。一片清涼天地春韻。想前朝事。度芸生福。最是銷魂韻。

《雲仙引》馮偉壽自度曲，原注夾鐘商。雙調九十八字，前段十句四平韻，後段十一句五平韻。無別作可校，平仄當遵之。

玲瓏玉・桑梓呈祥

東望雲山。更迎得、一路朝陽韻。輕車父女。曉風吹潤還鄉韻。萬古遼河入海。任高峰分水。偏嶺開窗韻。巍昂韻。刀尖砬、雄峙彼蒼韻。爽籟清溪奏響。擁揚花苞穀。鋪綠平岡韻。舊宅翻新。侄兒家、正娶嬌娘韻。宗親重溫童話。有誰怕、天涯夢遠。兩鬢飛霜韻。乳名裏。幾多情、都入玉漿韻。

《玲瓏玉》姚雲文自度曲。雙調九十八字，前段九句五平韻，後段十句四平韻。平仄一定。

陌上花・晉祠

懸翁毓秀鍾靈。池閣榭亭依傍韻 汩汩流泉。難老自然泠爽韻 會仙果是橋頭客。柳女度人無恙韻 待風來、曉霧夕煙酥潤。御碑銘狀韻 有唐槐、對臥龍周柏。活脫千秋卿相韻 異態紛呈。彩塑絕倫清賞韻 晉陽北望笙歌近。魚沼飛梁凝想韻 最欣怡、月影搖窗時候。神遊昆閬韻

《陌上花》僅見張翥一詞。雙調九十八字，前後段各八句，四仄韻。平仄當遵之。

福壽千春・洪獸

肆虐江南。咆哮塞北韻 大好田園沉溺韻 水利幾因貪腐廢。蓄泄功能怠失韻 夏禹早知疏導。不與天拼力韻 早清淤。澇分洪。只今有誰記得韻 肉身疊壩防扼韻 縱豪情破雲。又有何益韻 奈我兵民。皆當世英

雄。還相掩泣韻　無怪九河滿。怕違離規律韻　掠資源。毀生態。孽泉都黑韻

《福壽千春》僅見盧摯一詞。雙調九十八字，前段十句五仄韻，後段十一句五仄韻。平仄當遵之。

夏日燕賚堂・大足石刻

閱慈航韻　入佛灣曲徑。心跡清涼韻　三教合一。自寓意深長韻　知恩思報方圓覺。牧牛圖、也列禪房韻　悟世間因果。人倫忠孝。慈善無疆韻　地獄太荒唐韻　且諧和萬物。休得相傷韻　纖塵不染。待重振家邦韻　青童化育尊基地。越千年、依舊嚴莊韻　任雪霜風雨。獨臻完美。見證恒昌韻

《夏日燕賚堂》雙調九十八字，前後段各十句，五平韻。另有別體一。

水晶簾・樂山大佛

交匯三江處韻　激流湧、篷篙顛阻韻　永鎮風濤。造法相淩雲。海通籌募韻　慧眼雙剜明夙志。九十載、神工鬼斧韻　仰威儀。冷暖擔當。善緣普度韻

偏能壯行旅韻　釀安瀾百里。虹霓吞吐韻　正眾生心境。蹈仁潤雨韻
回首祥煙浮古寺。啟天性、晨鐘暮鼓韻　任塵寰。多少摩崖。一尊獨巨韻

《水晶簾》雙調九十八字，前後段各十句，五仄韻。此調無別首可校，平仄當遵之。

三部樂・平遙

一輪秋月韻　照古色古香。寶光城闕韻　世遺名錄。平步當仁榮列韻　開銀
號、追日升昌。更老牆敘舊。鎮國參佛韻　彩塑兩千。有寺藝林稱絕韻
明清大小宅院。蓋向心聚水。外窗毋設韻　欄砌各臻意象。樓臺相接韻
馭神龜、四圍雉堞韻　算涵育、幾多俊傑韻　丁丑晤別韻　夢未了、鏡中飛雪韻

《三部樂》雙調九十九字，前段十句五仄韻，後段九句六仄韻。另有別體三。

夢揚州・狂歡

大巡遊韻　趁老天垂顧。淫雨初收韻　濕地盛筵。節慶迎來金秋韻　紫雲三伏

撐陽傘。暑氣消、人滿街頭韻憐方陣。娉婷如玉。老爺車上洋妞韻團扇偏搖旱舟韻容踏舞秧歌。了卻閑愁韻鼓樂抑揚。惹得千家空樓韻小城畫卷飛仙羽。蟹欲肥、蘆穗新抽韻紅堿草。相邀雅客。遼口開眸韻

《夢揚州》秦觀自度曲，無別作可校。雙調九十九字，前後段各十句五平韻。平仄當遵之。

聲聲慢·秋雨驚心

紗窗濾暑。玉漏催更。天聲夢入蓮池韻可憐遙夜孤枕。嫁與塵羈韻九河已然都滿。怕潮頭、再潰長堤韻算不得、這庚寅生計。多少淒迷韻壯士嚴防死守。怎抵擋、頑貪胡作非為韻倘或追循規律。反被人嗤韻階前一枚落葉。水靈靈、似有題詩韻報清曉、待幽煙凝霧。醞釀虹霓韻

《聲聲慢》又名《勝勝慢》、《人在樓上》。蔣氏九宮譜注：仙呂調。雙調九十九字，前段九句四平韻，後段八句四平韻。另有別體十三。

紫玉簫・出征

軍令如山。邊風吹雨。老夫重抖絲韁韻　長河漲滿。恰請纓時候。披掛戎裝韻　秀穗莊稼。都已是、濯足滄浪韻　堆雲處。難消汛情。血湧肝腸韻
洪峰導引歸海。期内澇排除。虎口謀糧韻　英雄氣概。也還須、科學死守嚴防韻　水天相接。爭奈我、道義擔當韻　旌旗奮。遼口大堤。固若金湯韻

《紫玉簫》《宋史・樂志》：歇指調。雙調九十九字，前段十一句四平韻，後段十句四平韻。此調僅見晁補之一詞，無別首宋詞可校，平仄當遵之。

無悶・送洪峰

天上飛來。一味肆虐。慣了驕行無忌韻　欲導引分流。也須因勢韻　未雨綢繆疏理韻　大禹後、九河當知軌韻　入海口、吞吐從容不迫。自然偏惠韻　趨避韻　拓庫容。蓄剩水韻　調度方隨人意韻　太多欠賬。腳下做起韻　生態庇

麻桑梓韻　且揖手、蒼龍容披退韻　恕怠慢、他日重逢。等閑煮酒壁壘韻

《無悶》僅見程垓一詞。雙調九十九字，前段九句五仄韻，後段十句七仄韻。平仄當遵之。

月下笛・雙七

暑熱天心。秋涼夜半。鵲橋今夕韻　離人淚滴韻　但覺星河流溢韻　一年年、期待幾何。兩情托付耕與織韻　奈雲窗獨守。煙津遙望。晚風蕭瑟韻　緣中多苦酒。縱耐得閑愁。總歸清寂韻　孤衾短燭。往事無從尋覓韻　意遲遲、為誰夢縈。落花滿地渾不識韻　想依偎。也費青絲。漏斷蟬鬢白韻

《月下笛》雙調九十九字，前段十句五仄韻，後段十句四仄韻。另有別體四。

玲瓏四犯・與曉謙賞荷行

君子謙謙。趁四野凝陰。呼與遊賞韻　百畝蓮池。沾潤向秋開放韻　村外一片蛙鳴。稻海裏、紫煙昆閬韻　恰西湖曲院心匠韻　濕地綠醅新釀韻　兩

晔今日須無恙韻　誤佳期、枉生惆悵韻　最憐並蒂嬌嗔色。羞七仙模樣韻　桑梓醉了真如。翠欲滴、沁人清爽韻　奈八千麗影。噙玉露。難名狀韻

《玲瓏四犯》雙調九十九字，前後段各九句，五仄韻。另有別體六。

丁香結・荷字題記

清興憐香。翠煙凝露。中晌更餐餘韻韻　應主人延引韻　試楮墨、快意飛來丹寸韻　筆酣情自飽。龍蛇走、妙聲玉振韻　鑫安源裏。一點一畫天漿吸吮韻　無悶韻　縱造訪匆匆。未及隨身掛印韻　改日荒堂。鈐紅雅處。另番緣分韻　題字何以數計。獨此傳花信韻　惹袁年詞客。索句都嫌太笨韻

《丁香結》調見《清真集》。雙調九十九字，前段九句五仄韻，後段十句五仄韻。

瑣窗寒・舟曲罹難祭

汽笛長鳴。星旗半降。九州淒楚韻　同胞落難。魂斷白龍江浦韻　百餘年、

強震以來。次生災害頻驚怖韻　奈滑坡流石。風沙遮日。禿山無助韻
天怒韻　人知否韻　待重振朝綱。為民做主韻　從長計議。治理先除貪腐韻　給
家園、一片綠蔭。莫教物我相辜負韻　沐清平、大地飛歌。惠潤斜陽雨韻

《瑣窗寒》一名《鎖寒窗》。雙調九十九字，前段十句四仄韻，後段十句六仄韻。另有別體四。

大有・憶兒時照蛤蟆

乍過清明。最饒童趣。撫清溪、蛙唱求偶韻　踏天星、偏知炬火如晝韻
循聲照見須偷襲。驚不得、悄然伸手韻　怎奈一對鴛鴦。捉來竟還歡媾韻
深山裏。貪夜後韻　壯膽緊相隨。兩三頑友韻　都為貪多。恰是忘形時
候韻　料峭不寒行者。衣襤褸、鞋尖穿漏韻　樂無極、夢幻遊春。元神抖擻韻

《大有》調見《片玉集》。雙調九十九字，前段八句四仄韻，後段十句五仄韻。

燕山亭・庚寅七月初九出伏

暑氣初消。風露乍涼。爽入田園更漏韻　新月正窺。別夢還沉。回味鵲橋時候韻　前日飛梭。織霜鬢、怕斟樽酒韻　知否韻　送大汛歸流。也傷南畝韻

雖說多難興邦。奈華夏今年。橫遭魔咒韻　貪腐不除。禍亂頻仍。蒼黎靠誰憐佑韻　地脈摧殘。生態毀、浮誇依舊韻　荒謬韻　連廣告、都欺童叟韻

《燕山亭》又作《宴山亭》。雙調九十九字，前段十一句五仄韻，後段十句五仄韻。

聒龍謠・大理

疊翠蒼山。泛瀾洱海。五朵金花照水韻　三塔千秋。閱雲蒸霞蔚韻　樂泉石、蝴蝶婆娑。醉野客、鳥聲遐邇韻　老民居、粉壁飛檐。妙香國。有

真意韻　參崇聖。悟禪機。仰舊日南詔。邊陲觀止韻　風情萬種。舞誰

家羅綺韻　好凭欄、涼影斜暉。偏可人、彩霓瓊蕊韻　借天光、遊目澄懷。

露紅煙紫韻

《聒龍謠》詞見朱敦儒《樵歌》。雙調九十九字，前後段各十句，四仄韻。另有別體一。

金菊對芙蓉·濕荷

攜友追風。驅車踏雨。一池秋色淒涼韻　奈斜暉雲掩。碎影煙藏韻　接天蓮

葉傷心碧。剩幾多、枯梗殘香韻　花開花落。芳辰淺促。幽緒彌茫韻

別後煞費思量韻　算六天北顧。夢斷西窗韻　怕嬌容憔悴。祈禱慈航韻　千

鈞霹靂須無阻。恨來遲、熟路偏長韻　兩癡相會。如今不似。舊日南塘韻

《金菊對芙蓉》蔣氏九宮譜：中呂引子。雙調九十九字，前段十句四平韻，後段十句五平韻。

催雪・臥聽淅瀝

孤枕淒淒。秋夢隱隱。幽緒顛三倒四韻　奈冷韻蕭疏。漏聲迢遞韻　寂寞還
搔鬢雪。問短燭、閑愁何時已韻　重災年月。貧生願景。又隨流水韻
無計韻　苦凝滯韻　恨大聖不來。眾妖蜂起韻　哪堪這、陰霾縱橫狂肆韻　誦
為人民服務。遏兩極、當須調分配韻　假惡醜、冠冕堂皇。遂爾老天垂淚韻

《催雪》始自姜夔，本催雪詞也，即以為名。雙調九十九字，前段十句四仄韻，後段九句六仄韻。

十月桃・天漏

輕寒侵枕。恁心生悸悸。窗弄瀟瀟韻　隱患重重。爭奈濁浪濤濤韻　天公果
真嗔怒。須莫使、黎庶哀號韻　汗流蕩滌。爽籟徐來。黑惡冰消韻　看
江山如此多嬌韻　佑九域昌隆。萬象諧調韻　地利人和。更迎雙鳳還巢韻

單凭大愛捐贈。無濟也、罹難頻遭韻　提前預警。未雨綢繆。涵養民膏韻

《十月桃》又名《十月梅》。雙調九十九字，前段十句四平韻，後段十句五平韻。另有別體二。

蜀溪春・黃河

萬里奔流。縱橫瀠洄。盤古開天韻　涵潤華風。巨龍雄起。歸海九曲雲煙韻　鱗甲生瑞象。須鳥瞰、無限江山韻　哺俊群。淘浪沙。母愛入詩篇韻

臨危自當怒吼。家國脊梁在。榮辱承擔韻　閱盡春秋。不辭寒暑。都為子孫垂憐韻　壺口懸紫瀑。金珠迸、蘇世奇觀韻　劈絕壁。摧斷崖。走激湍韻

《蜀溪春》僅見曹勛一詞。雙調九十九字，前後段各十一句，四平韻。平仄當遵之。

秋宵吟・月遁

障浮雲。斂願景韻　既望西窗無影韻　燒殘燭、恰曲枕孤衾。夜沉人冷韻

歎闌山。感宿命韻　倦旅顛連多病韻　流螢了、訴玷染超標。不堪環境韻

又是秋風。幾片葉、先知薄幸韻 虎年如虎。百姓罹辜。舉目杳天鏡韻 衰鬢因霜剩韻 細數蹉跎。還念酩酊韻 寄蒼茫、雁落何方。懷抱蕭瑟夢又醒韻

《秋宵吟》姜夔自度越調曲。雙調九十九字，前段十句六仄韻，後段十句五仄韻。平仄一定。

三姝媚·拜月

金風吹夢爽韻 掛閑窗簾鉤。豁然開朗韻 玉鏡高懸。把鬼煙魔霧。一麾清蕩韻 淫雨伏誅。須縱酒、共襄希望韻 稽首蒼天。祈禱清平。舜堯宗仰韻 舉債當知還賬韻 欲喚醒生機。奏鳴諧響韻 綠水青山。待從頭恢復。漸呈真賞韻 教訓良多。掘地脈、不堪原諒韻 痛改前非時候。澄懷暢想韻

《三姝媚》雙調九十九字，前段十一句五仄韻，後段十句五仄韻。另有別體二。

鳳池吟・傷風

一葉知秋。八荒凝睇。老病獨釣幽懷韻　奈田園水土。煙蓑況味。不比蓬萊韻　浪跡萍蹤。忍將苦澀印蒼苔韻　寒侵醉枕。風吹殘鬢。夢醒西齋韻

天威領教時候。果虎年似虎。變幻陰霾韻　歎小民生計。大邦文化。命運多乖韻　斷雁孤鳴。哪堪回首望樓臺韻　歸遲暮。也無由、抖落塵埃韻

《鳳池吟》僅見夢窗詞。雙調九十九字，前段十一句四平韻，後段十句四平韻。平仄當遵之。

新鴈過妝樓・病

玉露金風韻　斜照裏、秋塘落盡芙蓉韻　等閑感冒。傷濕一葉飄蓬韻　兩腳無根還輾轉。三魂出竅枉朦朧韻　問孤鴻韻　怎生辨得。南北西東韻

倚窗不堪久竚。待屈身臥榻。如蕩蒼穹韻　過關斬將。雲長立馬橫空韻　依稀

有聲喚取。恰更漏遲遲迢遞中韻　強撐起。把元神凝聚。采藥詩叢韻

《新鴈過妝樓》又名《雁過妝樓》、《瑤臺聚八仙》、《八寶妝》、《百寶妝》。雙調九十九字，前段九句六平韻，後段十句四平韻。另有別體三。

月華清·夜禪

神智昏沉。肌膚疼痛。小樓偏又聽雨韻　吟友關情。策勉斷腸孤旅韻　有日課、貴在修持。臨素節、也須呵護韻　遲暮韻　況流光似水。鬢霜無序韻

點閱詩餘舊譜韻　信國粹傳承。道心追溯韻　物我相諧。天籟復歸東土韻　縱拼卻、一世衷襟。當挑破、幾重煙霧韻　知否韻　棄名韁利鎖。自通津渡韻

《月華清》調見《空同詞》。雙調九十九字，前段十句五仄韻，後段十句六仄韻。

國香·聽秋汛

淫雨紛紛韻　奈遼東漲水。桑梓驚魂韻　問他上蒼何事。不恤黎民韻　下種

春寒已晚。入秋來、又少晴曛韻 田禾苦洪澇。大好河山。慘淡愁雲韻 萍蹤催白髮。剩懷鄉念舊。老淚沾巾韻 冷窗殘漏。陰氣煞是傷人韻 試想三農日子。少收成、怎建新村韻 還須會天理。蘊養生機。固本強根韻

《國香》又名《國香慢》，周密詞自注夷則商。雙調九十九字，前段十句五平韻，後段十句四平韻。另有別體一。

飛龍宴·記夢

嵐煙夾徑浮。山花馥鬱。溪流清淺韻 過雨飛虹。望中斜照如染韻 一曲漁舟唱晚韻 便惹得、野禽鳴囀韻 拾階信步。嘉林蔭翳。老井籬笆院韻 梁燕韻 還似曾相見韻 用呢喃情話。把春裁剪韻 翠滴芳洲。小橋述說悠遠韻 村酒粗茶淡飯韻 有詩書、不須羈絆韻 四時運轉韻 頻教樂土開生面韻

《飛龍宴》宋媛蘇小孃製。雙調九十九字，前段十句五仄韻，後段十句八仄韻。平仄一定。

御帶花·別了，淫雨

庚寅秋汛真如虎。噬齧多少田宅韻　轉晴聞報。竟望洋興歎。向天行揖韻　緊閉雙眸。不忍睹、江南塞北韻　瘡痍滿、山河落淚。無意更揮斥韻　明年終將米貴。務遏止居奇。警惕囤積韻　臥薪嘗膽。且勸課耕桑。與民休息韻　四面清風。漸又把、九州潤澤韻　瘟神退、生機一派。待我振雲翼韻

《御帶花》僅見歐陽修一詞。雙調一百字，前段九句四仄韻，後段十句四仄韻。平仄當遵之。

定風波慢·長江

得真源、唐古拉山。冰川孕育氣概韻　縱貫乾坤。橫浮禹域。飛下雲霄外韻　舞神龍。飄玉帶韻　九曲回腸向東海韻　豪邁韻　裂三峽絕壁。奔騰澎湃韻　濁沙任淘汰韻　納氤氳、萬古雄風在韻　響漁歌。更把文明潤化。詩國聽

天籟韻　趁斜陽。歸欸乃韻　魚米豐收渡頭賣韻　時代韻　勇往直前。煙波流彩韻

《定風波慢》雙調一百字，前段十一句六仄韻，後段十一句七仄韻。另有別體三。此調一百字者，柳永詞注林鐘商，張翥詞注商角調；一百五字者，柳永詞注夾鐘商。

芳草・歎寂寥

白雲高。邊風初爽。離人夢斷西窗韻　故園三百里。也知秋汛了。霧茫茫韻

省親歸未久。惹相思、永漏難當韻　染小恙、蹉跎幾日。涕淚還長韻

流光韻　偏能欺老病。飛鳴鏑、轉瞬青黃韻　稻糧將欲熟。短籬憐菊冷。缺月

殘塘韻　階前飄一葉。撫幽懷、還醉孤觴韻　恨日出、今年又減。枉自彷徨韻

《芳草》又名《鳳簫吟》。雙調一百字，前段十句四平韻，後段十句五平韻。另有別體四。

念奴嬌・渤海明珠

爽風拂面。醉蘆花深處。河蟹肥時韻　碧海紅灘翔白羽。稻香斟滿金杯韻

濕地新城。盤蛇古驛。雁字寫霞暉韻　天邊帆影。望中油井參差韻　遼口魚米流膏。真情宴客。有誰不相思韻　五點如今連一線。環狀經濟騰飛韻

皓月當空。雲煙入畫。諧趣步瑤池韻　水鄉饒野。夕陽牧笛橫吹韻

《念奴嬌》雙調一百字，前後段各十句，四平韻。另有別體十一。此調分平韻、仄韻兩式，以仄韻者為常見體式。《碧雞漫志》云：大石調，又轉入道調宮，又轉入高宮大石調。姜夔詞注：雙調；元高拭詞注：大石調，又大呂調。又名《大江東去》、《酹江月》、《赤壁詞》、《酹月》、《壺中天慢》、《大江西上曲》、《太平歡》、《壽南枝》、《古梅曲》、《湘月》、《淮甸春》、《白雪詞》、《百字令》、《百字謠》、《無俗念》、《千秋歲》、《慶長春》、《杏花天》。

解語花・小路

才分野色。又得林蔭。泉石憐芳草韻　幾多情調韻　通幽處、滴露凝煙鳴鳥韻　布衣襟抱韻　都付與、雪泥鴻爪韻　歸去來、風雨人生。坎坷知多少韻　散慮逍遙最好韻　趁癡心還在。機緣未了韻　為花寫照韻　行吟趣、綠水青山不老韻　都曾跌倒韻　爬起後、無須計較韻　長短亭、莫負斜暉。日子閑中釣韻

《解語花》王行詞注：林鐘羽。雙調一百字，前段九句六仄韻，後段九句七仄韻。另有別體二。

遶佛閣・小女生辰日記

俏皮稚氣韻　平白忽問。今日端底韻　都怪老矣韻　更搔鬢雪、飛梭織憔悴韻　小家不寐韻　時在癸亥。懷抱秋季韻　蓬蓽生喜韻　七斤三兩。聞啼也陶醉韻　一脈好傳承。帶露芙蓉嬌蘸水韻　眉目可人、分明曾識記韻　十月便能言。桃靨榴齒韻　未諳羅綺韻　注定出寒門。虧了蘭桂韻　又良宵、漏聲迢遞韻

《遶佛閣》調見《清真樂府》。雙調一百字，前段十一句八仄韻，後段九句六仄韻。

渡江雲・寫生

高風吹雁字。東籬露重。疏菊識陶家韻　過小橋流水。曲徑通幽。茅屋掩桑麻韻　扁舟釣影。楊柳岸、夕照歸鴉韻　三兩片、階前落葉。蓮老更無花韻

蒹葭韻　乍睇晴翠。又抱澄塘。恰閑中造化叶　得悠然、亭邊別浦。

天際流霞韻　丹青不厭孤煙遠。縱目處、還是雲崖韻　狂客去、松間誰弄琵琶韻

《渡江雲》又名《三犯渡江雲》。雙調一百字，前段十句四平韻，後段九句一叶韻四平韻。另有別體二。

臘梅香·聽秋

冷入孤衾。奈燭影依稀。菊籬暗淡韻　客舍浮雲外。恰漏殘人老。夢回簾卷韻　數著窗櫺。憐隻影、不堪歸雁韻　大澇年頭。田園萎靡。稻粱低產韻　杯酒酹桑麻。算三農最苦。更待誰管韻　物價凭空漲。錢貶值、炊煙也興歎韻　落葉無聲。霜欲降、須知秋晚韻　默禱蒼天。關情社稷。除惡揚善韻

《臘梅香》雙調一百字，前段十一句四仄韻，後段十句四仄韻。另有平韻體一。

大椿·拾與失

人苦多情。天分四時。漂泊蹉跎遲暮韻　殘照臥衰草。望故園雲樹韻　幽徑先知秋意冷。揀不盡、黃葉無數韻　癡心總被夢欺。又把流年辜負韻　風

吹鬢雪思欲凝。守著素懷。滯了津渡韻　奈我煙蓑命。剩餐英飲露韻　長亭萍水相逢後。信前緣、還成孤旅韻　得失由之。聽飛鴻、向誰言語韻

《大椿》僅見曹勛一詞。雙調一百字，前後段各九句，四仄韻。平仄當遵之。

八音諧·柳

驚蟄已初黃。霜降還深綠。含煙凝霧韻　穀雨燕開剪。恰裁成飛絮韻　高節耐得輕寒。弄嫵媚、柔情羞越女韻　惹晚照、借鱗波釣影。垂絲攜侶韻　塞北江南好拂風。遣閬苑瓊閣。頓生佳趣韻　三夏納蔭涼。繫扁舟津渡韻　曉來千百流鶯。便唱醒、紫霞甘露韻　奉勸折枝人。但物我、相呵護韻

《八音諧》僅見曹勛一詞。雙調一百字，前後段各九句，四仄韻。平仄當遵之。

絳都春·孤燭

孤衾永漏韻　奈襟抱尚存。青絲烏有韻　蕭索菊籬。缺月西窗秋風瘦韻　遙

天明滅披星斗韻　最難忘、少年時候韻　故園真趣。家山秀色。哪堪回首韻　知否韻　蓑翁況味。總還是、夢裏白駒馳驟韻　日課詩書。多病無緣重把酒韻　凝煙濕露池邊柳韻　看黃葉、飄零依舊韻　一聲歸雁新涼。不禁咳嗽韻

《絳都春》蔣氏九宮譜注：黃鐘宮。雙調一百字，前段十句六仄韻，後段九句六仄韻。另有別體七。

琵琶仙・野調

流水高山。撫焦尾、怎奈知音稀缺韻　三尺弦斷誰聽。樓頭一彎月韻　香欲冷、東籬菊淡。倚欄處、雁聲凝咽韻　霧裏長亭。杯中故事。還是離別韻　剪殘燭、更箭遲遲。鬢絲白、幽懷不堪說韻　簾卷夢回時候。隔窗凋黃葉韻　追慎獨、天年遞減。被病欺、朽殼虛設韻　寄意縈繫詩餘。寸腸千結韻

《琵琶仙》姜夔自度黃鐘商曲。雙調一百字，前段九句四仄韻，後段八句四仄韻。平仄一定。

換巢鸞鳳・暮歸圖

斜影橋頭韻　歎邊村寂寂。逝水悠悠韻　塞雲沉夕照。斷雁困沙洲韻　荒年安得稻糧謀韻　正無緒歸漁空釣舟韻　風絲細。拂落葉、菊籬同瘦叶　涼透叶思濁酒叶　垂露荻花。和淚沾襟袖叶　暮靄依稀。遠山蕭索。凝滯桑榆時候叶　爭奈多情惱癡心。不堪生態難回首叶　攜秋聲。到柴門、夢入煙柳叶

《換巢鸞鳳》史達祖自製曲。雙調一百字，前段九句五平韻一叶韻，後段十一句六叶韻。此詞前段用平韻，結句叶仄韻，後段全叶仄韻，蓋本部三聲叶也。平仄一定。

東風第一枝・飲秋

夜話桑麻。閑觀物象。雅情斟滿樽酒韻　布衣三兩金蘭。醉影不分左右韻　家蔬得味。恰已近、中秋時候韻　這次第、一寸鄉心。雁字問君知否韻　搔更短、鬢霜雪綹韻　惜未了、夙緣懷袖韻　此生肝膽相通。底事歲年馳

驟韻　東籬疏菊。只對著、西園煙柳韻　莫去折、贈別長亭。草木日臻衰朽韻

《東風第一枝》蔣氏九宮譜注：大石調。雙調一百字，前段九句四仄韻，後段八句五仄韻。另有別體三。

高陽臺・歎年

露濕疏籬。煙籠遠浦。小窗人倚西樓韻　老柳還青。半邊月掛簾鉤韻　一枚黃葉凋殘夢。算幾天、又到中秋韻　費思量。無計安排。欠產年頭韻　低溫寡照傷南畝。怕團圓時候。欲說還休韻　虎嘯庚寅。眾災狂噬金甌韻　釣魚島外風雲亂。惹龍吟、國恨家仇韻　向清平。坎坷前行。更待良謀韻

《高陽臺》高拭詞注：商調。又名《慶春澤慢》、《慶春宮》。雙調一百字，前後段各十句，四平韻。另有別體二。

春夏兩相期・給程健老弟畫像

氣雄渾、遠山呼喚韻　神飛骨韻清健韻　筆走龍蛇。桑梓展開圖卷韻　須將心性寫春秋。縱使溪雲披肝膽韻　塞北秦城。天邊霞綺。露華歸雁韻　磨穿

登壇韻　搜入畫囊沉澱韻　物外禪機。不辭揮汗韻　獵八荒真意。革履端硯韻

直追經典韻　睿智癡情。璞玉渾金。釣譽沽名非人願韻　折桂有芳時。

《春夏兩相期》僅見蔣捷一詞。雙調一百字，前段九句五仄韻，後段十句五仄韻。平仄一定。

垂楊·西柏坡

運　試看毛蔣分成敗韻　柏影滹沱。自然風采韻　恰依山傍水。鄉村小寨韻

令世人青睞韻　三百晨昏。記豐碑、嶄新時代韻　走來個、籌帷幄乾坤改韻

莫因糖彈靈魂賣韻　杜漸防微。警鐘長在韻　赴京都趕考。全會諄諄告誡韻

空膜拜韻　想元勳、去也匆匆。焉能驕怠韻　第一步、長征萬里雖奏凱韻

《垂楊》調見陳允平《日湖漁唱》。雙調一百字，前後段各九句，六仄韻。另有別體一。

采綠吟·宿雨

夢　還客遼西韻　草堂衾薄。荒郊菊冷。月黑雲低韻　打落葉、永漏聽霖瀝。

回歸雁遠。中秋淚、老來總被天欺韻不思量。偏無緒。殘釭孤酒難醉叶千古頌良宵。知多少、離人辜負蟾桂叶懶得對吟箋。卻又枉凝眉韻任瀟瀟、沾濕重簾。將心曲、隨風到東籬韻追陶令。耕讀晏如。同加布衣韻

《采綠吟》僅見周密自度曲。雙調一百字，前段十句三平韻一叶韻，後段九句一叶韻三平韻。

長壽仙·降溫

忽覺窗寒韻正葉落霖淫。邊氣無邊韻鬢霜知潦倒。奈客路顛連韻攪動鄉心一片叶竹籬茅舍聽歸雁叶濁酒獨斟。對飄零老淚。慘淡荒年韻野菊含貞凝煙韻夢夕露沾衣。朝暉開卷叶按歌五柳東。負釣九溪前韻避棄浮名作踐叶布衣聊可加餐飯叶須不醒來。怕塵霾、又去汙染桃源韻

《長壽仙》僅見趙孟頫一詞。雙調一百字，前段十句四平韻兩叶韻，後段九句三平韻三叶韻。平仄當遵之。

雪夜漁舟・九一八

半邊月韻　照雨後秋山。降溫時節韻　殘曆碑前。懸鐘警世。辛未塞鴻凝咽韻　雁東人侵突韻　國恥日、萬家傷別韻　抗爭流浪。悲歌傾淚。九州淪缺韻　風吹落葉韻　不堪回眸處。怎生言說韻　兵諫槍聲。臨潼義舉。少帥也堪豪傑韻　舊仇未雪韻　大陸架、又遭攔截韻　消除寇患。收還南海。再朝天闕韻

《雪夜漁舟》僅見虛靖真人詞。雙調一百字，前後段各十一句，六仄韻。平仄一定。勘校：此調後段第一句第一字，《欽定詞譜》標作平聲疏誤，故依原詞「萬」字改從「仄」聲。

惜寒梅・遺懷

月上玄穹。漏初長、冷韻夢回都錯韻　萬縷千絲。斷續迷離撲朔韻　別時春暮數花落韻　長亭外、孤煙渺漠韻　流光彈指。四十三年。葉舟漂泊韻　閑雲付與野鶴韻　算人生幾何。不如醉卻韻　絃裏知音。白髮憑誰寄托韻　殘

荷疏菊費斟酌韻　掩老屋、竹籬柳陌韻　哪堪憔悴。還嗔恍惚。往事依約韻

《惜寒梅》調見《復雅歌詞》。雙調一百字，前段九句五仄韻，後段十句六仄韻。平仄一定。

惜花春起早慢·敲秋節

又三更。雨敲窗、點點滴滴曾識韻　新涼舊心孤燭濁酒。岸柳籬菊禪寂韻
團圓節外。思故園、鬅鬙都白韻　夢依稀、不是少年人。黄葉蕭瑟韻
耕煙咫尺天涯。分一段塵緣。兩地邊驛韻　蓑翁淺吟獨釣。慣飄泊、去來舟
楫韻　歸真返璞。須放懷、溪山泉石韻　鳥投林、浪淘沙。萬類相生相惜韻

《惜花春起早慢》雙調一百字，前段八句四仄韻，後段九句四仄韻。平仄當遵之。

鳳歸雲·中秋

倦遊人。薄衾夢斷怨窗寒韻　少小別離。誰與共嬋娟韻　爭奈鄉心。都入濁
酒。不敢望遥天韻　料得一聲啼曉。三秋垂露。菊籬還上孤煙韻　已飛

黃葉。又染銀絲。關河杳漠。津渡遐荒。雁字空寥廓、寫雲箋韻 思欲凝時。韻未工處。總是漏初殘韻 了卻舊愁新恨。宦塵浮譽。散懷流水高山韻

《鳳歸雲》唐教坊曲名。雙調一百一字，前段十句四平韻，後段十一句三平韻。另有別體二。此調柳永《樂章集》，平韻一百一字者，注仙呂調；仄韻一百十八字者，注林鐘商調。

木蘭花慢・秋分

等長分晝夜。月如水、洗清秋韻 待下架葡萄。歸倉稻穀。不是豐收韻 澆愁韻 也無濁酒。奈何天慣了枉凝眸韻 孤燭應知老病。客懷還係淹留韻

飛簾鉤韻 欲掛還休韻 征雁去、懶回頭韻 恨冷香、攬得東籬露重。位卑上西樓韻 荒洲韻 荻花白遍。算只將殘夢付沙鷗韻 莫問明年願景。焉敢奢求韻

《木蘭花慢》《樂章集》注：高平調。雙調一百一字，前段十句五平韻，後段十句七平韻。另有别體十一。

彩雲歸・漁父

煙蓑雨笠釣蘅皋韻　任萍蹤、散慮逍遙韻　明月來露濕蒹葭影。餐菊色、下酒持螯韻　惹鷗鷺、也圖同醉。飲長河一瓢韻　值此際、萬千塵念。索性都拋韻　聽潮韻　權當鼓樂。把天星、灑向林梢韻　慧根始信。超脱三界。不在蓬蒿韻　且笑他、功名利祿。夢覺黄葉還飄韻　移舟處。清籟寒汀雁字雲霄韻

《彩雲歸》《宋史・樂志》：仙呂調；《樂章集》注：中呂調。雙調一百一字，前段八句五平韻，後段十句五平韻。此調僅見柳永一詞，無别首宋詞可校，平仄當遵之。

滿朝歡・樵夫

無語溪山。有情花鳥。風霜雨雪磨礪韻　揀得寒枝朽木。堪換魚米韻　榮枯

看盡。有天籟入歌。生機呈瑞韻 踏月息肩。聞雞起舞。孤煙搖曳韻
蓑笠參詳物象。也共斜陽。演繹雲蒸霞蔚韻 手中老繭。不受浮名支使韻
千縷銀絲。幾多幽夢。訴說陳年舊事韻 走出昨日塵霾。期許還歸桑梓韻

《滿朝歡》《樂章集》注：大石調。雙調一百一字，前段十一句四仄韻，後段十句四仄韻。另有別體一。

桂枝香·夢痕

背來不哭韻 尿祖母旗袍。佯眯雙目韻 躍進鄉間氣象。滿山人畜韻 樹皮剝盡炊無米。問蒼天、怎生填腹韻 打柴擔水。雷鋒好事。少年歸牧韻
別故井、風餐露宿韻 客津驛盤蛇。飛鳥相逐韻 漏雨茅廬。顛沛可憐耕讀韻 也來復考仍懸念。詫寒門學子榮錄韻 布衣還破。霜絲已冷。但吟殘燭韻

《桂枝香》又名《疏簾淡月》。雙調一百一字，前後段各十句，五仄韻。另有別體五。

錦堂春慢・思痛

月射簾旌。寒侵燭影。風來落葉敲窗韻 過了秋分時候。玉漏偏長韻 爭奈桑榆老去。好夢無計徜徉韻 料故園年景。已欠收成。卯缺寅糧韻 客懷徒有牽掛。歎生機不再。草木都荒韻 今歲焉能算得。多少彷徨韻 竭澤而漁手段。毀地脈、禍起蕭牆韻 吏治關乎家國。未雨綢繆。仔細參詳韻

《錦堂春慢》又名《錦堂春》。雙調一百一字，前後段各十句，四平韻。另有別體四。

喜朝天・金陵寄語

泊秦淮韻 歎商女笙歌。上苑樓臺韻 鑿斷龍氣。不能都國。嬴政安排韻 荒廢江山如畫。後庭花幾度惹陰霾韻 風水是、民心所係。焉可胡來韻 澄清吏治時候。看燕飛舟渡。重入詩材韻 十里香翠。百世古邑。好韻霞開韻

須問烏衣巷口。舉繁華、何事又堪哀韻　奢腐甚、王朝更替。休怨裙釵韻

《喜朝天》雙調一百一字，前段十句五平韻，後段十句四平韻。另有別體一。

翦牡丹・秋露

抱月殘荷。凝霜疏菊。嫁與黃葉飄影韻　衰柳含煙。恰苔濕人靜韻　楓丹一片鄉心。閑愁洗過。夢回也掃詩興韻　無計逃禪。惹簾幕都冷韻　可憐災後年景韻　點滴中、慘淒相映韻　征雁馭高雲。仙羽潔持應妒天命韻　入杯只共淚珠迸韻　況味如此。思醉卻還醒韻　寒茗韻　為旅吟苦澀。欺淩老病韻

《翦牡丹》雙調一百一字，前段十句四仄韻，後段十句七仄韻。另有別體一。

馬家春慢・秋暮

枯枿寒塘。野亭淺草。落葉邊風零亂韻　白了蘆花。送殘照浮雲征雁韻　遼口孤蓑釣影。小舟不知桑榆晚韻　欸乃歸遲載煙波。惹一灣蕭散韻　傾聽

自然呼喚韻 怕吹來朔氣。生態衰減韻 旅次欄杆。故園幽夢。無由排遣韻 多少蹉跎歲月。盡付與、倦遊杯盞韻 剩滿目凝癡。直恁悲欣參半韻

《馬家春慢》僅見賀鑄詞。雙調一百一字，前段九句四仄韻，後段十句五仄韻。平仄一定。

梅香慢・秋鴻

甘苦誰知。問萬里雲霄。一輪明月韻 九域分南北。最遠征時候。壯懷如鐵韻 有信高情。偏寄與、長亭傷別韻 已老蒹葭。還思水草。更辭黃葉韻

回首舊關山。想葳蕤生態。大好風物韻 轉瞬都凋歇韻 待力行恢復。火燒眉睫韻 夢裏桃源。等貴賤、平分涼熱韻 奈世間人。天涯轉徙。太多波折韻

《梅香慢》僅見賀鑄詞。雙調一百一字，前段十一句四仄韻，後段十一句五仄韻。平仄一定。

玉燭新·十月追遠

霜楓紅爛漫韻　乍數過中秋。露華清遠韻　曉來薄霧。連桑梓、一字橫空歸雁韻　輕搔鬢雪。抬望眼遐思無限韻　疏菊外、稻穀流金。炊煙向天揮翰韻

英雄血沃中華。算多少先驅。為民征戰韻　祖邦華誕韻　須記誦、馬背潤之詩卷韻　風雲變幻韻　談笑處乾坤旋轉韻　還告誡、如畫江山。提防蛻變韻

《玉燭新》雙調一百一字，前段九句五仄韻，後段九句六仄韻。另有別體一。

六花飛·遼河大橋通車

橫空出世。貫通南北。占一秋高爽韻　六道分行。任飆狂潮漲韻　索斜牽、雙墩照影。向大海。昭示人文驚心匠韻　舞長龍、經濟轉型。天塹入真賞韻

舟車萬噸過。不須遲滯。伴鶴翔鷗唱韻　舊盤蛇驛。正明霞流淌韻

惜上界牛女隔阻。只守著。亙古星河遙相望韻　問乾坤何日。協同開意象韻

《六花飛》僅見曹勛一詞。雙調一百一字，前後段各十句，四仄韻。平仄當遵之。

清風滿桂樓・濕夢

征鴻遠去韻　落木蕭蕭。寒衾夢回寒雨韻　簾外點滴聲。空瑟縮、清寥總歸孤旅韻　殘釭照鬢雪。這光景、同誰言語韻　肝腸亂、邊風又緊。不堪含咀韻

衰微正秋暮韻　欲醉村醪。知無杏花深處韻　時有冷香來。絃已斷、低吟也難成句韻　東籬少逸侶韻　韻都濕、凝癡北顧韻　長城外。桑梓還沉曉霧韻

《清風滿桂樓》僅見曹勛詞。雙調一百一字，前段九句五仄韻，後段九句六仄韻。平仄一定。

映山紅慢・換電視

直角純平。伴十載、朝花夕酒韻　奈忍痛更新。等離子薄。深秋時候韻

炎涼世態屏中秀韻　鬢飛霜寸丹依舊韻　家小兩遷徙。溫馨最是相守韻　今別去、須記前緣。黃葉落、流光馳驟韻　魂夢裏、萬千往事。老物焉能烏有韻　從頭撫摸生惆悵。雁南飛不堪回首韻　幾聲殘漏韻　歇寒雨、詞窮菊瘦韻

《映山紅慢》僅見元載詞。雙調一百一字，前段九句五仄韻，後段八句五仄韻。平仄當遵之。

真珠簾·東湖

熔金晚照參差水韻　偕秋爽。煙柳湖光晴霽韻　方外好垂綸。釣一蓑真意韻　敢問瑤池多少夢。乍隱約直教人醉韻　雁字韻　襯閑雲弄影。婆娑旖旎韻　凝睇韻　忘了桑榆。待輕搔鬢雪。功名盡棄韻　疏菊兩三枝。得淡然如此韻　踏遍青山應不倦。況更有小橋斜倚韻　流美韻　鳥歸飛、都入林中畫裏韻

《珍珠簾》雙調一百一字，前後段各十句，六仄韻。另有別體三。

曲江秋・高升森林公園

長林蔽日韻　恰塞外秋深。田間香溢韻　黄葉養怡。嵐煙拂動。豁然驅蕭瑟韻　聞說可賞逸韻　不如去。親嘗歷韻　風口千年。沙丘一片。上蒼憐惜韻　爽適韻　狂餐秀色韻　比高下、烏巢鵲宅韻　苔痕連野寺。通幽小徑。甘露凝還滴韻　觸物自興懷。癡人卻被詩情激韻　忽了悟。芸芸衆生。草木也關家國韻

《曲江秋》韓玉詞注：正宮。雙調一百一字，前段十二句六仄韻，後段十一句六仄韻。另有別體一。

翠樓吟・稻埂秋心

頃畝流金。炊煙釀露。斜陽小橋流水韻　開鐮雖太晚。也須一杯朝天酹韻　談何容易韻　寡照更低溫。桑麻牽累韻　庚寅事韻　斷鴻凝咽。不堪回味韻

為底韻　乾旱西南。玉樹還強震。百罹無已韻　暴洪狂肆虐。毀鄉邑瘡痍千里韻　倭刀侵恣韻　仗老美淫威。高新科技韻　黃龍起韻　滌除汙垢。勵精圖治韻

《翠樓吟》姜夔自度夾鐘商曲。雙調一百一字，前段十一句六仄韻，後段十二句七仄韻。平仄一定。

霓裳中序第一・寒露

西窗冷朔月韻　斷續邊風應未歇韻　衰草更披落葉韻　恰來菊去鴻。暮秋時節韻　霜侵鬢髮韻　古渡頭疏柳輕拂韻　燒殘燭。一杯濁酒。借得幾分熱韻　筋骨韻　已同虛設韻　舊夢短鄉音又缺韻　悲欣無處訴說韻　恨上簾鉤。淚下眉睫韻　薄衾寒似鐵韻　算只有吟懷激烈韻　東山遠。煙凝淩曉。太白任明滅韻

《霓裳中序第一》雙調一百一字，前段十句七仄韻，後段十一句八仄韻。另有別體二。

月當廳・訴秋

倏忽葉落長城外。殘釭永夜。煙鎖西樓韻　帶露夢回。新月不掛簾鉤韻　閑

置案頭楮墨。怕柔毫、寫盡古今愁韻。正無奈。衰年心事。欲說還休韻

菱花也厭青絲改。入妝奩、哪堪相對凝眸韻。慣了別離。生就寂寞沙鷗韻

歸雁一聲七絃斷。寄情千里忍淹留韻。桑梓遠。知音少。剩逝水悠悠韻

《月當廳》史達祖自度曲也。雙調一百一字，前段十句四平韻，後段九句四平韻。平仄一定。

壽樓春・東坡漫筆

誰牽黃擎蒼韻。獵千秋翰墨。蘇世文章韻。一瀉鴻儒胸臆。浩如長江韻。多

貶謫、知炎涼韻。賦錦箋、淋漓肝腸韻。信大氣淩雲。微觀入理。悲喜又

何妨韻。親民事。憐湖光韻。為山河寫照。青史留芳韻。月有陰晴圓缺。

醉中參詳韻。臨赤壁。思周郎韻。任壯懷、飄然泱茫韻。最寒食行書。龍蛇

縱橫欺二王韻

《壽樓春》史達祖自度曲。雙調一百一字，前段十句六平韻，後段十一句六平韻。平仄一定。

秋色橫空・五更寒

秋意闌珊韻　正長空雁叫。永夜更殘韻　關河又是重陽近。離人分外無眠韻　千重水。萬里山韻　只換作、蕭疏黃葉天韻　剩有東籬菊露。枉自脩然韻　幽緒已沉斷絃韻　奈簾鉤新掛。曉月初彎韻　老來日子蹉跎甚。襟抱付與斜欄韻　盤蛇驛。倦客船韻　欲醉處、誰賒沽酒錢韻　料老杜當時。須也這般韻

《秋色橫空》僅見白樸一詞。雙調一百一字，前後段各十句，六平韻。平仄當遵之。

舜韶新・踏雨

黃葉飄零。嗔小徑侵寒。邊風吹雨韻　布衣折傘。沾濕應無礙。何堪孤旅韻　人比霜蓬老。這況味、還敲詩句韻　近重陽時候。曉來更傷秋暮韻　漱玉含真。三影牽情。三變凝愁。子瞻豪舉韻　大方欺我。枉作離騷客。前

緣辜負韻　安得追千載。共一堂、參詳高古韻　偏東籬菊瘦。貞蕤不諳宮羽韻

《舜韶新》僅見郭子正詞。雙調一百一字，前段十句四仄韻，後段十一句四仄韻。平仄一定。

西平樂・窗外

碧落如鉤曉月。夢斷征鴻去韻　塞北蕭疏一片。簾外淒涼滿地。黃葉凋零無助韻　柴門半掩。還向家山東顧韻　隔煙渚韻　搔鬢雪。餐菊露韻　又是登高時候。最怕回眸既往。宿命多離苦韻　怨不得、扁舟野渡韻　沙鷗願景。荻花顏色。空輾轉。枉凝竚韻　日課翻填舊譜韻　遭逢此際。都剩寒酸短句韻

《西平樂》又名《西平樂慢》。《樂章集》注：小石調。雙調一百二字，前段八句四仄韻，後段十三句六仄韻。另有別體六。

山亭宴・講座

讀鄉館傍圖書館韻　引鴻儒、淬成文苑韻　半月一開科。飲甘露、何須把

盞韻　下遼風物細參詳。得真意、同斟相勉韻　興廢鑒來人。拾翠羽、舒長卷韻　應邀韻裏說偏見韻　這緣分、也知不淺韻　唯恐誤騷壇。度只有、披肝瀝膽韻　思量回報已多時。況國粹、自當流衍韻　勝境待登臨。且忘卻、桑榆晚韻

《山亭宴》僅見張先一詞。雙調一百二字，前後段各八句，五仄韻。平仄當遵之。

望春回・夢斷

枕衾似鐵。奈客懷已寒。秋意還促韻　幽夢到童年。共百鳥相逐韻　歸鴻三更偏喚醒。這生趣、直是難恢復韻　鬢霜搔短。遠山不見。又斟孤獨韻

凝癡漏聲斷續韻　對昨夜重簾。今日殘燭韻　誰與話衷腸。問清露疏菊韻　韶光總被偷換去。剩風吹落葉黃摧綠韻　寂寥時候。難拼一醉。怨煞東旭韻

《望春回》僅見李甲一詞。雙調一百二字，前段十句四仄韻，後段十句五仄韻。平仄當遵之。

水龍吟・重陽

漫山斜照燒紅葉。遠近征鴻歸鳥韻　金風送爽。黄花凝露。不知人老韻　佳境登臨。故園回望。盡成吟草韻　勸野橋溪水。長亭醉客。無須為、流光惱韻

秋實相期更好韻　舉耕桑、鬬乎溫飽韻　騁懷時候。刪繁就簡。炊煙裊裊韻　片月飛來。紫雲如畫。俗喧都了韻　問扁舟泊處。樓臺掩映。寒砧誰擣韻

《水龍吟》又名《豐年瑞》、《鼓笛慢》、《龍吟曲》、《小樓連苑》、《莊椿歲》。姜夔詞注：無射商，俗名越調。雙調一百二字，前段十一句四仄韻，後段十一句五仄韻。另有别體廿四。

鬬百草・遼寧氣象學入冬同比提前五日

朔氣蕭森。歎年氣象冬來早韻　萬木凋零。百般無奈。霜降竟然未到韻　菊

籬前、對白浦蘆花。紅灘城草韻　問一字歸鴻。三秋落日。是誰欺老韻
關念耕桑日子。成本追增。家計御寒須備好韻　厚絮綿衣。廣藏柴米。舊茅屋、溫馨可保韻　庚寅事。爭忍回眸數多少韻　守宗廟韻　喚良知、肅貪抑躁韻

《鬬百草》雙調一百二字，前段十句四仄韻，後段十句五仄韻。另有別體一。

石州慢·搶救

呼吸機鳴。醫護去來。妻侄昏厥韻　床頭導管噴紅。腦干腹腔流血韻　人當不惑。女兒乍上高中。天教魂命懸霜月韻　親眷共沾襟。歎時空凝咽韻
衰竭韻　已知無望。還盼回生。哪堪夭折韻　冷透三更。白髮青絲離別韻　向誰埋怨。飲食也轉基因。八荒汙染爭開掘韻　魔怪亂紛紛。任貪贓吞齧韻

《石州慢》又名《柳色黄》、《石州引》。《宋史·樂志》：越調。雙調一百二字，前段十句四仄韻，後段十一句五仄韻。另有別體五。

上林春慢·霜凍

落木凝寒。衰草結霜。瑟縮冷冬伊始韻　朔塞雁飛。東籬菊瘦。斜欄不堪孤倚韻　曉星寥落。野煙遠、海天沉滯韻　有沙鷗。正夢斷荻花。魂牽雲水韻

望長城、也思砥礪韻　行吟處、總為胸中塊壘韻　大河縱橫。高山跌宕。氤氳向誰開閉韻　萬千願景。任飄轉、去留無意韻　到頭來。累塵幻、一貧如洗韻

《上林春慢》《宋史·樂志》：中呂宮。雙調一百二字，前段十一句四仄韻，後段九句五仄韻。另有別體一。

宴清都·永夜

正歎知音少韻　西窗冷。薄衾欺煞人老韻　流年似水。韶光入夢。朔雲冬

早韻　歸鴻喚醒霜天。對短燭、癡心未了韻　有片月、也借蘆花。邊風向海呼嘯韻　回眸半世萍蹤。幾多飄轉。都為溫飽韻　閑情楮墨。壯懷金石。寂寥吟草韻　信無身外長物。欲花甲、只爭分秒韻　覓真源、隱隱關山。悠悠古道韻

《宴清都》又名《四代好》。雙調一百二字，前段十句五仄韻，後段十句四仄韻。另有別體八。

慶春宮・倚欄

菊冷疏籬。雲浮遼海。荻花亂煮斜陽韻　枯草荒汀。邊風衰柳。秋意寫盡殘塘韻　雁飛天遠。近煙渚、孤舟滯航韻　一灘鷗鷺。驚起徘徊。不是瀟湘韻

幽心付與離傷韻　難遣蹉跎。人老珠黃韻　半掩柴扉。與誰待月。爭奈淡淡清霜韻　少年襟抱。似落葉、凋零朔方韻　韻中憧憬。物外真遊。都醉壺漿韻

《慶春宮》一名《慶宮春》。雙調一百二字，前段十一句四平韻，後段十一句五平韻。另有仄韻體一。

憶舊遊・出山

記弟兄東顧。車馬西行。花落春殘韻 過嶺還垂淚。漸斜陽古道。望斷鄉關韻 家犬哪堪辭別。相送幾重山韻 奈倦鳥歸巢。離人投店。兩地炊煙韻

童年韻 客遼口。恰城土塵揚。「文革」聲喧韻 平房乾打壘。怕淫霖棚漏。大雪窗寒韻 捕魚摸蟹時候。應恨讀書難韻 算卌二周星。桑榆一夢霜滿天韻

《憶舊遊》又名《憶舊遊慢》。雙調一百二字，前段十一句四平韻，後段十一句五平韻。另有別體五。

花犯・霜降寒燈

露都凝。邊風又歇。樓頭月如水韻 可憐寒蕊韻 還守望東籬。枉自憔悴韻 蕭蕭落木淒涼地韻 秋深傷旖旎韻 剩五柳、拼將老綠。參詳陶令意韻

桑榆夢了冷衾知。聲高雁陣遠。鄉心撕碎韻 搔鬢雪。空悲切、也難成醉韻

徘徊久、只因漏永。費思忖、吟鞭無處指韻　但踏破、五更時候。雞鳴人不寐韻

《花犯》又名《繡鸞鳳花犯》。雙調一百二字，前段十句六仄韻，後段九句四仄韻。另有別體三。

倒犯·落葉寄語

命薄、作山川嫁衣。總歸枯槁韻　今冬又早韻　飄零處、任風吹掃韻　殘秋瑟瑟、應羨蘆花披霜縞韻　露冷奈愁何。冰凍無深窈韻　骨雖寒。夢難了韻
黃綠輪回。造化相生。蕭疏還企禱韻　本是一抔土。待春暖。肥勁草韻　舉大義、天知曉韻　舍身形、功名休計較韻　最日薄疏林。霞影歸鴻杳韻　望中煙嫋嫋韻

《倒犯》又名《吉了犯》。雙調一百二字，前段九句六仄韻，後段十一句六仄韻。另有別體二。

瑞鶴仙・添衣

陡霜飛葉落韻　天欲曉。缺月西沉夜幕韻　陰森懾魂魄韻　降冰溫。林草總先知覺韻　巢中喜鵲韻　兩相依、還赴舊約韻　想寒凝野渡。煙鎖家山。枉自蕭索韻　守望耕桑日子。自古柴門。褐衣單薄韻　灰頹網絡韻　吟殘夢。費斟酌韻　且加棉。最是秋冬交界。酸風偏襲老弱韻　況如麻雨腳韻　編織歉年冷漠韻

《瑞鶴仙》又名《一撚紅》。元高拭詞注：正宮。雙調一百二字，前段十一句七仄韻，後段十一句六仄韻。另有別體十五。

齊天樂・客鄉寄懷

西風殘照飛黃葉。天邊一聲歸雁韻　堿草紅時。蘆花白處。遼口霜凝秋晚韻　明霞似練韻　正濕地流金。油城開卷韻　稻穀飄香。持螯下酒足蕭散韻

隨緣堪慰到此。但存桑梓意。何患飄轉韻　北顧閭山。西臨渤海。經濟諧宜發展韻　鄉關不遠韻　況路網勾連。去來方便韻　老愛生機。大千同飽暖韻

《齊天樂》又名《臺城路》、《五福降中天》、《如此江山》。姜夔詞注：黄鐘宫。雙調一百二字，前段十句五仄韻，後段十一句五仄韻。另有别體七。

晝錦堂・寒塘

冷寂霜凝。凄零露結。碎影須比荷殘韻　夕照欲梳衰柳。卻煮平煙韻　爭奈牽牛花亦落。哪堪臨水菊猶寒韻　疏籬外。幾點歸鴉。枯枝一陣囂喧韻　家山韻　望已斷。還竚立。空濛都注辛酸韻　只怨擔當托累。改了朱顏韻　老來誰與同樽酒。夢回枉自數餘年韻　思量是。星命合該如此。秋意闌珊韻

《晝錦堂》雙調一百二字，前段十句四平韻，後段十一句五平韻。另有别體四。

氏州第一・爽兮

南畝收秋。東籬吐菊。長天雁去聲杳韻　欸乃歸舟。悠揚牧笛。漁浦蘆花

夕照韻　紅海灘頭。戀晚景、流煙飄渺韻　萬古遼河。千年故事。一川魚鳥韻　醉去誰知人已老韻　也休管、庚寅霜早韻　腹有詩書。心無雜念。不為功名擾韻　倚斜欄、思梓里。須還是、楓丹正好韻　寄望關山。總相宜、風清月皎韻

《氐州第一》又名《熙州摘遍》。雙調一百二字，前段十一句四仄韻，後段九句五仄韻。另有别體一。

花發狀元紅慢・夢象

虹飛雨霽。柳暗花明。少南北行客韻　煙凝露滴韻　樾蔭下。最愛香風時襲韻　也為溫飽忙。蜂去蝶來勞尋覓韻　有黃鸝。唱大千金曲。不敢橫笛韻

轉過雲山溪水。一縷炊煙。幾株唐柏韻　半掩柴門。對老宅韻　出迎者、鬢髮都白韻　杖黎還養素。留戀處詩書耕織韻　仰高真。奈小可學疏。

仙俗相隔韻

《花發狀元紅慢》僅見劉几一詞。雙調一百二字，前後段各十一句五仄韻。平仄當遵之。

戀芳春慢・蘆花

疏菊披霜。野楓著色。管他黃葉凋淪韻　水曲時風。舞動素練祥雲韻　卷起千堆雪浪。雁過也、不用傷神韻　搖曳處、欸乃歸舟。夕照翔羽潛鱗韻

青天白絮。淡煙堿草。明霞掩映。秋浦鋪陳韻　濕地關情。獨領一片乾坤韻　摘得香絨幾許。插清供、蓬蓽藏珍韻　誰知曉、貞韻孤標藹然。憐煞佳人韻

《戀芳春慢》僅見万俟詠詞。雙調一百二字，前段九句四平韻，後段十句四平韻。平仄一定。

瑤華・與寶海弟談及重訪海南事

西風落葉韻　朔氣凝霜。恰暮秋時節韻　殘陽衰草。歸雁遠、漫道雄關如鐵韻

天涯海角。可曾記、當年明月韻照椰林、煙影飛花。也似白山飄雪韻誰知往事依稀。縱舊夢能回。難卻華髮韻韶光不再。潮有信、還念遐情飛楫韻擇機南下。只怕是、重添離別韻更哪堪、生態全非。舞榭歌臺層疊韻

《瑤華》又名《瑤華慢》。雙調一百二字，前段九句五仄韻，後段九句四仄韻。另有別體一。

湘春夜月・零點

夢初回。小窗深鎖凝煙韻熱網響動樓臺。聽正點開栓韻已是歎年霜早。又冷冬來襲。頓覺衣單韻奈褐衾屈膝。邊風落葉。何以隨緣韻低溫寡照。收秋滯後。供暖提前韻仔細思量。期許有、太宗三鏡。重照人寰韻民生社稷。係本根、須大於天韻好日子。任河封地凍、長城不倒。

茅舍無寒韻

《湘春夜月》黃孝邁自度曲。雙調一百二字，前段十句四平韻，後段十一句四平韻。平仄宜當遵之。

曲遊春・冷霧

混沌還迷漫。信陌頭楊柳。都鎖煙冪韻 古道長亭。送九霄歸雁。兩無蹤跡韻 昨夜風聲息韻 渤海外、八荒沉溺韻 想大千、本是虛空。休問怎生尋覓韻

冷寂韻 孤舟蓑笠韻 正幽夢回時。離緒難抑韻 欲醉村醪。奈他鄉倦旅。囊中羞澀韻 雙鬢經霜白韻 怕老去、只爭朝夕韻 寄意百里蘆花。幻塵拂拭韻

《曲遊春》雙調一百二字，前段十句五仄韻，後段十一句七仄韻。另有別體二。

竹馬兒・夜吟

臨歌管樓臺。華燈閃爍。馬龍車水韻 歎行商博彩。風流宴樂。豪門彌侈韻

不覺落葉敲窗。飛霜拂檻。冷侵桑梓韻　誰為布衣謀。想東籬。疏菊凝煙憔悴韻　好地爭開發。田園萎縮。子孫牽累韻　貪奢桀詩無忌韻　揚善談何容易韻　慣了唱後庭花。友邦驚詫。翁隼遭刪棄韻　今宵有酒。料也難成醉韻

《竹馬兒》又名《竹馬子》。此調始自柳永，《樂章集》注：仙呂調。雙調一百三字，前段十二句四仄韻，後段十句五仄韻。另有別體一。

長相思慢・升溫

步小陽春。循長亭路。籬外煙暖寒英韻　餘霞散綺遠浦。蘆花搖曳。鷺影娉婷韻　柳色還青韻　立橋頭照水。鵲喜鶺鴒韻　忘了凋零韻　好山川、四季殊形韻　共時序悠遊。剩有童年舊夢。不算伶仃韻　風雲運轉。雪雨輪回。各具章程韻　人文小道。順天心、家國中興韻　大自然、無盡神力。恩威澤被蒼生韻

《長相思慢》《樂章集》注：商調。雙調一百三字，前段十一句六平韻，後段十句四平韻。另有別體三。

雨霖鈴・春宵

東風殘雪韻 透窗涼意。付與新月韻 重簾漫卷心曲。熬乾燭淚。還難將歇韻 袖裏陳箋碎事。共牛女明滅韻 這況味、虛籟空寥。撚斷虯鬚百千節韻 逃荒古道音塵絕韻 抱枯笻、老骨敲砧鐵韻 孤舟未許流俗。爭奈我、布衣情結韻 漏箭遲遲。衾枕雖溫。夢又揮別韻 念柳七、霜鬢輕搔。永夜何由徹韻

《雨霖鈴》又名《雨霖鈴慢》。唐教坊曲名，柳永《樂章集》，屬雙調。雙調一百三字，前段十句五仄韻，後段九句五仄韻。另有別體二。

還京樂・濕地生態有話說

大遼口。崛起新區徙治求福祉韻 奈千秋生態。一方魚鳥。都遭牽累韻 向

海撈油水韻　轉型論自空間始韻　這地脈。須合打造。威尼斯市韻　謬迂無比韻　下恁高成本。癡人說夢。徒將物華浪費韻　思量政績和民。順天然、莫違崇軌韻　感英明、動議駁回時。悲欣不已韻　把盞中宵後。短籬疏菊同醉韻

《還京樂》唐教坊曲名。雙調一百三字，前後段各十句，五仄韻。另有別體五。

雙頭蓮・陽月

一點殘陽。幾枚霜葉。寒浦荻花。征鴻倦影。古道驛亭。朔日晚風蕭瑟韻　草堂側韻　陶菊柴籬。昏鴉衰柳。溪石作橋。邊聲亂耳。薄暮野煙。直是無顏色韻　水雲隔韻　將舊山望斷。難開茅塞韻　濁酒孤斟。素箋重理。老驥不堪鞭策韻　流年提速。願景羈遲。失魂落魄韻　這行次。縱多

情。奈總似科謫韻

《雙頭蓮》雙調一百三字，前段十三句三仄韻，後段十二句五仄韻。另有別體三。

憶瑤姬・十三年前記憶

拂曉巫峰。行雲帝女。誰教短夢蘇醒韻　吟誦高唐情話。但見江影韻　輕舟碾碎波千頃韻　只憾未得襄王命韻　霧朦朧、兩岸猿聲。峽深更知水冷韻　憶想巴渝覽勝韻　每沾襟時候。幽緒馳騁韻　爭奈滿頭飛雪。不堪遊幸韻　忍將往事當憧憬韻　好山川、總相敦請韻　莫承諾、閱盡世間風物。無人答應韻

《憶瑤姬》又名《別素質》、《別瑤姬慢》。雙調一百三字，前段九句五仄韻，後段九句六仄韻。另有別體三。

安平樂慢・立冬雨

黑墨雲翻。勁風午過。寒林又哭凋傷韻　殘秋斂去。朔氣吹來。疏菊慘淡

枯黃韻　斷雁平沙。歎翎篁都濕。頋景空長韻　隻影久彷徨韻　無情最是流光韻　想舊日池臺。故園阡陌。心事誰與商量韻　彈指青絲改。一蓑霧水冷孤鶬韻　醉也凝愁。辜負了、耕夫楚狂韻　有蒼天、應憐庶類。不教陰穢囂張韻

《安平樂慢》雙調一百三字，前段十一句五平韻，後段九句四平韻。另有別體一。**勘校：**此調前段第十句第三字，《欽定詞譜》標平聲疏誤，今依万俟詠原詞「賣酒綠蔭旁」改用仄聲。查古人填词平声确有不得已用入声代者，然亦不能认为此处就是以入代平，盖因此调只有万俟咏和曹勛两首参校。曹词对应句「瑞色满三墀」，「满」字也是仄声。故从仄为妥。

望南雲慢・三遊洞

峽出西陵。匯萬里煙波。千古人文韻　神工鬼斧。造洞天福地。吞吐乾坤韻　元白歐蘇後。惹過客、爭相效顰韻　雅懷題記。勝處林泉。亦幻還真韻　消魂韻　暮別巴渝。朝臨楚界。雲帆到此開樽韻　隨緣醉去。愜嘉會前賢。夢影繽紛韻　至喜亭中坐。感物華、參詳絕倫韻　下牢溪曲。擊

鼓臺高。象外氤氳韻

《望南雲慢》僅見沈公述一詞。雙調一百三字，前段十一句四平韻，後段十二句五平韻。平仄當遵之。

情久長・寒夕

疏籬淡菊。霜凝曲檻香無主韻　拂落葉、晚風殘照。荒了津渡韻　歸鴉銜瘦影。怎耐得、三匝徘徊繞樹韻　剩寥寞、還思孝道。反哺隆恩。明大義、天知否韻　不管榮枯。枉自存期許韻　薄暮裏、瑣窗清寂。正合幽緒韻　怕回舊夢。少年事、終究都成過去韻　莫重演、青梅竹馬。牧笛漁歌。添白髮、傷孤旅韻

《情長久》調見《聖求詞》。雙調一百三字，前後段各九句，四仄韻。

西江月慢・采藤

離鄉育種。山水遠、稻花留客韻　三十六年前。瓊崖初闖。暖香時襲韻

望嶺頭、十里羊腸。雨林深處。竹樓新立韻　土灶臺、設在庭除。黎寨舊風習韻　世所罕、嵐煙浮暖碧韻　繞老樹、長藤百尺韻　容我閑中多采擷。野徑腰刀闢韻　到底是、未改童心。先迷方向。不知人急韻　算幾次、基地轉回天已黑韻

《西江月慢》雙調一百三字，前段十句四仄韻，後段八句五仄韻。另有别體一。

杏花天慢·伐檀

良種培育。黎寨羈旅。雲嶺采樵時節韻　密翳藏寶樹。最愛把、紅木黃檀偷伐韻　精工削刮韻　細扁擔、能挑風月韻　擀面杖、含蘊金光。絕勝小家尤物韻　誰教彈指瞬間。便生態衰頹。不堪言說韻　往事重反省。撫鬢霜、當罪無顔開脫韻　胡亂砍獵韻　也捕過、蛇鳥魚鱉韻　悔晚矣、羞對山

川。愴然哽咽韻

《杏花天慢》僅見曹勛一詞。雙調一百三字，前後段各九句，五仄韻。平仄當遵之。

探春慢·廣州亞運開幕式速寫

焰火珠江。廣州亞運。開篇詮釋精彩韻　遠古人文。如今意象。須惹五洲青睞韻　波影照樓船。一滴水、衍生天籟韻　廿年歡唱重逢。個中多少期待韻

大國擔當道義。振體育精神。英武豪邁韻　滿座高朋。共襄盛舉。走向復興時代韻　無寐先成夢。果然是、紫雲籠蓋韻　日出東方。看誰贏得初賽韻

《探春慢》一名《探春》。雙調一百三字，前後段各十句，四仄韻。另有別體四。

𠌥嫵·庚寅十月初八第一場雪

又層雲橫塞。朔氣凝冰。山水共迷漫韻　玉蝶侵天北。長城外。枯林衰草凌亂韻　曉雞脫懶韻　過五更、仍未啼喚韻　剩陶菊。獨抱淒寥意。問蕭瑟

誰管韻心顫韻渾身涼汗韻恨夢回時候。腰突重犯韻假藥難消痛。翻新譜。幽絃還縱哀婉韻健兒激戰韻亞運村、洋溢溫暖韻奈空對熒屏。人折桂、我癱軟韻

《瞀嫵》姜夔詞注：一名《百宜嬌》。雙調一百三字，前段十一句五仄韻，後段十一句七仄韻。另有別體二。

湘江靜·掙扎

腰病摧殘何太苦韻問華佗、怎生醫護韻流年似水。塵緣入夢。奈淒寒如許韻坎坷復蹉跎。對殘月、蓬舟孤旅韻林泉寄托。桑麻素襟。都成了、一團霧韻既已然。須不懼韻抱癡心、管他遲暮韻雲鵬遠想。煙蓑自勵。勝封侯千戶韻檢點舊山河。柴門外、小橋橫處韻疏籬菊影。平湖月色。漁磯釣賦韻

《湘江靜》一名《瀟湘靜》。雙調一百三字，前段十句五仄韻，後段十一句五仄韻。另有别體一。

金盞子・疼韻

永漏煎熬。恨夢回腰斷。折騰知覺韻　直欲索真魂。牙關緊。呼吸也難寬綽韻　信然久病良醫。少驅疼神藥韻　端的是。沒個可安排處。又將何若韻　淪落韻　剩軀殼韻　擔當事。偏同古人約韻　衰年幾多願景。休辜負。千秋韻語詞學韻　風霜雨雪修持。日課窮斟酌韻　天心在、爭奈不佑貧生。横加苛虐韻

《金盞子》雙調一百三字，前段十一句四仄韻，後段十一句六仄韻。另有别體四。

龍山會・腰病稍緩喜夢王師

擂響中軍鼓韻　萬馬奔騰。祭起降魔杵韻　天威安可侮韻　征討檄、國恨家仇重數韻　有債總須還。莫裝蒜、欺師滅祖韻　看如今。旌旗蔽日。神龍

伏虎韻 寰內海晏河清。如畫江山。好雨滋南畝韻 金童攜玉女韻 五百對、踏著慶雲歌舞韻 正擬醉桃源。夢回也、腰疼煙曙韻 問熒屏、廣州亞運。摘金多許韻

《龍山會》《虛齋樂府》注：商調。雙調一百三字，前段十句六仄韻，後段九句五仄韻。另有別體一。

春雲怨・冷韻

邊風古木韻 守一溪寒水。三秋疏菊韻 野徑已無人走。斷雁暮鴉相與宿韻 石上蒼苔。林間荒塚。為有嵐煙識幽谷韻 山月依稀。天星明滅。絕罄響泉瀑韻 柴門犬吠驚麕鹿韻 擁籬笆小院。誰家茅屋韻 耕讀漁樵遠塵俗韻 時序輪回。物我隨緣。不須忙碌韻 鄙棄功名。但求溫飽。慣了臥雲抱獨韻

《春雲怨》馮艾子自度曲，注：黃鐘商。雙調一百三字，前段十一句五仄韻，後段十句五仄韻。平仄宜當遵之。

昇平樂・站起來感覺真好

七日徒刑。也該期滿。容當活動腰肩韻　衰骨翻身。曦暉踱步。小窗擁抱青天韻　些須老病。抖征塵、躍馬關山韻　多坎坷。品人生旨味。風物奇觀韻　深謝八方垂念。更真元湧動。重把觴絃韻　鴻爪淹留。萍蹤聚散。吟魂砥礪彌堅韻　初衷不改。有擔當、如得田園韻　勤耕讀。醉春華秋實。美意延年韻

《昇平樂》僅見吳奕一詞。雙調一百三字，前後段各十一句，四平韻。平仄當遵之。

迎新春・霜晨

玉露冷更箭。碧落重歸三五韻　黃葉淹留處韻　菊還瘦、天將曙韻　傍蘆花、沙鷗白鷺韻　接驛道、衰草凝霜煙浦韻　朔氣安可阻韻　荒涼了、前朝津渡韻

薄衾欹枕。老病孤旅韻　雖有夢。不堪破碎如許韻　幽絃已斷空流水。掩重簾、擁隔平楚韻　算今生。多少時光都辜負韻　憐風裹飄絮韻　月下清影。硯邊殘句韻

《迎新春》僅見柳永一詞。《宋史·樂志》：雙角調；《樂章集》注：大石調。雙調一百四字，前段八句七仄韻，後段十一句六仄韻。平仄當遵之。

歸朝歡·小睡不再是奢求

不讓入眠應有日韻　更箭遲遲呼吸急韻　可憐筋骨一灘泥。間盤突出難將息韻　臥倒還坐立韻　終朝困倦雙眸濕韻　咬牙關。縱橫翻轉。臉比霜絲白韻　昨夜承蒙天顧惜韻　幽夢徜徉生兩翼韻　鼾聲斷續送瘟神。醒來身手凝真力韻　但能加飲食韻　自然恢復堪良策韻　莫求醫。按摩牽引。最是無些益韻

《歸朝歡》又名《菖蒲綠》。柳永《樂章集》注：夾鐘商。雙調一百四字，前後段各九句，六仄韻。另有別體一。

雙聲子·遺懷

曉霜侵月。葉舟浮水。牢落衰草寒汀韻　邊牆遺跡。蘆花疏影。遼口海闊潮平韻　憶唐王舊事。東指處、龍駕親征韻　循民意。固根本。貞觀家國中興韻

懲貪奢。須減傜薄賦。諧和萬類相生韻　江山綿亙。文明承續。掂量露重煙輕韻　對盤蛇古驛。狂客老、還夢崢嶸韻　飛來鬢雪蒼蒼。也裁一片新晴韻

《雙聲子》僅見柳永一詞，《樂章集》注：林鐘商。雙調一百四字，前段十一句四平韻，後段十句四平韻。平仄當遵之。

永遇樂·鄉賦

汀白蘆花。灘紅堿草。大遼河口韻　得勝碑前。盤蛇驛外。魚米皆天授韻　春風鶴至。秋田蟹滿。油氣礦藏豐厚韻　金三角、平川濕地。造化更鍾神

秀韻　抗聯義勇。國歌雄壯。第一槍驅倭寇韻　大帥捐軀。漢卿兵諫。父子應無朽韻　塞雲歸雁。長城入夢。往事問君知否韻　養生態、和諧萬象。放歌把酒韻

《永遇樂》又名《消息》。《樂章集》注：林鐘商。晁補之詞注：越調。雙調一百四字，前後段各十一句，四仄韻。另有別體六。

二郎神・企盼

重簾卷韻　曉窗外、天高雲淡韻　妒煞了枝頭雙喜鵲。纏綿處、小陽春暖韻　腰痛臥床憔悴損。八九日、還嗔腿軟韻　不出戶、幽懷浩邈。徒去強加餐飯韻　虛汗韻　周身乏力。臨池間斷韻　欲汲古、偏無修綆助。如輟學、元神都亂韻　調寄新詞多病句。算只剩、癡心一片韻　但祈禱蒼生。各得其宜。平寧康健韻

《二郎神》唐教坊曲名。《樂章集》注：雙調。又名《轉調二郎神》、《十二郎》。雙調一百四字，前段八句五仄韻，後段十句五仄韻。另有別體八。

傾杯樂・劉翔歸來

十座高欄。一枝飛箭。旋風掠影韻　兩年裏、韜光養晦。腳傷康復。健兒完勝韻　三連冠後還憧憬韻　壯懷驚世。記錄奪回同慶韻　不留遺憾。只待倫敦見證韻　汗血馬、縱橫馳騁韻　似古國文明、重覺醒韻　看亞運、寄望家邦。崛起東方九鼎韻　運實力、雙眸炯炯韻　惹鼇抃、人潮千頃韻　信禹域起龍吟。直趨昌盛韻

《傾杯樂》唐教坊曲名。一名《古傾杯》、《傾杯》。雙調一百六字，前段十一句五仄韻，後段八句六仄韻。此體柳永《樂章集》注仙呂宮。另有別體九。勘校：此調後段當為八句六仄韻，《欽定詞譜》題注「後段七句六仄韻」疏誤。

百宜嬌・朔風

已落寒楓。又凋殘菊。翻動塞雲千朵韻　玉蝶飛來。信鴻歸去。浪裏浮萍

顛簸韻長亭古道。算只有、騷人行過韻絕音塵、衰草朽林。舊時多少嘉果韻楊柳岸、渾無婀娜韻休怨鏡中花。剩些兒個韻正被霜絲。換了翠黛。幽韻誰堪酬和韻雲帆萬里。屈指處、徒燒心火韻不思量、夢也糾纏。老天欺我韻

《百宜嬌》僅見呂渭老詞。雙調一百四字，前段十句四仄韻，後段十句五仄韻。平仄一定。

月中桂·中國女手

颯爽英姿。看軍威振揚。攬擷明月韻橫空出世。報手球天下。韓流凋敝韻壯心應不屈韻二十載、艱辛跋涉韻多少悲欣淚。千錘百煉。神勇入風骨韻沙場點兵攻伐韻看王門主帥。擂鼓揮喝韻旌旗直指。是摘金時候。狂填新闋韻愛徒拋舉處。共一醉、重開笑靨韻縱目關山遠。

從頭再來誰可遏韻

《月中桂》又名《月中仙》。雙調一百四字，前段十一句五仄韻，後段十句五仄韻。另有別體二。

澡蘭香·憶軍營日子

花香襲夢。鳥語怡人。作息也凭畫角韻　椰風竹雨。露草兵營。綠水繞縈村落韻　闖天涯、黎寨躬耕。悠然漁樵逸樂韻　尋幾粒、優良稻種。田間修學韻

卅五年前往事。為搶農時。寄懷飄泊韻　瓊州翠影。客舍幽禽。絕勝沈園池閣韻　感鄉情、四野垂憐。朝夕晴煙綽約韻　轉瞬老、朔雪敲窗。雙眸渾濁韻

《澡蘭香》僅見吳文英一詞。雙調一百四字，前後段各十句，四仄韻。平仄當遵之。按：海南多當年「四野」部隊，悠悠鄉情，給予東北育種隊很多衣食住行方便。

宴瓊林·姥家記憶

林表上炊煙。襯獨院柴扉。山裏田稼韻　小溪水、只為一家流。閱盡春秋

冬夏韻　攀雲嶺。走羊腸。傍紅松白樺韻　畜禽多、散養何須喚。也悠然瀟灑韻　五里行程。過古洞南溝。緣坡而下韻　但見得、有人迎迓韻　恐甥徒害怕韻　鄉鄰遠、幽居世外。籬笆老、最知童話韻　朔風羈懷。夢回時候。鬅霜兩相亞韻

《宴瓊林》《宋史・樂志》：雙調。唐教坊曲名。雙調一百四字，前段十句四仄韻，後段十句五仄韻。另有別體一。

瀟湘逢故人慢・邊客

金風吹爽。凭扁舟一葉。弄影漁蓑韻　荻花送長河韻　對遼口斜照。浩淼煙波韻　紅灘堿草。戀明時、正惹行歌韻　釣千古、海隅風月。幽心到此平和韻　回眸處。關塞遠。想唐王、撫寧多少干戈韻　治不養癰痾韻　若無患貪奢。何患陰魔韻　生機欝盎。有鷗鷺、閑捕泥螺韻　衰年事、利名拋

盡。也堪抵補蹉跎韻

《瀟湘逢故人慢》調見《花庵詞選》。雙調一百四字，前後段各十句，五平韻。另有別體一。

惜餘歡・伏櫪

世無騕褭。未窮識大千。鬚髮先白韻　心事幾人知。笑疏野狂客韻　徒有擔當。更多積欠。守寒漏、奈最難將息韻　朔雲橫亙。酷霜亂飛。飽諳憔迫韻　飄零但凭短楫韻　任碾碎浮萍。荒悸行色韻　還是夢回時。歎桑梓遙隔韻　陳年吟債。偏欺老病。舊襟抱、剩一懷蕭瑟韻　怕聞焦尾。天風又歌。不容沉匿韻

《惜餘歡》黃庭堅自度腔。雙調一百四字，前段十一句四仄韻，後段十一句五仄韻。平仄當遵之。勘校：《惜餘歡》前段第九句第四字《欽定詞譜》標作平聲疏誤，故依黃山谷原詞「坐來爭奈」句，改作仄聲。填者辨之。

拜星月慢・田家

采菊東籬。鋤禾南畝。土布粗茶淡飯韻　一架葡萄。藉金風香遠韻　惹煙

柳。弄影、荷塘夕照流彩。草際鳴蛩相喚韻 總把桑麻。入當街神侃韻 有村童、鬥戲音塵亂韻 餞佳趣、踏月知歸晚韻 苞穀拔節聲中。閱家傳書卷韻 小柴門、最識幽人面韻 多閑適、泉石同蕭散韻 放懷處、已得桃源。更滋蘭九畹韻

《拜星月慢》又名《拜新月》。唐教坊曲名。《宋史・樂志》：般涉調。雙調一百四字，前段十句四仄韻，後段八句六仄韻。另有別體三。

綺寮怨・玄冬

塞外邊牆綿亙。凍雲千里凝韻 瀚海外、雪映蘆花。穹隆下、滴水成冰韻 群山銀蛇亂舞。霜風起、野陌憑縱橫韻 大關東、一片蒼茫。斜陽遠、還照長短亭韻 也擬不虛此生韻 煙蓑倦旅。硯田未輟躬耕韻 茅屋寒燈韻 參古意、寄癡情韻 思量夢中桑梓。空悵望、數歸程韻 松間鹿鳴韻 林泉

響天籟、誰與聽韻

《綺寮怨》調見《片玉詞》。雙調一百四字，前段八句四平韻，後段九句七平韻。另有別體二。

花心動・夢會東君

燕剪裁春。柳絲長、熏風只吹香絮韻　花氣襲人。池閣浮煙。郊甸踏青男女韻　小橋流水柴門外。巒波影、鴛鴦來去韻　載霞腳。扁舟欸乃。荻蘆津渡韻　慣看汀洲鶴舞韻　臨濕地、方知異禽難數韻　天趣盎然。生態諧和。漁雁忘懷羈旅韻　幽絃但得酬清韻。醉村釀、月華垂露韻　夢未了、平明一聲杜宇韻

《花心動》金詞注：小石調；元詞注：雙調。又名《好心動》、《桂飄香》、《上昇花》、《花心動慢》。雙調一百四字，前段十句四仄韻，後段八句五仄韻。另有別體八。

向湖邊・棲

暮鼓晨鐘。春花秋月。出入芒鞋竹杖韻　雨笠煙蓑。與閑雲遊往韻　遠俗

塵、耕讀漁樵。幽居林藪。便得天和昆閬韻 鳥獸蟲魚。寫丹青意象韻
問道逃禪。石澗聞泉響韻 紋枰試妙手。凭蒼松俯仰韻 偶閉柴扉。
拒豺狼卿相韻 借餘暉一抹茅簷上韻 籬笆院、露滴梧桐溫野釀韻 夢裏知
音。共醉中真賞韻

《向湖邊》江緯自製曲。雙調一百四字，前段十句四仄韻，後段十句六仄韻。

陽春・冬月初一

豔陽天。林蔭道。徐步一程三歇韻 終日忍淹留。思公務、每礙行路怨腰
脫韻 病中風月韻 空輾轉、幾多悲切韻 窗外冷韻千般好。今番也成虛設韻
奈慵理髭鬍、傷流景。憔悴損、寒生鬢雪韻 羈棲蹉跎夢老。出柴
門、蹀躞盤涉韻 應憐朗抱底節韻 瞬忽剩、桑榆衰骨韻 舊津渡、獨釣扁

舟影。誰睬快愜韻

《陽春》一名《陽春曲》。雙調一百四字，前段九句五仄韻，後段八句五仄韻。另有别體一。

送入我門來・晨吟

清曉星沉。寒鴉頸縮。霜枝漸醒煙霾韻　古驛荒亭。海氣鎖蓬萊韻　千秋邊道邊聲歇。剩幾座當年烽火臺韻　大遼口。訴説東征往事。家國情懷韻　幽緒都凝鬢雪。流光每偷歲月。放浪形骸韻　欲醉村醪。誰與話秦淮韻　忍將老驥重鞭策。奈何處偏無七步才韻　向窗前竚立。夢回時候。煞費安排韻

《送入我門來》調見《草堂詩餘》，胡浩然除夕詞。雙調一百四字，前後段各十句，四平韻。

遶池遊慢・折騰

私吞礦業。令資源殆盡。水石巒荒韻　舞榭歌臺多醉客。爭開發、貪念昏狂韻　逐利腰包鼓。生態毀、遍地行商韻　排汙一味。懸殊兩極。統計虛

張韻　羅難頻仍慘悸。驚黑幕交易。危害家邦韻　假貨坑蒙消費者。濫廣告、參與分贓韻　傍款尋捷徑。跑烏紗、搬弄雌黃韻　級第鬮增。良心都賣。輕瀆康莊韻

《遶池遊慢》韓淲自度腔。雙調一百四字，前後段各十句，四平韻。平仄當遵之。

索酒·百無一用

檻外玉龍飛舞。竹籬茅舍。臥聽天吼韻　只因情長燭短。壯懷何在。清寂孤守韻　筆債纏身。感流光彈指歲闌後韻　夢回還思年少。欲醉囊空殘酒韻　簾鉤閑掛釣無聊。奈夢斷五更。最難消受韻　剩硯邊餘事。也誤卻、頹廢淒涼時候韻　鬢雪輕搔。眼都花、塵緣未參透韻　小窗隔蔽鄉關。向誰詛咒韻

《索酒》曹勳自製曲。雙調一百四字，前段十句四仄韻，後段九句四仄韻。平仄當遵之。

瑞雲濃慢・煙雪

朔風怒吼。塞雲翻卷。平野黑天昏地韻　氣溫驟降。草木抑摧。大千縞素萬里韻　銀蛇蠟象。勁舞處、直令關山幻異韻　渤海灣、共蒼茫一色。不辨經緯韻　落梨花。沉羽翅韻　讀坤典、白紙偏無字韻　道津封鎖。方客滯凝。掩沒眾生行止韻　柴門吠犬。問寒松、孤煙況味韻　算此時、少前度鴻儒。哪堪獨醉韻

《瑞雲濃慢》僅見陳亮詞。雙調一百四字，前段十句四仄韻，後段十句五仄韻。平仄當遵之。

霜花腴・雪霽

曉來雪霽。蕩俗塵。遙空格外澄鮮韻　千里銀裝。一輪紅日。都歸大好河山韻　小村曠原韻　入畫屏、升起炊煙韻　最怡人、竹馬青梅。只消嬉鬧不

知寒韻　應恨歲華如箭。縱天真未泯。也是徒然韻　肝膽猶存。霜絲搔短。魂追舊夢田園韻　布衣少年韻　欒比鄰、幽鳥林泉韻　倚蓬窗、待我牽吟。俚詞胡亂填韻

《霜花腴》吳文英自度腔。雙調一百四字，前後段各十句，五平韻。平仄當遵之。

綺羅香・瓊花

海塞流雲。天鵝振翮。玉蝶當空回舞韻　嫁與東風。勝卻寄梅無數韻　渾不覺、陣陣凝寒。得真賞、團團飛絮韻　好憑將、拂拭纖塵。太虛十萬道場樹韻　川原霜縞呈瑞。池閣冰心度曲。醉沉香霧韻　也擬婆娑。生怕此情辜負韻　雖老病、還夢童冠。入歲闌、更饒佳趣韻　小窗外、喜鵲鸞儔。別枝聽軟語韻

《綺羅香》調始《梅溪詞》。雙調一百四字，前後段各九句，四仄韻。另有別體二。

玉連環・遷辦公室

頂風冒雪。大搬遷、下樓公幹。機關重組韻 奈閒盤突出。腰椎陣痛。
來往折騰何苦韻 當仁行改革。即速治貪腐韻 與民休息。養頤生態。中興
要務韻 分了又合還分。倒無如、縮小尊卑差距韻 令廩庫充盈。資源
存續。通貨膨脹遏阻韻 向兒孫負責。賴根基磐固韻 承前啟後。少些浮
躁。廣開樂土韻

《玉連環》馮艾子自度腔。雙調一百四字，前段十一句四仄韻，後段十句四仄韻。平仄一定。

春從天上來・大年遐想

四季飛花韻 更領略樵風。披掛明霞韻 丁巳春節。人在天涯韻 陶醉碧海
金沙韻 客椰林黎寨。享勝景、一樣思家韻 也堪豪。為增收育種。汗滴

桑麻韻　關東水雲萬里。信大好河山。眷顧中華韻　赤子情懷。青春風骨。不慕寶馬香車韻　過田園生活。犁鋤外、詩酒禪茶韻　隔蒹葭韻　釣綠波清淺。誰泛浮槎韻

《春從天上來》雙調一百四字，前段十一句六平韻，後段十一句五平韻。另有別體三。

西湖月・閑寄

長河又見冰封。望北國川原。素裝晴雪韻　紫霞輝映。炊煙苒裊。八荒明潔韻　白山藏玉女。綽約處、梅妝知冷熱韻　巧幻化、懷抱天池。演繹世間奇絕韻　有人獨倚軒窗。正韻裏凝癡。案頭觀帖韻　撫今追昔。橫琴度曲。雅怡和愜韻　霜絲飛願景。趁此際、犁鋤同憩歇韻　把心事、交付觥籌。待與誰說韻

《西湖月》黄子行自度商調曲。雙調一百四字，前後段各十句，四仄韻。另有別體一。

愛月夜眠遲慢・回溫

幾日寒潮。苦氣溫驟降。風雪淩欺韻　喜聞天北。回昇十度。蓬窗又見曦暉韻　冰河蟄伏魚龍。野煙林表參差韻　白茫茫、大關東。潤化千百生機韻

車馬鬥騁康莊。正熙熙攘攘。各有行輜韻　往來無恙。倦旅寄托。須是冷暖咸宜韻　何期老夢蕭疏。旋驚犬吠柴扉韻　有鴻儒、共樽酒。好韻醉裏相催韻

《愛月夜眠遲慢》調見《高麗史・樂志》。雙調一百四字，前後段各十句，四平韻。平仄一定。

合歡帶・冰花

玻璃窗、綻蕊寒宵韻　惹遐想、也逍遙韻　玉宇瓊樓開意象。醉芙蓉、夢影芭蕉韻　蘆花泛雪。松針繡鶴。月上林梢韻　小橋橫、十里山泉入畫。

諧趣盈饒韻　墟煙殘照。平野疏籬。梧桐金鳳還巢韻　信步雲遊輕勝馬。舊禪門、任我推敲韻　鞦韆院落。飛霜時候。熟了葡萄韻　奪天工、變幻無窮。直將塵慮都消韻

《合歡帶》柳永《樂章集》注：林鐘商。雙調一百五字，前段九句五平韻，後段十句四平韻。另有別體一。

曲玉管・棹影

渤海灣中。遼河口外。篷帆但逐魚龍走叶　碾碎煙波千頃。飛上潮頭韻　豁雙眸韻　望斷雲涯。參詳方表。一聲欸乃精神抖叶　泛雪蘆花。掩映蒼鷺沙鷗韻　滿汀洲韻　羨煞漁蓑。任來去、諧和天籟。管他聚散萍蹤。飄然撒網垂鉤韻　少閑愁韻　納山川清氣。得失都歸恬淡。只消吟醉。不問功名。藐視王侯韻

《曲玉管》唐教坊曲名。《樂章集》注：大石調。雙調一百五字，前段十二句兩叶韻四平韻，後段十句三平韻。此調僅見柳永一詞。平仄當遵之。

早梅芳慢·冷澀

月朦朧。煙凝滯韻　廣宵寒漏空迢遞韻　霜絲雪片。客懷濁酒。簾外流光如水韻　朔方冷寂。雲塞蕭疏。剩柴門半掩。殘釭孤照。無由輾轉。老病何時已韻　守愚癡。哪堪不似當年。困頓歸憔悴韻　邊風瑟瑟。故園杳杳。魂追溪山舊事韻　長林采藥。牧子橫笛。更陶然。夜話桑麻。情寄漁樵。夢裏還吟醉韻

《早梅芳慢》僅見柳永一詞。雙調一百五字，前段十二句四仄韻，後段十二句三仄韻。平仄當尊之。

尉遲杯·宿冤

痛如許韻　欲折腰沒個安排處韻　翻身已是奢求。別說隨緣來去韻　茫然無

助韻　結塊壘、怨曲憑誰訴韻　患工傷、十六春秋。復發三番遭遇韻　風霜日漸遲暮韻　天行健、如今只剩癡妒韻　韻裏偷聲。花前醉酒。寄意每多悽楚韻　空流盼、輕煙薄霧韻　怎奈得、願景都辜負韻　算人生、一夢須臾。月黑孤舟寒浦韻

《尉遲杯》柳永《樂章集》，注夾鐘商。雙調一百五字，前段八句六仄韻，後段九句六仄韻。另有別體六。

花發沁園春·放翁千古

幼善吟哦。飽經離亂。為民請命牽累韻　詞章萬首。功過千秋。高壽也堪豪氣韻　承蒙恩賜韻　無重用、偏多顛沛韻　奈抱定家國情懷。遍嘗塵界滋味韻　母命休書一紙韻　歎鴛鴦分飛。兩地憔悴韻　煙消玉殞。鳳去臺空。絕筆沈園題字韻　沾襟老淚韻　僵臥處、尚存忠義韻　夢鐵馬、北定中原。

此生難了心事韻

《花發沁園春》雙調一百五字，前段十句五仄韻，後段十句六仄韻。另有別體一。

賞南枝・稼軒

義旗揮弱冠。恰忠勇報國。邃雅知謀韻　獻策誓平戎。倚長劍、北望重整金甌韻　人已老、志未酬韻　學種樹、不堪宦遊韻　忍把一腔熱血。付逝水東流韻　三杯兩盞閑愁韻　醉推松去。夢魂帶吳鉤韻　正稻熟蛙鳴。英雄淚、底事灑落田頭韻　存浩氣、衝斗牛韻　撫好韻、蘇辛比儔韻　最憐硯邊文字。總酣暢清遒韻

《賞南枝》曾鞏自度曲。雙調一百五字，前段九句五平韻，後段九句六平韻。平仄一定。

南浦・過冬至

數九曉寒侵。問長街。路滑霜濃誰掃韻　車馬任穿行。關山遠、嵐岫虛

無飄渺韻 邊牆野甸。冰河入海蒹葭老韻 津渡依稀舟不動。濕地夢中魚鳥韻 茅簷耕讀人家。撫絲桐、寄意蒼生溫飽韻 杯酒話桑麻。凭欄處、慣看雪泥鴻爪韻 癡心未了韻 一懷蕭瑟歸吟草韻 須向殘年賒酒醉。誰管白頭多少韻

《南浦》雙調一百五字，前段九句四仄韻，後段八句五仄韻。另有別體四。

西河・歲闌寄語

霜滿地韻 關東數九天氣韻 茫茫雪野走冰河。縱橫迢遞韻 平林漠漠向曦微。孤煙閑遠搖曳韻 客懷冷。柴扉閉韻 沉痾促迫牽累韻 爭知兩鬢為誰殘。夜長不寐韻 可憐濁酒近來無。空杯焉得成醉韻 忍將夢影說往事韻 算萍蹤、都逐流水韻 世俗太多功利韻 總教人、跋涉攀緣。歸老方覺徒

勞。傷頹廢韻

《西河》又名《西湖》。《碧雞漫志》：大石調《西河慢》，聲犯正平。三段一百五字，前段六句四仄韻，中段七句四仄韻，後段六句四仄韻。另有別體五。

夢橫塘·戀

乍開凡眼。初識塵寰。母儀和美甜蜜韻　執手隨藍。享不盡、依偎憐惜韻　萌動春心。望穿秋水。哪堪羞澀韻　最青梅竹馬。兩小無猜。教魂夢、還追憶韻　天緣一線情牽。將癡心守護。愛網編織韻　水復山重。相與共、死生休戚韻　樂魚鳥、扁舟釣影。柳暗花明掩行驛韻　夕照流霞。碧霄浮月。有香風時襲韻

《夢橫塘》僅見劉一止詞。雙調一百五字，前段十一句四仄韻，後段十句四仄韻。平仄一定。

西吳曲·子夜

漏初沉、月黑霜冷韻　漫郊畈宿雪、萬千頃韻　下蕭寥樹掛。清宵煙鎖風

定韻　舞樹歌臺。空繾綣、消磨形影韻　最齷齪、權宦豪奢。正踐踏、世情人性韻　薄衾欹枕。聽倦旅呻吟。新來不堪酒醒韻　入晚境韻　怎生捱得無眠。悲欣交集。輾轉都歸老病韻　簾旌浮動。險韻斷了幽絃。嗔往事依稀。殘燭暗憧憬韻

《西吳曲》僅見劉過詞。雙調一百五字，前段八句五仄韻，後段十一句四仄韻。平仄當遵之。

秋霽・行路難

顛沛流離。踏宿雪枯霜。朔塞雲客韻　濕地邊風。海灣遼口。斷鴻滯凝湮厄韻　白駒過隙韻　不堪往事重回憶韻　抱冷瑟韻　來去、野煙殘照落西極韻　沉痾未愈。步履維艱。繞樹昏鴉。無緒尋覓韻　舊長亭、還臨古道。青絲偷換一何急韻　魂夢少年思報國韻　酒醒人瘦。鉤月已釣桑榆。歲闌時

候。最難將息韻

《秋霽》一名《春霽》。雙調一百五字，前段十句六仄韻，後段十一句四仄韻。另有別體三。

清風八詠樓・霜

抱定暮秋心。漸葉落疏林。寒欺衰草韻　欄砌披纖縞韻　把露珠冷凝。楓丹凌擾韻　月華無影。怕日出、歸依平曉韻　也無奈、來去匆匆。可憐玉體清皎韻　殘年回望桑梓。惹孤旅閑愁。不知多少韻　任縱橫顛倒韻　想鷗汀雲渚。雪泥鴻爪韻　憑誰吟醉。隔重簾、煙靄虛渺韻　又辜負、夢裏扁舟。索性利名都了韻

《清風八詠樓》王行詞自注林鐘商曲。雙調一百五字，前後段各十句，五仄韻。平仄當遵之。

暗香疏影・沉吟

少年叩別韻　正淡煙冷雨。花殘時節韻　野徑崎嶇。頻顧家山又登涉韻　冊

二周星一夢。撫鬢髯、流霜飛雪韻 滯海隅、蓑笠孤舟。遼口半鉤月韻
憔悴還思醉去。哪堪伏案處。疏怠臨帖韻 老淚沾襟。幽緒還鄉。寒
夜漏聲摧切韻 窗前清影難辜負。把陳事、都翻新闋韻 費忖量、枉自凝
眸。但得此心如鐵韻

《暗香疏影》入夾鐘宮。雙調一百五字，前段九句五仄韻，後段十句四仄韻。勘校：此調始自宋吳文英，見《賦墨梅》詞：「占春壓一。卷峭寒萬里，平沙飛雪。數點酥鈿，淩曉東風暗吹裂。獨曳橫梢瘦影，入廣平、裁冰詞筆。記五湖、清夜推篷，臨水一痕月。何遜揚州舊事，五更夢半醒，胡調吹徹。若把南枝，圖入淩煙，香滿玉樓瓊闕。相將初試紅鹽味，到煙雨、青黃時節。想雁空、北落冬深，澹墨晚天雲闊。」無別首宋詞可校，故平仄當遵之。《欽定詞譜》沿用《詞律》之誤，以明張肎詞作譜不妥。此即《欽定詞譜》唯一選用明人詞作標準例詞者，亦有悖該書收詞牌截止元小令之下限。此說亦可證於清陳銳《褒碧齋詞話》。陳銳言鈔本夢窗詞：「又如《疏影・賦墨梅》，殊不似《疏影》。鈔本則題上有『前用暗香腔，後用疏影腔』十字，蓋前段『數點酥鈿』下，本不空四字，而收句少一微字，乃《暗香》腔也。亟錄之，以告海內之讀夢窗詞者。」

真珠髻・寒暉

平明霜重。客路林疏。履跡無緣重疊韻 野煙浮動。關山迢遞。又是歲闌
時節韻 千里冰河。記載著、文明傳說韻 渤海岸、濕地胸襟。擁抱朔方

晴雪韻　天邊閑掛殘月韻　有沙鷗數點。可人親切韻　問君知否。汀洲化境。演繹古今風物韻　夢影長亭。須不再、只留傷別韻　信老去、還縱吟鞭。忘了塵間涼熱韻

《真珠髻》調見《梅苑》詞。雙調一百五字，前段十句四仄韻，後段十句五仄韻。平仄一定。

征部樂·踏雪

舊年將盡。天瑞忽送瓊花落韻　別枝動、歡欣喜鵲韻　煙靄遠、清逸郊郭韻　凭欄處。還依約韻　入小徑、不諳蕭索韻　走過了、坎坷崎嶇。勝境從頭另開拓韻　輕搔白髮。思量往事。疏理百千詞作韻　養浩氣、艱辛何懼。韻中情愫。聊以酬觥酌韻　海市浮黃鶴韻　正鳥瞰、水雲丘壑韻　剩幾多、慢調重彈。日課當行樂韻

《征部樂》僅見柳永一詞，《樂章集》注：夾鐘商。雙調一百六字，前段九句六仄韻，後段十句五仄韻。平仄當遵之。

解連環·元旦

歲時交接韻　恰堯天獻瑞。化風吹雪韻　二九初、霜樹冰河。破曉處。雲開一川熒曄韻　平遠炊煙。出林表、夭搖重疊韻　賞閶峰霽色。渤海信潮。濕地幽絕韻　關河擬人快愜韻　忘沉痾倦旅。茅屋華髮韻　莫管他、顛沛流離。向願景前行。杖藜田獵韻　肝膽懷貞。得古意、還翻新闋韻　有桑榆老酒。魂夢醉中點閱韻

《解連環》又名《望梅》；《杏樑燕》。雙調一百六字，前段十一句五仄韻，後段十句五仄韻。另有別體二。

內家嬌·一元復始

乍息霜風。重開曉霧。山海浩茫天際韻　冰河雪野。岑嶺喬林。一抹晴明霞綺韻　朔塞大觀瑞象。南枝欣聞鵲喜韻　感物華、守望長亭古道。雲表蕭

寺韻　迤邐韻　關東多勝壤。好韻獨憐冬季韻　又星周交替韻　願祈福壽康寧。伴君行止韻　也擬今生無悔韻　吟懷布衣芒履韻　算還有、國粹傳承。鬢殘不敢棲憩韻

《內家嬌》僅見柳永一詞。《樂章集》注：林鐘商。雙調一百六字，前段十句四仄韻，後段十句七仄韻。平仄當遵之。

夜飛鵲慢·感愴

年光似流水。斗轉星移韻　衰草凍樹參差韻　凝霜宿雪長城外。關山煙靄冥迷韻　冰河已沉睡。正纖鱗潛處。朔氣橫時韻　芒荒一片。莽蒼蒼、掩隱生機韻　羈旅更聞寒漏。華髮對殘釭。人在遼西韻　又是淒涼無緒。薄衾夢斷。孤影簾垂韻　故園童趣。轉頭空、也擬無為韻　向軒窗凝睇、清樽醉酒。雙淚沾衣韻

《夜飛鵲慢》一名《夜飛鵲》。雙調一百六字，前段十句五平韻，後段十句四平韻。另有別體一。

泛清波摘徧・冷落

霜欺凍草。雪壓空枝。朔氣縱橫天欲曉韻　大遼河口。海曲凝煙接方表韻　青蕪了韻　蕭疏野渡。沉寂荒原。殘月一鉤虛渺渺韻　數九開鐮。百里寒蘆順風倒韻　舊襟抱韻　魂夢總歸少年。痼疾不堪蒼老韻　飄泊人生又歲闌。瑣窗凭眺韻　故園杳韻　何患注定布衣。還敲未工吟稿韻　鄙棄沽名釣譽。只消溫飽韻

《泛清波摘徧》僅見晏幾道一詞。沈括《筆談》：凡曲每解有數疊者，裁截用之，謂之摘徧。此蓋摘《泛清波》曲之一徧也。雙調一百六字，前段十一句五仄韻，後段十句六仄韻。

望明河・小寒

冰封雪覆。恰天氣冷時。霜風蕭瑟韻　鳥獸蟲魚。亦蟄伏洞巢、養精韜力韻

歲闌音塵了。掩荒徑、疏林衰頽色韻 廓然也、爭向關東塞外。一何清寂韻

淩虛斷雲殘日韻 蔽遼口海曲。汀洲蘆荻韻 野渡空茫。奈楚越酒家、

不知寒客韻 忍將殘年縛。抱老病、愚癡還尋覓韻 對枯草、應恨功名。

直恁誤人朝夕韻

《望明河》僅見劉一止詞。雙調一百六字，前段九句四仄韻，後段九句五仄韻。平仄一定。

楚宮春慢·玉堂春

羞花閉月韻 縱淪落風塵。懸守清節韻 抱定夙緣。真愛偏多波折韻 怎奈

銀鐺入獄。女起解、行腔淒切韻 出了洪洞。巡按是、舊日檀郎。一樁

冤案昭雪韻 栽贓陷害。綱紀亂、都是貧民遭孽韻 貪腐不除。公道形

同虛設韻 競逐窮奢極欲。更激憤、權錢勾結韻 僥幸蘇三、好夢圓。拜

托蒼天。莫把人心撕裂韻

《楚宮春慢》雙調一百六字，前段十句五仄韻，後段九句四仄韻。另有別體一。

望海潮・立春

月分梅影。風梳香韻。冰河漸暖溪橋韻　萌動味根。思量彩信。怡然漢粉秦簫韻　鏡裏泛胭桃韻　恰莊生夢蝶。桑蛹伸腰韻　漏斷霜流。玉爐香靄上眉梢韻

宜將倦怠輕拋韻　有牛郎惠顧。草木含苞韻　佳趣忽來。江南塞北。貪歡最是今朝韻　何必賦離騷韻　想流觴曲水。須擬酕醄韻　莫與良辰負約。天籟喚青郊韻

《望海潮》柳永《樂章集》注：仙呂調。雙調一百七字，前段十一句五平韻，後段十一句六平韻。另有別體二。

望湘人・臘候

又星沉永夜。時過小寒。野煙凝滯霜曉韻　朔氣蕭森。雪原杳渺韻　塞外玄

昨日冰衰草韻　萬古邊牆。一方風物。關山蟠道韻　念抗聯、忠許家邦。認遲竚無言。英雄都老韻　彈指他鄉歲杪韻　剩稀疏白髮。幾多煩惱韻　且醉去、直上怎得夢回年少韻　桑梓遠。恨不堪凭眺韻　濁酒難酬吟嘯韻　扶搖。化作淩雲高鳥韻

《望湘人》僅見賀鑄詞。雙調一百七字，前段十一句五仄韻，後段十句六仄韻。平仄一定。

青門飲·心

運籌帷幄。承載靈魂。感知風物。高懷寄托。深情涵潤韻　吐納乾坤。廣大精虛實幻真方寸韻　天道容參悟。經行處、塵緣相認韻　縱橫無極。千種幽襟。微。融洽資訊韻　偏與江河同振韻　須瀝膽披肝。修持忠信韻　算來應一腔熱血。成就古今才俊韻　耕讀漁樵意。得自然、始逢堯舜韻

笑。沽名釣譽。空餘霜鬢韻

《青門飲》又名《青门引》。雙調一百七字，前段十二句四仄韻，後段十一句五仄韻。另有別體二。

落梅・庚寅自壽

冷霜侵曉。芒鞋踏雪。年年怕逢今日韻 蓬窗土炕。額娘生我。正饑寒交迫韻 忍把悲欣。保全血脈。沉痾堆積韻 哪堪憔悴夢魂中。孤兒弱冠。縗絰早垂泣韻 爭奈回天無力韻 寄飄萍、布衣邊客韻 已知獨短。還催歲暮。念高堂空寂韻 虛度流光。幾多遺憾。一懷離索韻 欲加餐飯也奢求。新醅稱賀誰消得韻

《落梅》又名《落梅慢》。雙調一百七字，前段十二句四仄韻，後段十句五仄韻。另有別體一。

飛雪滿群山・臘八

朔氣關東。平川遼口。滯凝衰草煙津韻 蘆花映雪。汀洲棲鷺。霧淞如幻

如真韻　歲闌三九半。海天外、霜欺北辰韻　縱橫阡陌。依稀夢影。還是舊柴門韻　漂泊處、羈懷催白髮。奈薄衾欹枕。短燭寒樽韻　醉中情味。窗前意象。一何落拓銷魂韻　不堪追往事。也無計、安排此身韻　漏聲迢遞。長襟拭淚羞煞人韻

《飛雪滿群山》又名《扁舟尋舊約》、《飛雪滿堆山》。雙調一百七字，前段十一句四平韻，後段十句四平韻。另有別體一。

角招・歲闌曲

遠京洛韻　長城外。雪霜擁抱邊朔韻　斷雲橫碧落韻　水曲積冰。林杪鳴鵲韻　寒煙漠漠韻　掩古道、淒涼蕭索韻　大好山川丘壑韻　應知縱欲貪奢。把生機揮霍韻　郊郭韻　為誰寂寞韻　衰年倦旅。往事空依約韻　世情今已薄韻　不見鄉關。荒疏池閣韻　殘釭獨酌韻　醉夢裏、蓬舟飄泊韻　又被洋人剝削韻

匣中劍、也無由。除邪惡韻

《角招》僅見趙以夫一詞。雙調一百七字，前段十一句八仄韻，後段十二句九仄韻。平仄當遵之。

一寸金・幻影

石破天驚。宿世師徒兩相認韻　賴有個、定海神針。豪氣干雲。棒喝群妖挑釁韻　御弟唐玄奘。西行路、險難歷盡韻　終成就。絕代高僧。佛門香火一匡振韻　抱得禪心。須存善念。忠奸莫淆混韻　透表象、皂白青紅。明辨是非真假。還原誠信韻　抬眼陰霾亂。孫大聖、不該逐擯韻　除貪腐。塵穢澄清。再譜鏗鏘韻韻

《一寸金》雙調一百八字，前段十句四仄韻，後段十一句四仄韻。另有別體四。

擊梧桐・嬋娟

梳柳香風。憐花月影。閬苑輕移蓮步韻　指上春蘭。眼裏秋波。玉齒櫻唇

承露韻　嬌羞杏靨桃腮。鳳髻雲鬟羅裳興舞韻　乍斂蛾眉、又捧冰心。落雁沉魚儀舉韻　夢也難成。天仙何在。醉煞人間朝暮韻　算只恨、癡情墨客。虛構書中言語韻　攪動離奇幻覺。塵緣爭奈已辜負韻　把願景、都歸縹緲。有誰真豔遇韻

《擊梧桐》柳永《樂章集》注：中呂調。雙調一百八字，前段十句四仄韻，後段九句四仄韻。另有別體二。

折紅梅·沾襟

守寒衾孤枕。殘釭永漏。青絲偷換韻　幕簾垂、倦影孑然。誰堪旅夢重斷韻　徘徊輾轉韻　今又是、蕭條庭院韻　朔風吼罷、飛雪凝霜。問多少淒涼。付與離散韻　山高水遠韻　奈幽緒縱橫。桑榆垂晚韻　空回味、故園舊事。童真不知羈絆韻　庸人嗟歎韻　偏歲暮、最難消遣韻　獨酌苦韻、一醉何求。

任雄雞啼曉。未開啼眼韻

《折紅梅》雙調一百八字，前段十句五仄韻，後段十句六仄韻。另有別體一。**勘校：**此調後段第八句第六字《欽定詞譜》作平聲誤。今依杜安世原詞「對酒便好、折取奇葩」句从仄。

泛清苕・樂土

袤遠氤氳韻　有百鳥回翔。水曲煙津韻　漁歌晚。片帆動。披霞綺。煞是怡人韻　東臨碣石遺篇在。渤海灣、自古消魂韻　朔方烽火。造就了。中華幾代明君韻　盤蛇驛外遼濱韻　漸肥饒濕地。五彩繽紛韻　紅城草。大蘆蕩。好生計。萬象更新韻　溫泉沐浴家常飯。美酒香、晏我嘉賓韻　豪情一往。魚米小江南。不再沉淪韻

《泛清笞》張先自度曲，又名《感皇恩慢》。雙調一百八字，前後段各十二句，五平韻。平仄一定。

薄倖・兩榆情

與天齊歲韻　閱盡了、千秋社戲韻　更繾綣、榮枯廝守。澤被一方桑梓韻

慎護持、前世因緣。陰晴冷暖勤調劑韻　待燕舞鶯歌。花香泉洌。吞吐瑤臺紫氣韻　欲伐者、頭先痛。還怕甚、風雷恣肆韻　哪堪傷離別。雄孤雌去。傾盆雨打靈臺碎韻　故園煙翠韻　奈淒然抱影。斜暉脈脈憑誰寄韻　星河數罷。缺月無由入寐韻

《薄倖》雙調一百八字，前段九句五仄韻，後段十句五仄韻。另有別體二。

倚闌人・孤虛

淒淒霜草。皚皚宿雪。關山朔氣橫北斗韻　蟄伏魚龍。傲然松柏。又是歲闌時候韻　萬象師造化。天序自相沿守韻　疏影空林。淡煙寒渚。斷雲斜照長河口韻　寂寞都歸倦叟韻　更不知、老病怎生康復韻　客舍聞簫。簾鉤釣月。最怕夢回殘漏韻　無緒還輾轉。榮辱悲欣下酒韻　杯中滋味。兩行清

淚。醉也難消受韻

《倚闌人》曹勳自度曲。雙調一百八字，前段十一句四仄韻，後段十句五仄韻。平仄一定。

惜黃花慢·四九

大寒將至韻　正朔氣縱橫。冰霜豪肆韻　北國關山。玉龍率舞逶迤。幻化皓然天地韻　臘梅凝待欲開時。且笑傲、暮冬涼意韻　入煙際韻　觸摸歲華。迎接禎瑞韻　疏枝不掩斜陽。舊池閣、又惹鄉心迢遞韻　向晚樓臺。盡歸飽暖人家。好酒與詩同醉韻　些微老病奈如何。貴知足、無須攀比韻　今古事韻　但得放懷明智韻

《惜黃花慢》雙調一百八字，前段十一句六仄韻，後段九句五仄韻。另有別體二。

一萼紅·寒夜

冷森森韻　又三更時候。籬外野煙沉韻　積雪平蕪。凝冰曲沼。霜打衰草枯

林韻　暗天幕、疏星缺月。向海浦、寥落鎖沙禽韻　寂寞邊牆。渺然津渡。萬籟齊喑韻　茅屋夢回癡滯。對重簾隻影。叵耐沾襟韻　韻裏徘徊。床頭輾轉。幽恨都付孤斟韻　對銅鏡、青絲已改。壯懷了、無處買光陰韻　厭薄功名利祿。撫古橫琴韻

《一尊紅》雙調一百八字，前段十一句五平韻，後段十句四平韻。另有別體三。

奪錦標·大寒

關塞流霜。朔風吹雪。歲杪冰封川澤韻　夕照籬笆院落。搖曳炊煙。索然邊客韻　對長亭古道。倚欄處、悲欣交集韻　怨桑榆、老病無由。況復新來孤僻韻　回首萍蹤浪跡韻　往事依稀。夢影不堪尋覓韻　向使豪情還在。兩鬢都殘。寸心誰識韻　欲歸田卸甲。又爭奈、荒疏耕織韻　閉柴門、閑

掛簾鉤。只待梅花消息韻

《奪錦標》又名《清溪怨》。雙調一百八字，前段十句四仄韻，後段十句五仄韻。另有別體二。

菩薩蠻慢·向晚

八荒凝滯韻　顧菱花倦影。也傷萎靡韻　信宿命、如許淒涼。算三代勸耕。一生顛沛韻　雪片霜絲。怎消受、朔風千里韻　奈寒鷗約定。不敢踐行。老病牽累韻　斜欄哪堪獨倚韻　悵東山別後。魂繫鄉梓韻　欲鎖住流年。还惹滄桑。海曲接雲煙。縹緲迢遞韻　白鷺關情。覓食處、承蒙天惠韻　對餘暉、邊聲濁酒。倩誰與醉韻

《菩薩蠻慢》又名《菩薩蠻引》。僅見南宋遺民羅志仁一詞。雙調一百八字，前後段各十一句，五仄韻。平仄當遵之。

杜韋孃·鄉韻

綠茵青野。斜風細雨金三角韻　近海曲、津渡披霞綺。欸乃處、漁舟歸泊韻

驚紫煙杳裊。鱗波閃綴。蘆花萬頃連阡陌韻　得悠然。牧子横笛、疏香拂掠韻　不寂寞韻　芳洲天籟。黑鷗白鷺舞丹鶴韻　恰便是、魚米江南好。也豔羨、邊遼城郭韻　撫幽絃煦潤蘭蓀。少小離鄉。詫瞬華如昨韻　感滄桑。未必歎悔、還吟桂魄韻

《杜韋孃》雙調一百九字，前段九句四仄韻，後段十句五仄韻。另有別體一。

無愁可解·厄

無可奈何。悲痛欲絕韻　孤衾冷似冰雪韻　夜長幽夢回。隔窗暗損缺月韻　總是羈懷催白髮韻　抱沉疾、輾轉凝咽韻　把日課、慘淡經營。目光晦滯。燭光明滅韻　負篋韻　不為功名。憑誰問、今生幾多心結韻　夙願如泡影。枉卻修持跋涉韻　獨酌偏知情未歇韻　況歲暮、又吟離別韻　臘梅若有信。

東君到時。也教我、會真佛韻

《無愁可解》雙調一百九字，前後段各十句，六仄韻。另有別體一。

過秦樓·姑蘇漫興

秀甲東南。名聞中外。小橋沉影溪流韻　竚闔閭城下。歎世事滄桑。幾度春秋韻　壯士帶吳鉤韻　也堪憐、越女回眸韻　最園林佳境。玲瓏池閣。花木清幽韻

有淡煙細雨、沾襟袖。傍回廊曲榭。聊以消愁韻　賒太湖斜照。把芳汀點染。正惹吟謳韻　樽酒月明時。好偷閑、一醉何求韻　剩琴心劍膽。舒豁凭欄。須厭封侯韻

《過秦樓》僅見李甲詞。雙調一百九字，前段十一句五平韻，後段十一句四平韻。平仄一定。

江城子慢·孤雀

寒枝不堪擇韻　憔悴損、歲杪落殘日韻　晚風急韻　冰雪外、草木也無顏色韻

況山澤韻　獨去徘徊巢已破。桑榆老、清霜凝兩翼韻　忍將片羽凋零。淒惶最是今夕韻　誰家茅簷借宿。料人間煙火。應納來客韻　望西極韻　長城遠、爭奈天荒雲密韻　問端的韻　何事無由均飽暖。強淩弱、偏偏成定律韻　暫棲身處更闌月猶黑韻

江南春慢・小年

《江城子慢》又名《江神子慢》。雙調一百九字，前段九句七仄韻，後段九句六仄韻。另有別體一。

煙鎖疏林。霜凝曲檻。關山輝爍冰雪韻　千門萬戶。祭灶王、祈禱豐蔚韻　梅信東君接韻　呈天瑞、紫雲一抹韻　細檢點、長亭舊事。古道幽情。容當砥礪清節韻　加餐飯。臨法帖韻　待玉兔歸來。只消虔切韻　殘年願景。等貴賤、均分涼熱韻　魂夢還遊獵韻　應無忌、滿頭白髮韻　端的是、蕭瑟

朔方。豪邁邊聲。須教草民和悅韻

《江南春慢》吴文英自度曲，注小石調。雙調一百九字，前段十句五仄韻，後段十一句六仄韻。無別首宋詞可校。

罥馬索·周年祭語

轉周星。爭奈陰陽兩相隔韻魂歸己丑。小年初過天還黑韻高堂不在。靠誰依仰。鬢雪蒼蒼摧邊客韻永別離、夢也難逢。只恨臘梅杳聲息韻淒戚韻紙錢燒盡。死灰吹起。一炷香燃淚痕濕韻亂草霜風荒塚。相思煙縷空蕭索韻欷歔酹酒。望遠懷鄉。宗祖溪山連阡陌韻示後昆、但將忠義守護。無須枉悲惻韻

《罥馬索》調見《梅苑》。雙調一百九字，前段九句四仄韻，後段十一句五仄韻。平仄一定。按：此調坊間多釋為「胄馬索」者，誤。查《欽定詞譜》刻板「罥」正是「罥」字。

八寶妝·惆悵

郊甸煙凝。驛亭霜重。冷落夕陽簫鼓韻衰柳歸鴉三四點。野徑徘徊孤

旅韻　柴門虛掩。小橋橫臥冰河。誰家梅影無人睹韻　寥落歲闌時候。桑榆遲暮韻　簾外月黑風高。漏分夢斷。沉痾難耐疼處韻　索殘酒、不堪酩酊。一聲歎、華年辜負韻　夜迢遞、心如亂緒韻　可憐翻作消魂賦韻　若古意關情。幽紘送到瀟湘去韻

《八寶妝》又名《八犯玉交枝》。雙調一百十字，前段十句四仄韻，後段九句五仄韻。另有別體一。勘校：此調《欽定詞譜》卷三十五目錄《八寶妝》詞牌下注曰：「又名《八犯玉交枝》」，然卻在正譜《八寶妝》詞牌下注曰：「仇遠詞，名《八寶玉交枝》」，謹存疑待考。

踈影·夢破寒蕊

尋常巷陌韻　有籬笆宅院。梅雪爭白韻　喜鵲枝頭。虛映蟾輝。寒香裊繞盈溢韻　纖塵不染陶神處。暗投遞、東君消息韻　乍隱幽、倩影依稀。直令天仙羞澀韻　多少桑麻日子。為伊托好夢。吟嘯尋覓韻　傲骨猶存。流俗難侵。泥守孤山清癖韻　煙蓑興味功名外。得造化、便成標格韻　問世

間、誰與相儔。醉品畫中疏逸韻

《踈影》姜夔自度仙呂宮曲。又名《綠意》、《解佩環》。雙調一百十字，前段十句五仄韻，後段十句四仄韻。另有別體四。

大聖樂·感遇

天道輪回。歲華流轉。虎年將過叶 想礦難、接二連三。美日肆威欺傲。虧產田禾韻 百般罹辜家國事。抱傷痛、淒然難掙搓韻 迎辛卯。寄清平願景。悲慨良多韻 今宵也擬醉去。怕魑魅、和衣還枕戈韻 正朔風吹雪。漏聲斷續。持念彌陀韻 福壽康寧。漁樵耕讀。夢裏桃源誰放歌韻 殘釭照。信青絲已改。心志消磨韻

《大聖樂》《宋史·樂志》：道調宮。雙調一百十字，前段十一句一叶韻三平韻，後段十一句四平韻。另有仄韻別體二。

高山流水·癡想

老來興味不如初韻 倚斜欄、還念山居韻 幽夢到鄉關。青梅竹馬嬉娛韻

經風雪、草木榮枯韻　聽林壑。天籟時禽度曲。倦怠全無韻　載千秋故事。
閱歷仰雙楡韻　犁鋤韻　偏能伴耕讀。桑梓意、野果家蔬韻　花雨映溪
泉。一任小徑崎嶇韻　舊柴門、獨識鴻儒韻　趁明月。談笑參詳藝理。
潤化詩書韻　驀然回首。歎萍跡、感須臾韻

《高山流水》夢窗自度曲。雙調一百十字，前段十句六平韻，後段十一句六平韻。平仄一定。

慢卷紬・臘月廿九

結彩樓臺。張燈巷陌。明日歌除歲韻　備酒肉糖茶。上菓家蔬。桃符爆
竹。徜徉年味韻　但得東風。寄來梅信。冰雪晴如洗韻　望塞外關山。潤
化生機。垂顧桑梓韻　餘霞散綺韻　天倫樂、四海歸遊子韻　待遇兔呈祥。
更釀吳剛桂酒。好共雅懷同醉韻　裊裊炊煙。萬千清影。向晚成觀止韻　最

火樹銀花。閃爍迷離。遐想迢遞韻

《慢卷綢》柳永《樂章集》注：夾鐘商。雙調一百十一字，前段十三句四仄韻，後段十一句五仄韻。另有別體一。

選冠子·錢塘

月印三潭。煙籠四野。桂子舊時庭院韻濤聲百里。梅影千秋。都入曲詞書翰韻時雨亂跳白珠。欲去還留。乍凝忽散韻憶孤山鶴侶。斷橋情話。越溪春浣韻尋勝跡、靈隱晨鐘。虎跑暮鼓。柳浪每聞鶯囀韻桑麻報國。岳武精忠。志士臥薪嘗膽韻才子佳人。漫遊燕樂行吟。小舟輕泛韻問蘇堤鳳嶺。誰主陰晴冷暖韻

《選冠子》又名《選官子》、《轉調選冠子》、《惜餘春慢》、《蘇武慢》、《仄韻過秦樓》。雙調一百十一字，前段十二句四仄韻，後段十一句四仄韻。另有別體十五。**勘校**：此調《欽定詞譜》卷三十五目錄《選冠子》詞牌下注：「又名……《過秦樓》」。而在正譜《選冠子》詞牌下注：「一名《仄韻過秦樓》」。畢竟《過秦樓》與《選冠子》兩調各宗格律，不可相混。故目錄小注應為《仄韻過秦樓》之誤。

霜葉飛・除夕瑞靄

夢回奇遇韻　長城畔。平明彌漫仙霧韻　大年三十會天機。入太虛迎兔韻　乍烏瞰、幡然領悟韻　浮名功利如塵土韻　縱世態無常。守旺健、開心就好。不在貧富韻　簾外爆竹聲聲。樓臺依約。掩映霜草煙樹韻　萬千煩惱擲雲霄。換慶觴來去韻　看醉客尋幽送虎韻　慈航容我從頭渡韻　裕後昆、承先志。佳興隨緣。管他遲暮韻

《霜葉飛》又名《鬥嬋娟》。雙調一百十一字，前段十句六仄韻，後段十句五仄韻。另有別體六。

五綵結同心・元正

桃符初換。爆竹爭鳴。晨煙羨煞氤氳韻　靈兔開晴宇。東風暖、恭送福到家門韻　池臺梅雪分香潔。憐街巷、妝扮時新韻　傳忠義、招財進寶。樂

居盡享天倫韻　九州放歡佳節。任江南塞北。共舉金樽韻　童叟多期許。承平日、重現瑞獸麒麟韻　別枝驚鵲應無恙。也添壽、沉醉消魂韻　忽卻、青絲霜染。豁然擁抱陽春韻

《五綵結同心》雙調一百十一字，前後段各九句，四平韻。另有仄韻體一。

透碧霄・衰子

夢初殘韻　薄衾難耐五更寒韻　打春日子。懷鄉時候。又過新年韻　窗前紅燭。眉心往事。鏡裏蒼顏韻　有千金、不在身邊韻　正索然無味。蕭寥孤寂。直恁虛煩韻　憶青梅竹馬。童真嬉戲。率性逐林泉韻　倚雪松、攀煙柳。陶醉樂土堯天韻　舊山杳渺。長亭依約。荒置幽絃韻　枉凝癡、還抱吟鞭韻　剩萍蹤病酒。階砌清霜。老淚闌珊韻

《透碧霄》柳永《樂章集》注：南呂調。雙調一百十二字，前段十二句六平韻，後段十二句五平韻。另有別體二。

玉山枕・姐姐

少小阿姊韻 學縫袵、蹬機器韻 拜師舅父。揚名古洞。裁剪衣裝。貼補家計韻 可憐辛苦到三更。每困倦、扎傷纖指韻 牆上霜、時惹風寒。幾毛錢。也精誠工細韻 口碑回報雖堪慰韻 為忙活、常無寐韻 布頭對接。花邊織繡。一任天成。惠及兄弟韻 只今相看兩茫然。歲華去、正如流水韻 鬢都殘、夢斷鄉關。羨兒孫。享康平年味韻

《玉山枕》《樂章集》注：仙呂調。雙調一百十三字，前後段各十一句，五仄韻。此調僅見柳永一詞，前後段結句，俱作上一下四句法，填者宜遵之。

期夜月・遁棲

茅簷低矮樂無極韻 田園好耕織韻 歸晚照。迎曉日韻 林泉掩映。討盡自

然消息韻　凝碧韻　青山綠水遠城邑韻　聽幽鳥啁唧韻　花解語。香帶露。煙雲聚散。變幻四時顏色韻　羊腸小徑漫步。化育物我。參詳幽逸韻　砥礪冰霜雪雨。爽氣深呼吸韻　浮楫韻　漁蓑釣影知潮汐韻　野渡閑橫笛韻　傾杯酒。對明月。浩思萬古。美韻燮諧幽律韻

《期夜月》僅見劉濬一詞。雙調一百十三字，前段十三句八仄韻，後段十二句六仄韻。平仄當遵之。

輪臺子・疊雪

踏著東風曼舞。玉蝶亂、翩然拂曉韻　殘更別夢驚回。不見望中邊草韻　新正披上銀裝。鎖樓臺、淡靄知春早韻　向寒香討信。故里梅花開多少韻　縈懷往事依稀。小橋外、驛亭古道韻　揀疏枝、惜情無所托。人先頹倒韻　奈染盡霜絲。哪堪伏老韻　為宿命飄零。渡頭聞啼鳥韻　抱沉痾、如何是好韻

大年後、買醉都難。羈滯徒吟嘯韻

《輪臺子》柳永《樂章集》注：中呂調。雙調一百十四字，前段八句四仄韻，後段十一句六仄韻。另有別體一。

沁園春·遼口

盤古開天。大遼入海。碣石西鄰韻　有紫雲繚繞。紅灘鑲嵌。鷺翔臯渚。鶴舞陽春韻　背倚閭山。礦藏油氣。蟹蚌魚蝦滿古津韻　過蘆蕩。看綿延百里。翠蓋氤氳韻　秦皇輿輦瞻巡韻　可曾見、盤蛇驛外人韻　樂漁樵耕讀。俠肝義膽。彩陶追遠。房縣尋根韻　唐室東征。漢卿北顧。烽火邊牆夾綠茵韻　這風水。沐瑤臺雨露。躍上麒麟韻

《沁園春》又名《東仙》、《壽星明》、《洞庭春色》。《金詞》注：般涉調。《蔣氏十三調》注：中呂調。雙調一百十四字，前段十三句四平韻，後段十二句五平韻。另有別體六。

丹鳳吟·年後

長假潛然流過。踏破晨霜。行吟晴雪韻　相逢揖手。洋溢大年餘熱韻　清平

意象。一堂和氣。喜鵲雍鳴。梅風吹拂韻　樂土生機化育。瑞靄依稀。溫暖遼海城闕韻　正是上班日子。管教好運重疊疊韻　共事皆緣分。更涵容互補。脩睦團結韻　新春伊始。開篇怎能輕懈韻　未雨綢繆承古訓。莫沉迷花月韻　自當砥礪。爭奮催汗血韻

《丹鳳吟》雙調一百十四字，前段十二句四仄韻，後段十一句五仄韻。另有別體二。

紫萸香慢・益友

有同窗、親如兄弟。老來倍覺相依韻　借蒹葭遼口。兩寒客。共幽棲韻　不是書香門第。賴漁樵耕讀。飽暖無虧韻　想當初、七七復考中鄉元。入別夢、大山短籬韻　霜絲韻　一樣參差韻　肝膽照、敞心扉韻　任乾坤運轉。流光荏苒。桑梓東西韻　素懷省脩朝夕。半簾月、五更雞韻　會禪天、

與人為善。燕來鴻去。餘事吟論稽疑韻　聊發浩思韻

《紫萸香慢》僅見姚雲文一詞。雙調一百十四字，前段十句四平韻，後段十二句七平韻。平仄當遵之。

瑤臺月・凝竚

春寒料峭。塞北雪。經冬依樣呈瑞韻　東風有信。正與梅花聯誼韻　草木蘇、凍土回溫。冰霜淺、餘霞散綺韻　年未了。人還醉韻　抱願景。望桑梓韻　新正意象。枝頭鵲喜韻　有好夢、重歸故里韻　問舊侶如今況味韻　縱容顏老去。不愁生計韻　慕童真、蕩起鞦韆。更感慨、流光彈指韻　歌婉轉。思迢遞韻　傾玉斝。舒塊壘韻　幡然醒悟。斜欄獨倚韻

《瑤臺月》又名《瑤池月》。雙調一百十四字，前段十三句六仄韻，後段十二句七仄韻。另有別體二。

宣清・吳述無恙

聞報恩師。渴想貧生。驅車倉皇北顧韻　臥床頭、偏怕閉門。待來人、注眸期許韻　為有霜絲。還欺病酒。昏然痛楚韻　大年中。就醫遲。傷魂無法言語韻　縱感念相通。向前執手。交流唯淚雨韻　憶亂患遭逢。蒙冤貶謫。夢影追隨。四十春秋寒暑韻　抱幽懷、匆匆老去韻　棄功名、素心呵護韻　一身忠義。正學問深時。莫耽延、早些痊愈韻

《宣清》僅見柳永一詞。《樂章集》注：林鐘商。雙調一百十五字，前段十一句四仄韻，後段十二句五仄韻。平仄當遵之。

八歸・朽兮兮

桑榆夢了。霜絲搔短。腰痛哪有良藥韻　殘更燭影歸羈旅。欹枕薄衾寒漏。一簾蕭索韻　檻外東風初斷續。這次第鄉情依約韻　抱病處、總有閑

愁。把往事鉤絡韻 春意偏賒顧景。關山迢遞。霧里迷離阡陌韻 縱橫牽掛。去來尋覓。直是無由開拓韻 少當年別趣。竹馬青梅舊池閣韻 驚回首、此生誰料。浪跡萍蹤。孤斟難醉卻韻

《八歸》屬夾鐘商曲。雙調一百十五字，前段十句四仄韻，後段十一句四仄韻。另有別體一。勘校：此調前段第六句第一字《欽定詞譜》標作平聲疏誤，謹依姜夔原詞「蘚階蛩切」從仄。

摸魚兒・七九

問東風、冰河開未。暗香疏影何處韻 新正又到情人節。惆悵夢回孤旅韻 霜滿路韻 感料峭、一川衰草連煙樹韻 寂寥津渡韻 奈鴻信還沉。長城漸老。殘雪照寒鷺韻 滄桑客。厭了沽名釣譽韻 任隨天性來去韻 粗茶淡飯應無悔。舊病折騰遲暮韻 難托付韻 攻日課、遍將全調從頭譜韻 詩餘擬古韻 恨剛遜蘇辛。柔輸李柳。空有斷腸句韻

《摸魚兒》唐教坊曲名。又名《摸魚子》、《買陂塘》、《陂塘柳》、《邁陂塘》、《山鬼謠》、《雙蕖怨》。雙調一百十六字，前段十句六仄韻，後段十一句七仄韻。另有別體八。

賀新郎・老師您慢走

前日還瞻晤韻　手相牽、兩心傳遞。一同期許韻　身體排查都無礙。住院幾天調護韻　不敢信、匆匆離去韻　已近生辰難祝壽。奈何橋、最是淒涼處韻　腸已斷。淚如雨韻　經綸滿腹遭人妒韻　為蒙冤、離鄉背井。太多酸楚韻　韶綺勾銷功名債。桃李春風拂煦韻　退休後、潛研論語韻　八斗五車傾樽酒。惜鴻儒、也共忠魂舞韻　逐逝水。送千古韻

《賀新郎》又名《金縷歌》、《金縷曲》、《金縷詞》、《乳燕飛》、《賀新涼》、《風敲竹》、《貂裘換酒》。雙調一百十六字，前後段各十句，六仄韻。另有別體十。

子夜歌・輾轉

漏初殘、半窗燭影。倦眼夢回凝注韻　上元節、春寒料峭。老病正欺孤

旅韻　冰雪漸融。霜絲搔短。總被東風誤韻　算流年、彈指滄桑。新恨舊愁。不敢向人言語韻　暗香動、梅心寄托。喚醒一川朝霧韻　阡陌沉沉。樓臺隱隱。寥落蒹葭浦韻　悔樽前醉後。消磨光景無數韻　蓑笠扁舟。八荒漂泊。歸棹知何處韻　任衰頹、還有擔當。莫相辜負韻

《子夜歌》僅見彭元遜一詞。雙調一百十七字，前段十句四仄韻，後段十二句五仄韻。平仄當遵之。

弔嚴陵・抱真

竹籬茅舍。花月香風。粗衣淡食韻　魚鳥作伴。林泉凝碧韻　遠避宦海。留得故山。野趣都歸耕織韻　誰向軒窗問朝夕韻　獨處但知飽暖。遊宕隨緣順逆韻　友幾個鴻儒。些須雅客韻　幽徑少人跡韻　天逸韻　行吟小橋流水。桃源不用勞尋覓韻　田園心態。平民日子。清賞斑斕顏色韻　沾衣自

有露滴韻 把酒還追故習韻 柳下幽夢。依約牧童橫短笛韻

《弔嚴陵》又名《暮雲碧》。雙調一百十九字，前段十四句七仄韻，後段十句六仄韻。此調僅見李甲一詞，平仄當遵之。

金明池·閑放

過了元宵。欣逢雨水。又綻梅花幾樹韻 楊柳陌、霏煙料峭。怎禁的東風拂煦韻 有春衫、蕩起鞦韆。桑梓遠、舊夢都歸童趣韻 漸殘雪消融。關山蘇醒。正惹相思無數韻 獨倚斜欄聽軟語韻 羨喜鵲枝頭。快然攜侶韻 重勾起、依稀往事。細斟酌、牽縈情愫韻 繁霜鬢、但得平和。信不累功名。忘懷遲暮韻 慣竹杖芒鞋。粗茶淡飯。嘯傲林泉來去韻

《金明池》又名《昆明池》、《夏雲峰》。雙調一百二十字，前段十句四仄韻，後段十一句五仄韻。另有別體一。

送征衣・淒荒

掩柴扉韻　蕭疏院落。煙柳闌珊。寂寞斜影夕暉韻　有歸鳥、揀霜枝韻　寒棲韻　最難耐、梅風料峭。老病消頹韻　舊夢裏、山花爛漫。動嵐翠、照漣漪韻　小橋頭、多少童謠。追往事依稀韻　彈指桑榆遲暮。滯客土、種傷悲韻　新正悄然過半。向晚凝癡韻　枯籬韻　裁冷韻、黄蕪遼口。殘雪紛披韻　這次第絲桐下酒。縱酕醄、引烏啼韻　怨天公、不解人心。空周轉輪回韻

《送征衣》《樂章集》注：中呂宮。雙調一百二十一字，前段十二句七平韻，後段十一句六平韻。此調僅見柳永一詞，無別首宋詞可校，平仄悉當遵之。

笛家・一晌貪歡

遊牧溪山。放歌桑梓。鄉情童趣。夕陽鞭影能梳柳韻　大千牛背。小徑幽

芳。笛聲響起。霞衣裁就韻 但得田園。忘懷塵慮。率意參星斗韻 踏花歸。向天笑。鳥哢伴隨左右韻 霽岫韻 炫然虹彩。葳蕤草木。一縷光風。十萬榆錢。賞心時候韻 戲適、裸浴魚龍潛躍。角逐綠茵馳驟韻 南畝犁鋤。北園桃李。清露沾襟袖韻 柴門外。竹籬邊。老去夢回殘漏韻

《笛家》一名《笛家弄慢》，柳永《樂章集》注：仙呂宮。雙調一百二十一字，前段十四句四仄韻，後段十四句五仄韻。另有別體一。

秋思耗・黑月

邊氣長城側韻 夜未闌、平野闃寥蕭索韻 欹枕夢回。薄衾人冷。偏惹頑疾韻 最離恨難當、但凭殘燭照斗室韻 老驥心、還伏櫪韻 對隻影重簾。素箋青鏡。怎奈早春時候。飽嘗枯澀韻 追憶韻 悲欣順逆韻 算此生、轉徙尋覓韻 壯懷流失韻 空餘忠信。太多恍惑韻 問八九誰家燕來。天意

無定則韻　忘不了、身是客韻　借濁酒澆愁。霜絲侵染病魄韻　險韻凝成淚滴韻

《秋思耗》又名《畫屏秋色》，吳文英自度腔。雙調一百二十三字，前段十一句六仄韻，後段十二句九仄韻。平仄當遵之。

春風嬝娜・梅信

正東風吹潤。瑞鳥啾喧韻　舒塊壘。送輕寒韻　小橋頭、錯落暗香疏影。雪融冰解。溪瀨凝煙韻　鴨掌流波。池臺回暖。萬象更新辭舊年韻　淡抹斜暉老林外。翻蘇邊草古亭前韻　耕讀漁樵夜話。詩書下酒。放懷處、不羨神仙韻　存真氣。撫湘絃韻　思量往事。憧憬堯天韻　野渡依稀。信潮遐邇。紫雲浮動。色彩斑斕韻　呢喃新燕。伴村童嬉宕。魂牽夢繞。還是家山韻

《春風嬝娜》馮艾子自度腔，注黃鐘羽。雙調一百二十五字，前段十二句五平韻，後段十五句五平韻。平仄當遵之。

春雪間早梅・隱者

林泉伴起居韻　澗壑疊翠入瑤圖韻　倦鳥歸巢柴門閉。花風載露綺雲舒韻　松

間紋枰論道。石上對月傾壺韻　閑靜聽天籟。登遊采野蔬韻　煙蓑雨笠堪足興。不用患沉浮韻　山色空濛陰翳。晨鐘暮鼓。每感召鴻儒韻　毗鄰禪院歸淡定。信步鶴徑任崎嶇韻　草木皆存古意。幽人但愛琴書韻　晴窗時潑墨。纵行吟借韻犁鋤韻　也知歲月如流水。榮枯乍有無韻

《春雪問早梅》雙調一百二十五字，前段十句六平韻，後段十一句五平韻。平仄一定。

白苧・無眠無緒

照殘釭。數寒漏。蓬窗杳寂韻　幽襟未改。老病難當冗役韻　怨東風、暗香疏影惹愁色韻　蕭索韻　撫霜絲。夢已斷關山遙隔韻　依稀故園。多少孩童記憶韻　煙正沉、萬千心事空交織韻　尋覓韻　天涯倦旅。海角孤帆。雪泥鴻爪。爭奈星沉月黑韻　縱獨去徘徊。也傷枯魄韻　忠肝義膽。任流年

逝水。不堪揮斥韻　把酒臨風。醉了鄉情。還有題壁韻　案上絲桐。每共離人泣韻

《白苧》雙調一百二十五字，前段十二句七仄韻，後段十五句六仄韻。另有別體一。

翠羽吟·醉影

隔瑣窗韻　送暗香韻　春意惹徜徉韻　草木復蘇。雪融冰泮日初長韻　曉來籬笆院落。閑步還踏清霜韻　料峭風、著人時候。身心一任舒張韻　正月將了又何妨韻　關河依舊。喜氣洋洋韻　兩盞三杯淡酒。誰與共飲。遨魂歸夢鄉韻　放懷激賞瑤臺。果是滿目琳琅韻　信百花深處。山水綠、浮動嵐光韻　象外癡情未央韻　管教天籟引絲簧韻　漁蓑箬笠。欸乃扁舟。不似朔方韻

《翠羽吟》僅見蔣捷一詞。雙調一百二十六字，前段九句六平韻，後段十五句八平韻。平仄宜當遵之。

六州·厭春宵

侵料峭。不敢憶佳期韻　更漏永。霜絲短。倦旅夢回時韻　空輾轉、燭影參差韻　青鏡閑置後。枉自凝思韻　怨天命、還被牽羈韻　相會又分離韻　長亭野草。高穹片月。朝朝暮暮。心事少人知韻　籬笆院。老來更掩柴扉韻

吟寂寞。遺惆悵。聊以慰頑癡韻　遼河口、濕地寒棲韻　檢琴卮韻　但求一醉縈迷韻　都辜負。益友良師韻　任輕靄遲遲韻　荒蕪憧憬。蓬窗度曲。雲箋索句。俗韻寄他誰韻

《六州》僅見《宋史·樂志》無名氏一詞。雙調一百二十九字，前段十四句七平韻，後段十五句八平韻。平仄當遵之。

十二時慢·九九

霧朦朧。踏霜清曉。閑步隨緣遐邇韻　數九九、寒梅吐蕊韻　演繹東君雅

事韻　草木勾萌。汀洲復醒。待燕歸桑梓韻　融宿雪、呼喚耕牛。塞外關山。重見小橋流水韻　長短亭。迎來送往。輾轉為謀生計韻　祈禱瑞年。豐衣足食。不負黎元意韻　禹域開盛宴。風調雨順天地韻　舊夢中。桃源做客。感受溫馨和氣韻　玉兔呈祥。雲蒸霞蔚韻　柳陌新鶯戲韻　好酒須盡興。聽泉快然酣醉韻

《十二時慢》三段一百三十字，前段十一句五仄韻，中段八句三仄韻，後段八句四仄韻。另有別體三。

蘭陵王・衰晚

一何急韻　遲暮白駒過隙韻　捋霜鬢。獨倚蒼松。玉子閑敲落斜日韻　孑影空自惜韻　流水高山漫憶韻　知音少。草木相攜。煦潤清風出泉石韻　蓬舟舊蓑笠韻　任南北東西。鴻爪萍跡韻　荒汀魚鳥憐蘆荻韻　縱詩酒有情。

飯蔬養性。寄身他鄉總是客韻　茅簷慣幽僻韻　沉疾韻　更煎迫韻　最夢醒
窗寒。燭短天黑韻　萬千心事誰消得韻　剩芒鞋藜杖。尋尋覓覓韻　壯懷都
了。不覺襟袖又沾濕韻

《蘭陵王》唐教坊曲名。三段一百三十一字，前段十句六仄韻，中段八句五仄韻，後段九句六仄韻。另有別體四。

大酺・龍抬頭

夢裏龍吟。當驚蟄。和潤東風涵育韻　關河同覺醒。有暗香浮動。夜鶯相
逐韻　池閣凝煙。鱗波照影。楊柳漸垂新綠韻　閑雲長城外。送歡歌笑語。
稚童遊牧韻　正草色遙觀。春潮乍泛。瑞光堪掬韻　依稀聞布穀韻　備耕
緊、阡陌初忙碌韻　莫回想、蹉跎歲月。坎坷人生。話桑麻、此心平復韻
但把精神抖。詩酒伴、不知幽獨韻　踏溪徑、尋歸宿韻　蘆岸林野。掩映

疏籬茅屋韻　塞翁快然縱目韻

《大酺》雙調一百三十三字，前段十五句五仄韻，後段十一句七仄韻。另有別體一。

破陣樂・釋懷

乍萌細草。還眠野樹。梅影香遠韻　向曉輕霜薄霧。惹料峭長河沿岸韻　依約離亭。崎嶇古道。去來企盼韻　燕銜泥、又把新巢築。趁東風和潤。溪流清淺韻　塞北湖山。自然化育。生機昭煥韻　敦勉韻　勸課耕桑。匡扶社稷。存浩氣。抬望眼韻　縱使蓬舟浮客老。樂得布衣蔬飯韻　但回眸。應無悔。荒疏仕宦韻　慣了柴扉恬適。楮墨揮毫。紋枰落子。徜徉幽韻。結義三兩鴻儒。醉橫玉管韻

《破陣樂》唐教坊曲名。《宋史・樂志》：正宮。柳永《樂章集》注：林鐘商。雙調一百三十三字，前段十四句五仄韻，後段十六句五仄韻。另有別體一。

瑞龍吟・巾幗萬歲

東風舞韻 三八又見梅花。鶴鳴煙樹韻 陰陽交互平和。衍生物象。乾坤有序韻 醉心處韻 還是小橋流水。倚欄凝竚韻 浮波鴨綠鵝黃。綺雲閑掛。斜暉一縷韻 遙想芝加哥市。罷工聲浪。聚焦關注韻 爭得半邊天權。功蓋千古韻 裙釵節日。寰宇同呵護韻 君須記、知恩圖報。烏鴉反哺韻 孕育何其苦韻 女媧煉石。蒼穹可補韻 誰個無慈母韻 真善美。柔情釀成膏乳韻 人間至愛。不容辜負韻

《瑞龍吟》以周邦彥詞為正體。黃昇云：此調前兩段，雙拽頭，屬正平調，後一段犯大石調，「歸騎晚」以下（即末尾四句），仍屬正平調也。三段一百三十三字，前兩段各六句、三仄韻，後一段十七句九仄韻。另有別體三。

浪淘沙慢・無寐

閉柴門。湘簾漫捲。朔氣初歇韻 疏影斜枝待月韻 清香冷蕊似雪韻 更薄

霧幽襟相彷佛韻　歎萍跡、總是離別韻　對短燭長宵夢回後。悲欣向誰說韻凝咽韻　隔窗夜景虛設韻　正燕子來時。爭知我、鏡裏添白髮韻　每歎悔蹉跎。遲暮孤子韻　抱殘守缺韻　奈舊情難了。太多心結韻　杯酒還教肝腸裂韻　空惆悵、神魂恍惚韻　犯腰病、不堪臨法帖韻　吟古調、日課脩持。任柳陌。東風枉自輕吹拂韻

《浪淘沙慢》柳永《樂章集》注：歇指調。雙調一百三十三字，前段九句六仄韻，後段十五句十仄韻。另有別體三。

歌頭・過八百調

卅年前、向天承諾韻　今生鎖定。詩餘全戰略韻　欲通填。從頭學韻　曾抄下、善本良多。潛心搥琢韻　每徜徉、前賢名作韻　遊歷讀山川。行吟樂韻勤積蓄。苦求索韻　將老去、日課擔當事。寫新博韻　感悲欣。訴衷情。

餐寂寞韻 濕地一隅。誰知棲野鶴韻 韻語細參詳。無重字。輕松鑄真魂。
忌穿鑿韻 繁霜鬢。數寒漏。兩三春。八百詞章斂獲韻 報佳音。國粹傳
承相勉。千秋騷壇。也憐人。留空白。待開拓韻

《歌頭》僅見唐莊宗一詞，《尊前集》注：大石調。雙調一百三十六字，前段十四句八仄韻，後段十九句五仄韻。平仄當遵之。

多麗・遊目騁懷

片雲閑。又聞鵲喜南枝韻 小橋頭、軟風輕拂。疏林一抹斜暉韻 有長
河、蜿蜒盤曲。夾岸柳、照影漣漪韻 濕地回春。霏煙入畫。天光物態
戀明時韻 渤海外、漁歌清遠。欸乃棹歸遲韻 萌新綠。還生料峭。澄爽
來宜韻 對昏鴉、倚欄杆處。野客偏愛凝癡韻 老邊牆、每懷往事。舊
草堂、半掩柴扉韻 散慮逍遙。誰家燕子。但凡溫飽且陶怡韻 望桑梓、

童心未泯。難忘是佳期韻　須裁剪。山中歲月。築夢梅溪韻

《多麗》又名《鴨頭綠》、《隴頭泉》。雙調一百三十九字，前段十四句六平韻，後段十二句五平韻。另有別體八。

玉女摇仙佩·為田久川先生一哭

追修歷史。得遇恩師。二月春風吹雨韻　復考門生。階梯教室。倍惜遲來呵護韻　辨析還諧趣韻　養詩情畫意。縱横千古韻　正當年、寒窗解惑。清課誰能互動如許韻　依稀馬蘭村。北苑餐英。南山種樹韻　三十餘年一夢。笑貌音容。記憶無由揮去韻　受益良多。家邦回饋。代有天驕稱譽韻　奈夕陽簫鼓韻　忽癌變、噩耗飛來悽楚韻　向渤海、傾盆淚下。萬般凝咽。不堪傾吐韻　殤魂處韻　鴻儒片影沉青霧韻

《玉女摇仙佩》柳永《樂章集》注：正宫。雙調一百三十九字，前段十四句六仄韻，後段十三句七仄韻。另有別體一。

六醜·枉回眸

正寒凝甲午。臘七夜、新嬰啼泣韻　乳名會群。柴門傳一脈韻　駟馬齊集韻　漏斷知初歲。男兒降世。待振興家國韻　山村勝處歸泉石韻　稚子嬉遊。田園耕織韻　春來百花爭色韻　看雙飛燕侶。分享甜蜜韻　旗翻「文革」韻　奈萍蹤浪跡韻　轉徙遼河口。成異客韻　禽鳴百里蘆荻韻　更霞飛城草。掩盤蛇驛韻　長城外、縱橫阡陌韻　魚米足、夢裏鄉關不見。也生淒惻韻　羸冬考、大學遲入韻　鬢雪殘、抱定擔當事。無由歇息韻

《六醜》雙調一百四十字，前段十四句八仄韻，後段十三句九仄韻。另有別體二。

玉抱肚·矜獨

相隨相傍韻　相思相望韻　算今生也有相知。可將甘苦分享韻　奈長亭別後。

流光逝、多少榮枯入惆悵韻 故園舊事。夢影斷想韻 繁霜鬢、鎖迷惘韻 落暮徘徊。斜欄外。蹉跎倦旅。孤懷抱藜杖韻 意遲遲、更與誰言狀韻 信斷鴻、寂寞疏來往韻 泛扁舟、海角天涯。自斟須省揖讓韻 遠離時尚韻 一鉤月、惹動歸心逐波浪韻 點點滴滴。釀清露、垂林莽韻 守夙緣、參物象韻 向桑榆索句、熬短燭。怎放得下、這消魂帳韻

《抱玉肚》雙調一百四十一字，前段九句六仄韻，後段十五句九仄韻。此調僅見楊無咎一詞，無別首宋詞可校。平仄當遵之。

六州歌頭・鴻儒

五車八斗。耕讀任逍遙韻 懷朗抱叶 舒野嘯叶 醉酕醄韻 自堪豪韻 仗劍行天道叶 聞啼鳥叶 思飄渺叶 矜放傲叶 朝凭眺叶 暮橫簫韻 巾袖翼然。遊興如春草叶 綠滿芳郊韻 伴閑雲野鶴。腳下路迢迢韻 毀譽輕拋韻 話漁樵韻

夙緣朋好叶　存忠孝叶　肝膽照叶　領風騷韻　臨畫稿叶　吟古調叶　夢藍橋韻　折柔條韻　柳浪驚知了叶　歸霧棹叶　系江皋韻　泉貨少叶　柴門小叶　也陶陶韻　不慕功名。歲月催人老叶　月下林梢韻　剩真魂無悔。往事入童謠韻　撫弄靈韶韻

《六州歌頭》雙調一百四十三字，前段十九句八平韻、八叶韻，後段二十句八平韻、十叶韻。另有別體八。

夜半樂・避徙

戊申小滿時候。輕車瘦馬。揮淚辭鄉土韻　漸路轉煙沉。哪堪離緒韻　嶺頭悵惘。溪邊輾顧韻　晚風吹動林濤。落霞無主韻　怨眾鳥、歸飛惹癡妒韻

暫投客棧歇泊。燭影依稀。弟兄淒楚韻　人不寐、明朝還愁行旅韻　岫岩山道。崎嶇坎坷。太多跋涉艱辛。縱橫顛僕韻　古城外、遼河向西去韻

騁目平野。一片蠻荒。幾家津渡韻　覓得個、柴門寄居處韻　老邊牆、兵燹往事從頭訴韻　蘆葦蕩、綠影棲鷗鷺韻　少年襟抱桑榆暮韻

《夜半樂》唐教坊曲名。柳永《樂章集》注：中呂調。三段一百四十四字，前段十句五仄韻，中段九句四仄韻，後段七句五仄韻。另有別體一。

寶鼎現·勝處

落霞融日。曲徑通幽。高山流水韻　花雨過、嵐光浮動。林野香風吹旖旎韻　掩映處、共孤煙遲佇。松下茅簷靜憩韻　怪石上、鱗苔點點。陶寫誰家文字韻　但得天籟稱人意韻　露華濃、涵養真氣韻　魚鳥樂、蜂團蝶陣。溪澗蒼藤千百歲韻　古棧道、為懸崖立傳。追述前塵舊事韻　遠世幻、功名不擾。慣了漁樵生計韻　憧憬象外清遊。吟嘯罷、閑敲棋子韻　掛簾鉤、明月當窗。修篁滴翠韻　有朋好、也堪同醉韻　老去應無悔韻　任永夜、魂

夢依稀。再把童心撫慰韻

《寶鼎現》又名《三段子》、《寶鼎兒》。三段一百五十七字，前一段九句四仄韻，後兩段各八句五仄韻。另有別體七。

箇儂・怡怡然

正曉啼春淺。送明媚、當窗晴日韻 階砌霜融。平疇煙裊。驛道上、漸多行跡韻 邊草青前。梅花開後。信燕子歸來。舊巢猶識韻 檢點犁鋤。備耕時候。企盼著、嘉年豐溢韻 薄賦輕徭。養清平、強民富國韻 醫治禍亂瘡痍。排雲振翮韻 閑中楮墨韻 好漫寫、怡人詩筆韻 清節柔腸。俠肝義膽。抱老病、蝸居蘭室韻 案牘勞形。琴書溫酒。任鬢雪參差。風襟散逸韻 欲會劉郎。古今遙隔韻 也種下、靈桃三百韻 認許輕寒。爽神魂、不知為客韻 沙渚柳岸依稀。誰吹玉笛韻

《箇儂》僅見廖瑩中一詞。雙調一百五十九字，前段十六句六仄韻，後段十六句八仄韻。平仄當遵之。

解紅慢・霖霖

亂雲深處韻　料峭風。偏來吹幽暮韻　關河望斷。空濛一片鎖青虛叶　盤蛇驛外。沾濕爭如瀟瀟雨韻　恰膏油潤化。抽新柳。滋南畝韻　漲池沼。洗纖塵。敲窗戶韻　養生態、林泉醉鱗羽韻　桑麻歲稔應有譜韻　趁天時降瑞。沉浸簫鼓韻　梁燕歸。弄呢喃音符叶　茅簷小。下酒但憑詩書叶　羈棲況味。擔當事。不敢含糊叶　老病奈何。韻裏前緣休辜負韻　燒紅燭、檢點斟裁。長短句韻　硯邊箋。夢邊情。壺邊賦韻　這次第、遐心接萬古韻　中宵明月開晴宇韻　把嬋娟願景。都灑庭除叶

《解紅慢》調見《鳴鶴餘音》。雙調一百六十字，前段十七句八仄韻、一叶韻，後段十八句五仄韻、四叶韻。平仄當遵之。

穆護砂・遲徊

苦旅何時了韻　感蹉跎、最是斜照韻　總東風有意。故園無影。望中長煙飄渺韻　鎖極浦、耕蓑知料峭韻　客路遠、桑榆人老韻　又怎奈、春分此際。惹別緒、誰家魚鳥韻　還染殘霜。未抽新葉。堤塘凝竚懶橫簫叶　只歎難回首。高山流水。消損舊襟抱韻　往事夢縈魂繞韻　奈何天、宿痾侵惱韻　本出身貧賤。芒鞋藜杖。孤斟也曾直傲韻　念去去、萍蓬聽雁叫韻　勞碌甚、勉為溫飽韻　搔鬢雪、驀然驚詫。臨瀚海、不敢撐篙叶　日課修持。欲加餐飯。哪堪夙命入淒寥叶　費思量、徒爾披迷。榮枯原上草韻

《穆護砂》僅見宋裴一詞，雙調一百六十九字，前段十五句七仄韻、一叶韻，後段十四句六仄韻、兩叶韻。平仄當遵之。

三臺・醉影

夢桃源春色不老。渡頭棹歌迢遞韻 過小橋、石徑接柴門。訪秦客、參詳幽異韻 誰知曉。魏晉當年事韻 撫一曲、高山流水韻 樂魚鳥、耕讀傳家。有好酒、四鄰同醉韻 信凝煙岸柳入畫。滴露林花如洗韻 自給足、休戚也相關。六畜旺、諧和生計韻 斜陽雨、煞是解人意韻 更幻化、雲蒸霞蔚韻 但執手、話別長亭。出真洞、太多回味韻 奈寒衾消酒輾轉。幕簾向窗沉墜韻 夜未闌、獨去對吟燈。想陶令、田園文字韻 空凝竚、素箋無處寄韻 玉漏遲、孤影憔悴韻 世情薄、扶病桑榆。念彌陀、悄然貞退韻

《三臺》僅見万俟詠一詞，三段一百七十一字，前一段九句五仄韻，後兩段各八句五仄韻。平仄當遵之。

哨徧・教書匠

授業養家。傳道育人。解惑勞心智韻 三尺壇。十載付中師叶 也開懷滿園

桃李韻　復剖疑叶　熬乾案頭孤燭。參詳藝理通經史韻　持大節躬行。雙邊互動。芸窗教學相濟韻　得餘暇治印更臨池叶　占一技方不愧須眉叶　浮譽雖多。宦意還無。淡然功利韻　噫叶　嘉木成蹊叶　欲披肝膽談何易韻　壯歲都嘗遍。悲歡離合滋味韻　夢送走顏淵。迎來季路。菁莪造士長流水韻　果弟子雲從。鴻儒輩出。徜徉歌管迢遞韻　感上蒼允我問仲尼叶　看草木葳蕤會天機叶　老九情、可矜如此韻　樓臺明月清影。鐵硯磨穿處。露華休把韶光減卻。朗抱采真陶醉韻　莫言攻讀誤佳期叶　向桑榆、敦勉砥礪韻

《哨徧》蘇軾集注：般涉調。又名《稍遍》。雙調二百三字，前段十七句五仄韻、四叶韻，後段二十句七仄韻、五叶韻。另有別體八。

戚氏·五更寒

夢初殘韻　輾轉爭奈夜闌珊韻　昨日梅花。已隨春水共潺湲韻　幽絃韻　惹輕

寒韻　桑榆隻影忒堪憐韻　東風漸染新草。幾時鋪綠到家山韻　困頓羈旅。彈
依稀往事。繫情最是童年韻　就溪橋野徑。丘壑魚鳥。旖旎林泉韻　彈
指鬢鬢都斑韻　蹉跎歲月。總為別離難韻　遼河口、一灘鷗鷺。百里蘆灣韻
泊漁船韻　叵耐老病。荒疏楮墨。懶寄吳箋韻　瑣窗缺月。遺釋無由。不
見粱燕飛還韻　漏斷思迢遞。漢書下酒。醉筆謀篇韻　直把枯腸索盡。
信聞雞起舞也徒然韻　縱將險韻裁成。素辭託付。對鏡空長歎叶　算此生、
命裏多牽絆叶　搔白髮、應歇登攀韻　抱夙衷。追慕前賢韻　正凝滯、兩淚
又潸潸韻　布衣吟客。癡心尚在。步履維艱韻

《戚氏》柳永《樂章集》注：中呂調。又名《夢遊仙》。三段二百十二字，前段十五句九平韻，中段十二句六平韻，後段十六句六平韻、兩叶韻。另有別體二。

勝州令・漫興

逝川一望遠韻　平蕪皋渚。野煙彌漫韻　漸依約、順乎潮信。欸乃小舟歸晚韻　幽棲鷗鷺。也知濕地蘆芽短韻　送夕照。斜影波清淺韻　物華擁客棧韻　還被東風管韻　呢喃燕子。戀舊巢、攜鴛侶。巧將綠茵裁剪韻　有桃李、蓓蕾含羞。相期取次放綻韻　犁鋤搶早備耕。為田園開卷韻　爽意忽來。柳陌聽鶯囀韻　與誰同把盞韻　向醉中企盼韻　茅屋曲池岸韻　四圍柴籬自給飽暖韻　得趣處、牧子橫笛。且不必思塵幻韻　天邊閑雲。識得草木襟懷。薄暮度曲。此中多消遣韻　睡去但解脫。莫使幽夢斷韻　搔白髮、追尋往事。寄癡情、總是聚散韻　老來怎奈我。功名忘卻。憺然疏簡韻　哪堪未泯童心。補蹉跎。蘭若生九畹韻　古意惹詩翰韻

《勝州令》僅見鄭意孃一詞。四段二百十五字，第一段十一句七仄韻，第二段十一句六仄韻，第三段十句五仄韻，第四段九句四仄韻。平仄當遵之。

鶯啼序・驛雪

茅簷晚來驟冷。歎哀鴻孤旅韻 驛亭短、綠瘦紅消。幻聽邊塞笳鼓韻 暮雲黑、西風慘淡。蓬窗破隙無人補韻 奈寒衾似鐵。此情不堪含咀韻 漏打三更。天沉四野。漸梨花回舞韻 把心事、掛滿枝頭。任凭迷了歸路韻

問瑤臺、幾雙玉蝶。望桑梓、渺茫津渡韻 入陰霾。險韻雖成。壯懷辜負韻 雞鳴悠遠。星斗依稀。織愁思念處韻 待酒渴、行囊羞澀。叵耐冰霜。凍結鬢髯。向誰傾訴韻 銀絲慵整。家書還斷。板橋棧道都凝滯。

感蹉跎、彈指韶光去韻 窮途潦倒。消磨萬里關山。收拾一捧鄉土韻 青鴉乍醒。曉月猶殘。待病夫覺寤韻 見林表、炊煙正舉韻 夢影浮生。浪

跡萍蹤。也如飛絮韻　丹愚鐵血。臨池濡墨。匆匆過客何能耳。抱真元、怕被虛名誤韻　拼將千古吟魂。上下飄零。縱橫顛僕韻

《鶯啼序》一名《豐樂樓》。四段二百四十字，第一段八句四仄韻，第二段十句四仄韻，第三段十四句四仄韻，第四段十四句五仄韻。另有別體四。

荒堂全調詞箋附編【唐宋大曲九调】

唐之大小曲名，見《教坊記》。宋之大小曲名，見《宋史·樂志》。如《竹枝》、《柳枝》、《浪淘沙》等調，唐之小曲也，已依字數多寡編入小令。《清平調》、《水調》、《涼州》、《伊州》、《陸州》諸調，唐之大曲也。惟宋人大曲，傳者甚少，僅得《薄媚》一調。《調笑令》、《九張機》、《梅花曲》亦為採錄。謹依《欽定詞譜》體例，合九調另輯一編附後，略舉其概而已。按王國維考證，唐宋大曲應不止於此也。至若元人套數樂府，與詞同源異流，本書專為詞作，例不採入。（參見《欽定詞譜》附編小注）

清平調三首

荒塚淒淒燒紙錢韻　清明祭掃淚潸然韻　望中雲影偏無雨。可奈陰陽隔九泉韻

為誰辛苦為誰忙韻　煙鎖桑榆已斷腸韻　濁酒不憐無夢客。每逢修禊枉流觴韻

人生如夢誤佳期韻　萍水相逢又別離韻　總是斜陽疏雨後。凭欄凝睇撚霜絲韻

《清平調》唐大曲，三疊八十四字。《碧雞漫志》云：清平調辭，乃於清調、平調製詞也。《松窗雜記》云：每徧將換，明皇自倚玉笛和之。按：此調平仄謹遵李白《沉香亭應制》。勘校：李白此曲「會向瑤臺月下逢」句，「會」字仄聲，《欽定詞譜》標譜僅存殘缺弧線，今譯本多據此以平聲標示聲調，訛誤，當從仄。

水調歌十一首

第一

西樓獨坐意蕭然韻　往事依稀山外山韻　蓬窗望斷遼河水。倦旅沉吟渤海灣韻

第二

過了清明燕未歸韻　空巢竟日惹遊絲韻　桃花向晚情何限。一抹斜暉一抹癡韻

第三

桑榆不敢數歸程韻　縱目長亭接短亭韻　但得好風輕著力。雲帆飄過晚潮平韻

第四

故園一夢百千愁韻　未勒功名萬事休韻　愧對宗祠人已老。王孫無計做王侯韻

第五

煙柳長城外。蒹葭古道邊韻　去來如雁影。不用記流年韻

入破第一

岫玉靈光待琢磨韻　東山風物水雲多韻　一別鄉關三百里。遲暮悲欣奈若何韻

第二

牧童橫笛小山隈韻　繫向牛頭一剪梅韻　背負落霞初散綺。清溪銜影踏春回韻

第三

嶺上彤雲染杜鵑韻　春風化雨好耕田韻　犁鋤最是傳家寶。釣譽沽名笑枉然韻

第四

料峭寒侵滴漏聲韻　夜長不寐奈何情韻　雲箋寄語墨還濕。一瓣敲窗傷落英韻

第五

少年別有壯思飛韻　踏遍青山舍我誰韻　老病纏身怨遲暮。煙蓑雨笠信無為韻

第六徹

孤燭燒還短。重簾落更長韻　隔窗明月影。空寂倚邊牆韻

《水调歌》唐大曲，十一疊二百九十二字。《樂府詩集》云：商調曲也。《理道要訣》：南呂商，時號《水調》。《碧雞漫志》：水調多偏，似是大曲。按，唐曲凡十一疊，前五疊為歌，後六疊為入破。其歌第五疊五言，調聲最為怨切，故白居易詩云：「五言一徧最殷勤，調少情多似有因。不會當時翻曲意，此聲腸斷為何人。」蓋指此也。

涼州歌五首

第一

夢回無緒照殘釭韻　總是離人知夜長韻　醉袖懶將青鏡拭。鴻心未竟鬢先霜韻

第二

陌頭楊柳欲垂絲韻　旅驛桃花開幾枝韻　梁上空巢思舊燕。風吹水影亂參差韻

第三

風雨過瀟湘韻　夜闌衾枕涼韻　草堂春睡醒。誰與訴衷腸韻

排徧第一

平明漫步小橋東韻　望斷雲山第幾重韻　未改鄉音還是客。去留無意此心空韻

第二

閑窗獨自傾樽酒。遠岫依稀有洞天韻　老去不聞身外事，也知清靜即逃禪韻

伊州歌十首

《涼州歌》唐大曲，五疊一百三十二字。《碧雞漫志》：《涼州》見於世者，凡七宮曲：黄鐘宮、道調宮、無射宮、中呂宮、南呂宮、仙呂宮、高宮。

第一

遙觀春草漸抽青韻　小徑崎嶇倚杖行韻　鱗波識得桃花面。雲影參差夕照明韻

第二

遼河口外一沙鷗韻　不向時風亂點頭韻　敢問蘆芽春幾許。天然生態正堪憂韻

第三

人面知何處。桃花次第開韻　小園尋舊夢。空寂惹徘徊韻

第四

更箭還迢遞。幽窗見月鉤韻　忽聞歌古調。清淚向誰流韻

第五

砍了梧桐樹。凭誰引鳳凰韻　大千原有序。物我莫相傷韻

入破第一

溪邊橫笛牧歸遲韻　晚照桃紅一兩枝韻　且向東風買閑趣。孤煙搖曳識幽棲韻

第二

霜侵野渡泊孤舟韻　憔悴桑榆起客愁韻　今宵幽夢誰邊去。拍岸濤聲到枕頭韻

第三

家山一别卌三年韻　未泯童心鬢已斑韻　昨夜依稀聞布穀。西窗剪燭照無眠韻

第四

梁燕通人意。雙雙戀舊家韻　呢喃都入韻。只為話桑麻韻

第五

楊柳閑池閣。蒼苔掩屐痕韻　應將半片月。分與未歸人韻

《伊州歌》唐大曲，十疊二百四十字。《碧雞漫志》：《伊州》見於世者，凡七商曲：大石調、高大石調、雙調、小石調、歇指調、林鐘調、越調。

陸州歌七首

第一

甘苦翻全調。三年費琢磨韻　只今將委結。老淚一何多韻

第二

日課擔當事。交遊多婉辭韻　親朋若嗔怪。請罪負荊時韻

第三

華夏尊詩國。騷壇代有人韻　雖居唐宋後。立雪到程門韻

排遍第一

雅韻無今古。當知立意難韻　動情方得味。何必妒先賢韻

第二

長短句中醉。悲欣入羽觴韻　養真何懼老。朔塞一遊方韻

第三

物外饒真趣。前緣不可違韻　東風山水綠。斜照惹芳菲韻

第四

報國應無悔。填詞集大成韻　仰天長嘯處。依約見蓬瀛韻

《陸州歌》唐大曲，七疊一百四十字。《欽定詞譜》未注明調式。

調笑令十首

淒寂

漫倚欄杆對夕暉韻　東風吹潤惹相思韻　梁上虛巢待歸燕。

長亭折柳當送誰韻　一窗清影邀明月韻　夢回還是傷離別韻

萬千心事寄雲帆。凝眸無計空凝咽韻

凝咽韻　幾時歇韻　樽酒夢回情更切韻　肝腸寸斷頭飛雪韻　天際疏星明滅韻

雲箋難寫音塵絕韻　憐煞杜鵑啼血韻

巫山

巫峰十二知江長韻　誰教雲夢憶襄王韻　猿聲依稀送月影。

高唐不見空神傷韻　曉來露冷清秋節韻　客愁煙波已重疊韻

歸帆一片千里心。鉤沉往事吟留別韻

留別韻　落江月韻　舊夢還憑神女說韻　斷崖水影成虛設韻　巫峽平明穿越韻

閑愁波湧千堆雪韻　誰管片帆浮沒韻

深閨

一聲欸乃送夕陽韻　渡頭凝佇離思長韻　畫眉深淺有誰顧。
去年燕子今不雙韻　斜風細雨羅裙濕韻　已改朱顏怨駒隙韻
忍將春暮守空帷。前緣注定難尋覓韻
尋覓韻　晚風急韻　莫向雲山生顧息韻　長亭掩映空凝碧韻　簾外春煙如織韻
平添憔悴渾無力韻　燭短漏長沉寂韻

幽鏡

妝奩久未向人開韻　一任煙雨侵樓臺韻　鬢雲爭如妾心亂。
不須對影簪花釵韻　落紅隨波逐離散韻　飛絮香塵鎖庭院韻
西窗剪燭月黑時。輾轉夢回寸腸斷韻

腸斷韻　數更箭韻　消損此身天不管韻　西窗殘燭還嬌喘韻　昨日桃花人面韻
今宵隻影空長歎韻　雲鬢一如心亂韻

杏花

凝煙釀露紅一枝韻　出牆冠壓群芳時韻　東風不識玉人面。
還將萋讒當護持韻　繁華時候應無悔韻　直令綠窗生淑媚韻
小園春色細端詳。落霞照影清溪水韻
溪水韻　鱗波細韻　影動別枝還滴翠韻　牆頭借得東風意韻　絕勝雲蒸霞蔚韻
引來繾綣雙燕子韻　也與韶光幽會韻

聽雨

魂驚夢斷听瀟瀟韻　不堪斷鴻歸路遙韻　柳綠桃紅逐流水。

殘釭孤影空寂寥韻　桑榆索句吟遲暮韻　立殘更箭還無緒韻
撥弄絲桐一兩聲。亂雲向曉沉煙樹韻
煙樹韻　迷津渡韻　酒入愁腸應不語韻　幽絃亂點鴛鴦譜韻　孤影倚窗凝竚韻
萬千心事歸遲暮韻　倦旅寄懷何處韻

佳期

柳梢新晴鶯亂啼韻　扁舟欸乃生黛漪韻　汀洲蒹葭引雲鶴。
紫霞翠影相明迷韻　不知癡心為誰老韻　借來東風意未了韻
還將舊夢當蓬萊。尋幽逃禪入飄渺韻
飄渺韻　遠山小韻　霧鎖池臺春正好韻　一枝紅杏聞啼鳥韻　夢裏不知人老韻
散懷時候憐芳草韻　義薄雲天襟抱韻

萍蹤

一蓑煙雨過瀟湘韻　故園燕子銜泥忙韻　此生無計報家國。忍將別愁吟斷章韻　芳草萋萋春浩蕩韻　迷離津渡漁歌唱韻

霽霞向晚煮江波。天涯孤旅空淒愴韻

淒愴韻　逐波浪韻　流水無情還激蕩韻　閑雲不買離人賬韻　寸斷肝腸守望韻

孤蓑遲暮聽漁唱韻　煙柳哪堪依傍韻

破子

雨霽韻　流雨氣韻　又見山花開次第韻　故園入夢知春意韻　象外小橋流水韻

野煙斷續添情味韻　訴說童年往事韻

又

春曉韻　怕春了韻　弱柳扶風憐窈窕韻　林泉猶有花枝俏韻　凝露萋萋碧草韻

斜暉一抹晴方好韻　引釣誰家驁老韻

遣隊

蜂圍蝶陣逐香塵韻　半掩晴窗半掩門韻　也趁落霞沐花雨。清溪弄影石榴裙韻

九張機·浮生

《調笑令》每首三十八字，七句七仄韻。王國維《宋元戲曲考·宋之樂曲》：「其歌舞相兼者則謂之傳踏，亦謂之轉踏，亦謂之纏達。北宋之轉踏恒以一曲連續歌之，每一首詠一事，共若干首，則詠若干事。然亦有合若干首而詠一事者。」此調平仄謹遵毛滂體例。

一張機韻　哪堪舊夢又依稀韻　寒侵甲午凝天雪。茅簷低小。柴簾驚破。夜

半報嬰啼韻

兩張機韻　傳承一脈我來遲韻　家貧叵耐偏多病。應憐繈褓。神形憔悴。直

是亂投醫韻

三張機韻　鄉情野趣入桃溪韻　閑雲出岫新晴乍。炊煙夭嫋。小橋流水。短

笛牧斜暉韻

四張機韻　漁樵耕讀慣山棲韻　還將願景分魚鳥。餐英飲露。榮枯隨遇。冷

暖問蓑衣韻

五張機韻　盤蛇驛外草萋萋韻　逃荒路遠憐年少。拜辭桑梓。戊申春去。淚

濕海風吹韻

六張機韻　愚氓丁巳考遼師韻　蓬舟且作無涯渡。琴心劍膽。從頭砥礪。不

敢誤須眉韻

七張機韻　同窗幸得幾相知韻　總是位卑能憂國。豪門子弟。每貪虛譽。真

性早迷離韻

八張機韻　鴛鴦攜侶弄漣漪韻　大千萬象容諧賞。刪繁就簡。疏香清影。柳陌會佳期韻

九張機韻　悲欣交集看梭飛韻　織成愛恨空回首。長亭古道。萍蹤鴻爪。雙鬢落銀絲韻

《九張機》宋大曲。九疊二百七十字。每首六句三平韻。平仄一定。另有一體前後加口號。

勘校：第三首第五句原詞「館娃宮女」，首字仄聲，《欽定詞譜》標譜似脱落，今從仄。

梅花曲三首

衆芳搖落獨鮮妍韻　占斷風情向小園韻　疏影横斜水清淺。

暗香浮動月黄昏韻　霜禽欲下先偷眼。粉蝶如知合斷魂韻

幸有微吟可相狎。不須檀板共金樽韻

信風情占斷。疏影月黄昏韻　鮮妍獨領群芳。饒逸趣。無涉幻塵韻　忽送暗香來。偏知雪裏春韻　驚别枝。霜禽欲下處。歎賞真魂韻　誰戀花蜂粉蝶。輕浮動。一樣長精神韻　拂曲檻。閑池閣。惹沉吟。起鶴雲韻　幸有鐵骨不須描。入畫亂點苔痕韻　便勝如。檀板共金樽韻

又

家是江南友是蘭韻　水邊月底怯新寒韻　畫圖省識驚春早。玉笛孤吹怨夜殘韻　冷冷合教親處著。清癯難遺俗人看韻　相逢剩作樽前恨。索笑情懷老漸闌韻　驛外橋頭。水邊月底。孤高友是蘭韻　比春還早。雪中開、一笑試新寒韻　畫圖省識别有心。問仙鄉。也在江南韻　冷韻誰吹玉笛。夢斷夜猶殘韻

寂寥獨倚斜欄韻　能鑄就傲骨。無須華鉛韻　但存清氣。得真味。不遺俗人看韻　合教野鶴棲止。逸興到樽前韻　煙影深處最堪憐韻　情懷老漸闌韻

又

瓊枝只合在瑤臺韻　誰向江南處處栽韻　雪滿山中高士臥。月明林下美人來韻　寒依疏影蕭蕭竹。春掩殘香漠漠苔韻　自去何郎無好詠。東風愁寂幾回開韻

錯落瓊枝。參差斜影。只合點綴瑤臺韻　山中臥雪。月下驚高士。異馥徐來韻　美人淡寂。仙韻依稀。誰解幽懷韻　塵外孤標。憐清節。不用斟裁韻　也堪消得。春寒料峭。冷露掩蒼苔韻　夢回時候。溪煙漠漠別秦淮韻　何郎好詠應知。風竹蕭蕭作朋儕韻　逸格須向。江南處處栽韻

《梅花曲》劉几隱括王安石詩三首而成。雙調共計二百八十八字，其平仄無別首宋詞可校。今依次用宋林逋、陸遊，明高啟詩意填之。

薄媚・塵跡

入破第一

大年根。長夜裏叶　朔雪敲窗紙叶　掩重簾。撥燈蕊叶　寒門忽送驚喜叶　成全孝道。慈母新添孺子叶　又何愁、接續香煙。宗祠祭祀叶　竟無寐叶　祖父眉梢堆笑。連日加餐飯。親掐算。起嘉名。須教把、舊德承繼叶　耕桑為本。忠義千秋。溫飽足諧宜韻　勤儉持家。奢華不染。秉天意叶

第二虛催

山河沸叶　紅旗漫卷深翻地叶　燈籠煥明。南畝犁鋤交臂叶　全民共餐。一鍋飯。鋼爐熔煉狼煙起叶　看布衣泥腿叶　終朝勞累叶　蹣跚步履叶　田間

稻粱豐產末叶　都違反、自然規律。空存滿腹忠義叶　為公先去私韻　大躍進、廬山會議叶　悲慨良多。蒼生所係叶

第三衮徧

天發怒。人饑餒叶　抱瘦骨。傷元氣叶　憐婦女。難生育。誰敢想。當年事叶　驚餘悸叶　孩童爭奈。飽受煎熬。噩夢還飲淚叶　山有枯樹。家無粒米叶　百姓苦顛連。共產主義長迢遞叶　旗不倒。國將興。窮思變、匡救瀕危韻　六零年後。撫民情。修水利叶　漸趨明時韻　調整導向。宏圖再繪叶

第四催拍

臥薪嚐膽。勵精圖治叶　毛氣意叶　存青史叶　爭知韻　善馬背吟詩韻　重開國運。學習雷鋒。風尚轉合宜韻　公僕服務民心感慰叶　好社會叶　消除貪

腐。薄賦還輕稅叶　初入校。識之無。童真在。不乏嬉戲叶　山鄉景色。
掩映花明柳暗。步通幽谿徑。領略春光旖旎叶

第五哀偏

紅衛兵。譁然運動。少小離桑梓叶　觀候鳥。蒹葭浦。誰曉得。客他鄉。
何時已叶　荒疏學業。凝滯煙蓑。家計正堪悲韻　痛斷肝腸。娘親早逝叶
怕孤孑。還思幽夢。只是難成寐叶　流不乾、辛酸淚叶　追前緣、南
北東西韻　偏能占斷。七七年冬。高考及第時韻　遊子報國。揚鞭奮蹄韻

第六歇拍

遼師坐落。馬蘭村裏叶　燒短燭。對寒窗。求真諦叶　不負恩賜叶　謄鈔善
本。勤記華章。甘苦幾人知韻　學海泛舟。書山拾翠叶　結菊社。東籬

四友。好韻頻傳遞叶　煩外語。仰文魁韻　須從漢字讀青史叶　應憐雨後。霽色飛虹。桃李待芳時韻　滴露凝煙。餘霞散綺叶

第七煞衮

寒門子叶　同窗遇知己叶　今生信無悔叶　床頭夜話。偏能如醉新醅韻　參詳鴻論。感慨時風。香徑共沾衣韵　縱目桑梓叶　青山綠水叶　親兄弟叶　各得其所。家邦報效有忠義叶　借一抹雲霞。彩筆寫心事叶　向晚舒嘯。登臨放意叶　寄葳蕤韵　存浩氣叶

排偏第八

縱橫鐵筆。臨寫法書。卅年陶冶修持韻　不慕虛榮。卻染銀絲韻　抱素志叶　寒硯生元氣叶　治印章、多過兩千枚韻　落款鈐紅。展卷題詩韻　紙上開天

地叶　以文會友點靈犀韻　閑趣入琴棋韻　四方字叶　一何美叶　龍脈見端倪韻　千古流傳有序。真草篆行。諸體咸宜韻　冠絕東西韻　藝林瑰寶。二王風韻鑄豐碑韻　乾濕濃枯。徐疾剛柔。身手須磨礪叶　管教翰逸逐神飛韻　心性得清怡韻

排徧第九

十四年頭。彈指飛梭。石油企業生涯韻　哪堪鄙悖叶　司職宣傳。精理常自迷離韻　減員增效雙刃劍。當時事叶　爭奈情非得已叶　轉型如風靡叶　大潮總是夾沙泥韻　霾霧弄玄機韻　恁多下崗。積怨生、矛盾起勞資韻　貪奢又見蛀蟲。家國能源。市儈新貴叶　捫心一何悲韻　睡夢中曾幾淚空垂韻　調整安排。聊補工薪。惠撫初平慰叶　這般教訓細尋思韻　人本豈能違韻

第十攧

也曾經、做天涯客子叶　學校師資韻　濟滄海。遊邊陲韻　悟禪茶一味叶　回望鄉梓叶　暮雲飛韻　奈廉頗老矣叶　還少相知韻　痛楚沉痾。偷我桑榆淚叶　遍搜舊調譜新詞韻　心力兩難支韻　教坊唐曲。只今初試叶　驚薄媚、轉踏綴連。洋洋灑灑千來字叶　誰堪夢影浮生。去如逝水叶　悲欣交匯叶　聽軒窗、清明雨瀟瀟。缺了豪氣叶　焉知進退叶

《薄媚》唐教坊大曲名。《樂府雅詞》注：道宮。僅見宋董穎一作，雙調十首計九百九十六字。同部三聲叶韻。按：此調正是由詞而曲之過度體例，用於演唱本從「排遍」始，以「煞袞」終。故《欽定詞譜》順序依次為排遍第八、排遍第九、第十攧、入破第一、第二虛摧、第三袞遍、第四催拍、第五袞遍、第六歇拍、第七煞袞。今以數字排序純為敘述習慣使然，各首平仄不敢有違原譜，倘或用作曲詞，當依古制。特為注明，填者辨之。

後記

少小篤愛韻語。

丁巳深冬步入中斷十年之高考科場，戊午早春步入嚮往已久之大學校園。第一次走進圖書館滿足一個世代耕桑後裔自由選修書目之奢欲，那股興奮著實無以名狀。寒窗四載，課餘諦讀詩律詞學，如饑似渴。也曾抄寫善本多焉，漸開茅塞；也曾締結「菊花詩社」，以遣吟懷。每月三元錢之生活補貼，全數買些詩詞論著，其中彌足珍貴者，是承蒙大連古籍書店關照，破例購得心儀已久之《欽定詞譜》，研讀之餘，遂生通填所有詞牌之狂想。畢業後數十年裏，無論悲欣順逆，匹夫不敢忘其舊志也。泛舟遊歷以廣見聞；秉燭臨池以參藝理；不涉仕宦以養真性。終於，人近花甲，辟博客而坐荒堂，開日課以翻全調。自公元二千零九年一月十九日起，至公元二千十一年四月十日止，總計八百一十日持之以恆，遍填《欽定詞譜》收錄之全部詞牌八百二十六調，每調一詞。又用六個月時間編輯而成《荒堂全調詞箋》。總算填補一項詩林空白，允遂一個炎黃子孫報效家國之卅年夙願。幸甚至哉！《荒堂全調詞箋》非但嘗試一人通填全部詞牌，更嘗試除格律或修辭需要外，每首詞中規避重字。千百年來詩詞「避重字」事實上只是一個美好願景，單首或非萬難之事，然無人在其全部詩詞中真正實現之，縱傳世名篇亦鮮有例外者。《荒堂全調詞箋》果得有緣成為第一個挑戰「無重字」詞集，當是歷代前賢「留白」鞭策、課勵後學使然，拋磚引玉而已矣。偏惠不敢忘懷：布衣同窗曾維、叢日雲、楊景宇、劉仁軍酬唱策勉；諸多同好博友關注呵護；草間一切善緣賜我真力。竟而積學差可擔當，衰體尚能託付。九百九十個日日夜夜，推敲吟詠，甘苦誰知？只為國粹得以傳承，孤譜不致淹沒。憔悴損又當如何；心力竭唯有堅秉。飲淚徘徊對月時，抱痾煎迫無眠處。今生但與古人爭，裁剪牽情長短句。

夫詞萌於唐而盛於宋。然唐宋兩代皆無詞譜。蓋因當時人人解其音律，能自製腔，無須於譜。惜元以來，南北曲行歌詞之法遂絕，姜夔《白石詞》中凡自度曲皆有旁記，節拍如西域梵書狀者，亦無人能通其說。今之詞譜，皆取唐宋舊詞，以調名相同者互校，以求其句法字數；以句法字數相同者互校，以求其平仄；其句法字數有異同者，則據而注為又一體；其平仄有異同者，則據而注為可平可仄。自《嘯餘譜》以下，皆以此法，推究得其崖略（參見《四庫全書總目提要》）。是故《欽定詞譜》收錄詞牌止於元小令，科學審慎，已窺全豹。後世發現之敦煌

《雲謠集》三十首，其調亦基本含蓋其中。元以後或有所謂自度曲者，蓋不是依音律而調高下、定句讀、叶四聲。只可目之為長短句之詩，不可以獨立詞調對待。本集所以名之為《荒堂全調詞箋》，正是鑒於迄今為止《欽定詞譜》還是唯一一部國家認定之權威善本，足可崇尊詞譜之典範也。而見諸私家「拾遺」、「補遺」之散譜，謹目之為智者一家之言，不在此次翻填之列，任何事物都應有一個基本時空界定，如此而已。

承蒙錯愛，國家清史編纂委員會副主任朱誠如恩師、遼寧省作協名譽主席王充閭宿儒、中華詩詞學會副會長李樹喜詩家撥冗揮翰為拙作冠序，好友馬秉樞為造「小像」、程健為寫「荒堂吟月圖」、倪和軍為治「書名印」。如此等等，感激涕零之至怎一個「謝」字了得。付梓之際，余記起叢日雲君戲言：「信前賢無有做此傻事者，就留與傻人做罷」。善哉，信國人終究會有做此事者，歷史亦終究會成就此事，荒堂不過是華夏幸運兒也。

公元二〇一一年十一月二十八日於荒堂燈窗　王政佳

圖書在版編目(CIP)數據

荒堂全調詞箋/王政佳著 .— 北京：社會科學文獻出版社，
3.7
SBN 978-7-5097-4377-5

I. ①荒… II. ①王… III. ①詞譜-文學研究-中國-現代
. ①I207.23

中國版本圖書館 CIP 數據核字（2013）第 045185 號

荒堂全調詞箋

著　　者 / 王政佳

出 版 人 / 謝壽光
出 版 者 / 社會科學文獻出版社
地　　址 / 北京市西城區北三環中路甲 29 號院 3 號樓華龍大廈
郵政編碼 / 100029

責任部門 / 皮書出版中心（010）59367226　　責任編輯 / 姚冬梅　張治國
電子信箱 / pishubu@ ssap. cn　　責任校對 / 李秀軍
項目統籌 / 鄧泳紅　　責任印製 / 岳　陽
經　　銷 / 社會科學文獻出版社市場營銷中心（010）59367081　59367089
讀者服務 / 讀者服務中心（010）59367028

印　　裝 / 三河市東方印刷有限公司
開　　本 / 889mm×1194mm　1/16　　印　　張 / 31.75
版　　次 / 2013 年 7 月第 1 版　　字　　數 / 224 千字
印　　次 / 2013 年 7 月第 1 次印刷
書　　號 / ISBN 978-7-5097-4377-5
定　　價 / 198.00 圓

（篆軍和倪）印名書